평생 일하고 싶지 않은
내가, 같은 반
인기 아이돌의
눈에 들면 6
미소녀 국민
아이돌과 보내는
크리스마스
키시모토 카즈하
일러스트 미와베 사쿠라
너와 이렇게
종일 같이 노는 건 처음이잖아?

우리가 최고의 선물을 줄게
카논/히도리 카논

미소녀 국민
아이돌과 보내는
크리스마스
6
평생 일하고 싶지 않은
내가, 같은 반
인기 아이돌의 눈에 들면

일러스트 — 미와베 사쿠라

일러스트 — 미와베 사쿠라

CONTENTS

일러스트/미와베 사쿠라

I don't want to work for the rest of my life,
but my classmates' popular idol get familiar with me.

아이돌과 공동생활.

그것은 평범한 남자 고등학생인 나에게 명백한 비일상이다.

다만 인간이란 신기하게도, 그런 일상에도 어느새 익숙해지고 말았다.

트윈즈 사건이 마무리된 뒤, 우리는 평소와 같은 일상을 보내고 있었다.

밀스타는 아직도 미튜브 활동을 이어가고 있는데, 구독자 200만 명을 바로 달성한 뒤에도 여전히 채널 구독자 수가 늘어나고 있다. 수익화도 쉽게 통과되었다며 카논이 희희낙락 이야기해주었다. 돈을 참 좋아한다고 생각하면서도 실제 수익을 들었더니 확실히 웃음이 나오는 것도 이해가 갔다.

하지만 여기서 자만하지 않는다는 게 그 녀석들의 대단한 점이다.

미튜브 영상도 계속 올리고, 인기 아이돌로서 변함없이 연예계에서도 대활약하고 있다. 항상 금욕적인 녀석들을 보좌하기 위해 나도 미력하게나마 협력하고 있다.

그러니 이것도 밀스타의 활약을 위해 어쩔 수 없는 일이라고 받아들이기로 했다.

“……하아.”

나는 초췌한 얼굴로 역을 향해 걷고 있었다.

12월 초. 완전히 차가워진 바람이 뺨을 긁었다. 설거지에 거칠어진 감이 있는 손을 문지르며 나는 목적지로 발을 옮겼다.

"……어?"

약속 장소에 도착하자 카논인 듯한 인물이 눈에 들어왔다.

퍼가 달린 숄 코트에 미니스커트. 여전히 주관이 느껴지는 패션이었다.

그렇다. 오늘은 카논이 나를 독점하는 날. 그렇게 된 경위는 생략하지만, 나는 오늘 보상이라는 명목으로 카논에게 헌신해야 한다.

그게 왜 우울한 거냐고?

상상해 보라고. 평범하기 짝이 없는 내 옆에 다들 동경하는 슈퍼 아이돌이 나란히 선 상태를. 밖에 있을 때는 남들이 알아차리지 못하도록 항상 조심해야 한다. 그게 얼마나 정신적으로 지치는 일인지…….

확실하게 말해두는 거지만 나는 카논과 같이 있는 게 싫은 건 아니다. 오히려 나와 종일 같이 보내고 싶다는 말이 기뻤다. 하지만 이 정신적인 피로는 별개다. 레이와도 미아와도 데이트해 보고 이미 넘치도록 질린 상태였다.

————어쩐지 내가 쓰레기 같은데.

이래저래 사정이 있었다지만 이래서야 여자를 마구 갈아치우는 인간으로 보인다. 아, 눈치채지 말걸……. 그런 생각을 하며 나는 카논에게 향했다.

“아, 린타로!”

나를 알아본 카논이 손을 흔들었다.

아직 약속 시간까지 10분 넘게 남았는데 카논이 먼저 와 있을 줄은 생각지도 못했다. 아니, 같은 집에서 사는데 왜 굳이 따로따로 나와서 만나는 걸까. 카논의 말로는 그게 덜 위험하기 때문이라고 하지만…….

“꽤 일찍 왔네. 아직 시간 남았는데.”

“너도 남 말할 처지는 아니잖아.”

카논은 조금 쑥스러워하며 내 옆구리를 팔꿈치로 쿡쿡 찔렀다.

“좀 너무 기대해서 빨리 와 버린 거야. 너와 이렇게 종일 같이 노는 건 처음이잖아?”

그렇게 말하며 카논은 천진하게 웃었다.

그 모습이 너무 귀여워서 주변의 시선이 모여드는 게 느껴졌다.

변장용 카스케트와 선글라스 덕분에 카논이라는 건 들키지 않았을 텐데도 동작과 표정만으로도 눈에 띈다. 애초에 아우라가 지나가는 일반인과는 차원이 다르다. 방심하면 바로 주목을 끌어당긴다.

“……우선 자리를 옮기자. 너 꽤 주목받고 있어.”

“아, 그건 큰일이네.”

“자, 우선 이쪽으로.”

한 자리에 계속 있으면 눈에 띌 테니까 잠시 걸으면서 대화하는 게 좋을 것 같다. 나는 카논의 손을 잡고 역 앞에서 이동했다.

"근데 뭘 할 건지 하나도 못 들었는데……. 응? 왜 그래?"

"어? 아, 그, 아무것도 아니야!"

얼굴이 빨개진 카논은 부끄러운 듯 나에게서 시선을 돌렸다.

혹시 나와 손을 잡아서?

"미안, 확실히 민망하겠네."

나는 그렇게 말하며 잡고 있던 손을 놓으려고 했다.

그러자 이번에는 카논이 손을 마주 잡았다.

"자, 잠깐만! 딱히 이대로 잡고 있어도 상관없잖아……. 놓쳐서 헤어지는 것도 막아주고."

"어? 하지만……."

"내가 괜찮다면 괜찮은 거야! 오늘은 내가 주도권을 잡고 있으니까!"

"……그래, 네가 괜찮다면."

손을 잡은 채 우리는 나란히 걸었다.

"……."

잡은 손에서 카논의 온기가 전해진다.

이런. 조금 의식하게 되네. 그렇지 않아도 여자와 손을 잡은 경험은 손에 꼽을 정도로 적은데, 그게 국민 아이돌이라니 상대가 너무 안 좋다.

하지만 심장이 빠르게 뛰는 걸 들켰다간 카논은 틀림없이 놀려댈 것이다. 내 자존심을 지키기 위해서도 여유로운 모습을 보여줘야만 한다.

“그, 그래서, 이다음 일정은 정했어?”

“어…… 우선은 옷이라도 볼까.”

“그래, 아무것도 안 정했구나.”

“그, 그럴 리가 없잖아! 오늘은 내가 철저하게 에스코트할 거거든!”

“넵, 그러시군요. ……살살 부탁해.”

그렇게 우리는 번화가로 걸어갔다.

먼저 우리가 향한 곳은 고급 브랜드 가게.

카논은 이 가게의 단골인 건지 익숙하게 가게 안으로 들어갔다.

반대로 브랜드 종류를 입을 일이 거의 없는 철저한 서민 기질인 나는 조심조심 그 뒤를 따라갔다.

이래 봬도 일단 대기업 사장 아들이기는 한데.

“미안, 갑자기 내 쇼핑에 따라오게 해서.”

“아니, 오늘은 종일 네게 맞추겠다고 약속했으니까 나는 신경 쓰지 마.”

“그래?”

“게다가 네가 평소 어떤 걸 사는지 호기심도 있어.”

솔직히 카논이 이런 비싼 가게를 좋아한다는 걸 알고 안심했다.

미아도 카논과 비슷하게 제법 고급스러운 물건을 이용하지만, 적어도 레이는 흔히 널린 염가 가게에서 때우려는 나쁜 습관이 있다. 결국 심플하게 맞춰도 레이가 소화하지 못하는 옷이 없고,

싸구려라도 그럴싸하게 보여주려는 마음가짐은 오히려 호감이 간다. 다만 모처럼 아이돌로 대성했으니까 조금 더 사치를 부려 줬으면 한달까…….

"여자의 쇼핑을 구경해도 별로 재미있진 않을걸? 같은 무늬로 보이는 옷을 두고 고민하거나, 한참 이것저것 입어 보더니 '뭔가 아니야!' 하면서 아무것도 안 사기도 하고……. 아무튼 시간을 많이 잡아먹으니까."

"그걸 네가 먼저 말하는 거야?"

"내 쇼핑을 따라올 거라면 이걸 전부 용서할 각오를 다져놓으라는 뜻이지. 기다리게 하는 게 싫어서 평소에는 최대한 혼자 쇼핑하거든. 가족도 거의 안 데려가."

아하. 본인이 이렇게까지 말하는 걸 보면 정말로 가혹한 모양이다.

하지만 각오라면 되어있다. 한 번 가겠다고 한 이상 이제 와서 그걸 굽힐 생각은 없다.

"안심해. 이래 봬도 인내심만큼은 자신 있거든."

반쯤 헐벗은 복장으로 집 안을 돌아다니는 아이돌들과 매일 같이 살면서 이성을 유지하고 있다는 게 그 증거다.

"……네가 그렇게까지 말한다면 나도 봐주지 않을 거야."

"오냐, 마음껏 해 봐."

내가 그렇게 선언하자 카논은 웃음을 터트렸다.

"이거하고…… 이것도. 어느 게 좋으려나……."

카논은 근처에 걸려있던 옷을 몇 벌 꺼내 들었다.

정말 본인의 말대로 어디가 다른 건지 잘 알 수 없는 옷들이었다. 색이 살짝 다른 건가? 그렇게 생각하면서 보면 그런 것 같기도 하고, 역시 똑같아 보이기도 하고…….

"하하, 그렇게 열심히 보지 않아도 이거랑 이건 같은 디자인이 맞아."

"헉, 진짜? 그럼 왜 고민하는 거야?"

"사이즈가 다르거든. 조금 여유 있게 입을지, 딱 맞게 입을지 고민하고 있었어."

"……무슨 고민인 건데? 그거."

"인상이 꽤 달라지거든. 기장이 몇 센티 달라지는 것뿐이라도."

그런가?

패션에 관심이 없는 나와는 거리가 먼 이야기다.

"아, 그래. 모처럼이니 린타로의 옷도 여기서 코디하게 해줘."

"어? 아니, 됐어……. 어차피 못 사는데."

내 저금으로는 여기 있는 옷을 한 벌 사는 것조차 망설이게 된다.

만약 머리부터 발끝까지 전부 맞춘다면 순식간에 파산이다.

"무슨 소리야? 돈은 당연히 내가 내야지."

"……진심으로 하는 말이야?"

"진심이고말고. 내가 입히고 싶은 곳을 너에게 입히는 거니까 돈 내고 싶다고 부탁해도 안 돼."

이 무슨 대인배지. 레이나 미아와는 다른 방향으로 호쾌하다.

하지만 솔직히 고맙다는 마음보다는 미안함이 더 강했다.

"……양심에 찔린다면 내일은 내가 좋아하는 음식 만들어줘. 그 정도는 괜찮지?"

"물론이지. 오히려 그 정도로 되겠어?"

값이 전혀 안 맞는다는 느낌인데.

"내가 괜찮다면 괜찮은 거야. 너무 민망하게 하지 마."

"……그렇게 말하면 반박할 수가 없네."

"자자, 빨리 보러 가자!"

카논은 내 팔을 붙잡더니 남성복 코너로 연행해갔다.

이것도 아니고 저것도 아니라며 내 옷을 고르는 카논.

그때의 유독 진지한 얼굴이 인상적이었다.

"으음……. 린타로는 하이넥보다 목둘레가 좀 파인 옷이 어울릴 것 같단 말이지."

"……무슨 판단기준인데?"

"골격이나 얼굴형도 있고, 여러모로."

카논은 들고 있던 옷을 내 몸에 대어봤다.

시선을 옷에 고정해놓고 카논이 무어라 중얼거렸다.

"……난 장래에 내 브랜드를 만들고 싶어."

"브랜드?"

"그래. 옷이나 액세서리 같은 거. 패션업계로 가고 싶어."

"오……."

신기하게도 의외인 느낌은 없었다.

“멋진 꿈이네.”

“대충 맞장구치는 거 아니지?”

“당연하지. 진심이야.”

내가 그렇게 대답하자 카논의 뺨이 붉어졌다.

“신기하네. 네가 그렇게 말하니까 왠지 이뤄질 것 같아.”

“이뤄질걸. 카논이라면.”

“어라, 아주 확답이네? 근거라도 있어?”

“네가 카논이니까.”

카논은 항상 많은 것들을 생각한다. 먼 미래까지 제대로. 분명 이미 자신의 브랜드를 갖기 위한 대략적인 계획을 잡아놨겠지. 카논의 말에는 나도 느낄 수 있을 만큼 ‘현실미’가 있었다.

“세 사람 중에선 네가 제일 똑 부러지잖아. 아무 걱정 안 해.”

“……흐, 흥. 당연하지.”

카논이 고개를 돌렸다.

그 얼굴이 귀까지 빨개져 있다는 걸 놓치지 않았다.

“오, 그 카논 님께서 이렇게 대놓고 쑥스러워하다니.”

“뭐, 뭐어?! 언제 쑥스러워했다고! 네가 당연한 소리만 하니까 황당했던 것뿐이야!”

허둥대는 카논을 보며 나는 무심코 웃었다.

레이나 미아와 비교하면 역시 놀림 내성이 약하단 말이지, 이 녀석.

“……네 꿈은 여전히 전업주부야?”

“응? 어, 뭐…….”

"어? 바뀌었어?"

"아니, 바뀐 건 아닌데……."

솔직히 아버지와 갈등이 사라진 뒤로 나는 조금 어중간한 상태였다. 여태까지는 아버지에게 반발하는 마음으로 일하지 않아도 되는 포지션을 지망했던 건데, 그 감정이 사라진 지금은 전업주부에 집착하던 것도 흐려지고 있었다.

그렇다고 일하고 싶냐고 묻는다면 그건 아니다. 밀스타를 서포트하는 사이에 긍정적인 의미로 이 생활이 계속되길 바라는 나를 발견했다. 다만 이게 나의 자기중심적인 생각이라는 것도 이해하고 있다.

"지금 환경에 만족했다고 해야 하나……. 너희 덕분에 어느 의미 이뤄졌으니까."

"흐응? 그러면 우리에게 고마워해야겠네?"

"어. 항상 고마워."

"……순순히 말하니까 부끄럽잖아."

오늘의 카논은 유난히 약하구나.

여느 때라면 여기서 굴하지 않고 반격할 텐데.

"……이대로 계속 넷이 같이 생활할 수 있다면…… 분명 행복하겠지."

"카논?"

"으으응, 아니야. 자, 다른 옷도 보자."

얼버무리듯 웃은 카논이 걸어갔다.

계속 이대로 지낼 수 있다면—— 나도 그런 생각을 안 하는 날이 없다.

하지만 그럴 수 없다는 걸 아니까 이렇게나 마음이 무겁다.

나는 어금니를 꽉 깨물어 감정을 누른 뒤 카논의 등을 쫓아갔다.

"음, 제법 잘 어울리네."

시착실에서 나온 나를 보고 카논이 고개를 크게 끄덕였다.

검은 이너에 오버사이즈 회색 파카와 데님 바지. 전체적으로 모노톤 느낌이었다.

거울을 봤을 때 내 눈에도 나쁘지 않아 보였다.

"생각한 대로 제법 어른스러운 느낌이 되었네."

"그런 것까지 생각하면서 고른 거야?"

"당연하지. 맨 처음에 콘셉트를 정하지 않으면 나중에 헤매거든."

————그렇구나.

나는 순순히 고개를 끄덕일 수밖에 없었다.

"어때? 마음에 들어?"

"그래. 신선해서 좋네."

"정말? 모처럼이니까 오늘은 그거 입고 다니자."

"그건 상관없지만…… 진짜로 살 거야? 이거."

조심조심 옷에 달린 가격표를 보았다.

거기에는 눈을 의심하고 싶어지는 금액이 적혀 있었다. 그야 10만이 넘어가는 수준까지는 아니지만, 이 파카 하나만으로도 내 한 달 아르바이트비가 거의 다 날아간다.

"괜찮아. 미튜브 수익만 해도 네가 협력해준 덕분에 가능한 거였는데 전부 우리가 나눠 가졌으니……. 계속 그게 마음에 걸렸거든."

나를 고려할 필요는 전혀 없는데도 카논은 미안하다는 듯 쓰게 웃었다.

"불편할지도 모르지만 가능하면 받아줘. 일단 네가 받아야 할 정당한 보수의 범주라고 봐."

"……그런 거라면."

이쯤 오면 거절하는 것도 매너가 아닌 법.

나는 순순히 받아들이기로 했다.

"고마워, 카논."

"괜찮아. 아, 하지만 내가 좋아하는 거 만들어준다는 약속은 잊지 마."

"오냐, 쉬운 부탁이지."

그 후 계산을 마친 다음 우리는 가게를 뒤로했다.

◇ ◆ ◇

이어서 우리는 새로 생긴 카페라는 곳으로 향했다.

SNS에서 화제라는데, 밀피유 스타즈라는 인플루언서로서 조사해야 한다는 게 카논의 주장이었다.

———사실은 그냥 이걸 먹고 싶었던 거 아니야?

줄을 서서 기다리며 가게 간판에 그려진 프렌치토스트 그림을
보았다.

아무래도 평범한 프렌치토스트가 아니라 위에는 바닐라 아이
스크림에 메이플시럽, 추가로 생크림까지 올렸다고 한다.

얼핏 이렇게 줄을 설 정도로 특이한 요소는 없어 보였다.

"이 가게가 핫한 이유는 토핑량이 많아서야."

"토핑량?"

"그래. 다양한 토핑을 원하는 만큼 올릴 수 있어."

"흐음…….."

프렌치토스트는 아주 단순한 요리다.

빵을 계란, 우유, 생크림에 적셔서 굽기만 하면 된다.

그 단순함이 오히려 토핑에 따라 무한한 가능성을 보여준다는
건가.

음, 재미있을 것 같다.

제법 기다리긴 했지만 우리는 가게 안에 들어갈 수 있었다. 메
뉴에는 음료와 프렌치토스트의 토핑 목록만이 적혀 있었다.

"……토핑은 얼마나 골라야 하는 거지?"

메뉴를 보는 한 최대 30종류까지 고를 수 있는 모양이다.

나는 그렇게까지 토핑이 많이 필요한 건 아니다. 이 가게에서

말하는 것도 좀 그렇지만, 한 종류여도 충분할 정도다.

"클래식이라면 아이스와 메이플시럽? 나는 다섯 종류로 할 거지만 너는 세 종류가 딱 좋지 않을까?"

"고마운 조언인데. 그럼 나는 세 개로."

나는 바닐라 아이스크림, 메이플시럽, 딸기를 선택.

카논은 나와 같은 메뉴에 추가로 캐러멜과 아몬드 슬라이스를 골랐다.

"역시 이런 곳에 오면 조금 긴장되네."

나는 주변을 둘러보며 말했다.

대충 훑어본 느낌으로 대부분 여자다. 안쪽에 커플이 앉아있는 덕분에 남자 손님이 아무도 없는 수준까지는 아니지만 이 성비에서 마음이 편안할 리가 없었다…….

"……그러고 보면 너 시로나와 데이트했을 때도 이런 카페에 갔다고 하지 않았어?"

"어, 거긴 팬케이크 가게였지만."

"……흐응."

카논이 언짢은 표정을 지었다.

트윈즈와는 이래저래 일이 있었으니까. 일단 화해했다고 하지만 응어리가 있는 건지도 모르지.

"그 애들과 연락해?"

"응? 어, 가끔 시시껄렁한 잡담을 보내더라. 그 녀석들도 그 녀석들대로 잘하고 있는 모양이야."

그 일 이후 밀스타도 트윈즈도 인기가 쭉쭉 올라가고 있다. 미튜브라는 해외에서도 대중적인 동영상 사이트에서 활동하게 된 덕분에 밀스타는 해외 팬이 확 늘어났다.

반대로 트윈즈는 밀스타와 콜라보한 뒤로 TV 노출이 증가했다. 시로나의 이야기로는 내년 봄부터 트윈즈의 정규 방송이 시작된다나.

우여곡절이 있었지만 결국 그 일은 쌍방에게 좋은 영향을 준 모양이다.

"아이돌이 질척거린다니…… 너도 팔자가 좋구나."

"그 녀석들이 치대는 계기는 너희였다는 거 잊지 마라?"

내가 그렇게 받아치자 카논은 깔깔 웃었다.

"……문득 생각난 건데, 게임 상품이 나와 외출이라니. 더 괜찮은 건 없었어?"

"무슨 소리야. 너와 보내는 시간에는 확실한 가치가 있다고."

"그래……?"

그런 말을 해주는 건 솔직히 기쁘지만, 나 자신은 이유를 전혀 알 수 없었다.

"……너와 같이 있으면 평범한 고등학생처럼 웃을 수 있어."

카논이 그렇게 말한 타이밍에 가게 BGM이 밀스타의 노래로 바뀌었다.

순간 카논이 있다는 걸 가게에 들킨 줄 알고 당황했는데, 아무래도 그런 게 아니라 단순한 우연인 모양이었다. 내가 민감해졌을 뿐 국민적 인기를 누리는 아이돌의 노래가 나오는 건 전혀 이상한 일이 아니다.

"팔리기 위해 노력했으니까, 이렇게 변장하지 않으면 밖을 돌아다닐 수 없다는 건 오히려 바라던 바이긴 한데…… 힘든 건 힘들거든."

"그야 그렇겠지."

레이도 미아도 비슷한 말을 했었다.

아이돌이 된 걸 후회하지는 않는다. 다만 가끔 답답해진다고.

배부른 고민이라는 걸 이해하고 있으니 그걸로 투덜거리지는 않는다.

"하지만 나와 있어도 변장을 안 할 수는 없잖아?"

"그렇긴 한데, 으음……. 심리적인 문제라고 해야 하나? 뭔가 안심이 돼. 너와 있기만 해도."

이유는 잘 모르겠지만―――.

헤실 웃으며 그렇게 말하는 카논을 보고 불현듯 심장이 뛰었다.

세 사람과 같은 맨션에 살기 시작한 초반이 떠올랐다. 조금 약해져 있던 카논에게 어깨를 빌려줬던 그 날.

아이돌이라는 걸 잊을 수 있다고. 카논은 분명 그렇게 말했었다.

그리고 안심할 수 있다고도.

"아, 린타로도 그때 일 떠올렸지?"

"용케 알았네."

"알지. 나도 마찬가지니까."

그렇게 대답하는 카논의 얼굴은 어딘가 어른스러워 보였다.

"또 어깨 빌려달라고 할까? 아니면 이번에는 무릎베개?"

"그런 건 남자가 로망으로 꿈꾸는 거 아니었나?"

"뭐 어때. 여자도 무릎베개 베고 싶어 하는 사람은 많이 있거든. 적어도 나는 네 다리라면 잠이 잘 올 것 같아."

나와 같이 있는 게 안심으로 이어진다.

당사자인 나는 그 감각을 알 수 없지만, 그 정도로 카논이 안심할 수 있다면 어깨든 다리든 얼마든지 빌려줄 수 있다. 진심으로 그렇게 생각했다.

"기다리셨습니다. 주문하신 프렌치토스트 토핑 3종과 5종입니다."

그런 이야기를 하는 사이에 프렌치토스트가 나왔다.

―――많네.

접시 위에는 상당히 두툼한 프렌치토스트가 두 개. 보기만 해도 위가 더부룩해질 것 같았다. 두 개의 거대 프렌치토스트 주변에는 토핑이 가득 올라가 있었다.

시로나와 먹으러 갔던 팬케이크도 제법 대단했는데, 이 프렌치토스트도 그에 뒤지지 않는 충격을 주었다.

"오! SNS 사진보다 더 푸짐해!"

"다 먹을 수 있을지 불안해졌어…….."

"괜찮아. 남으면 내가 먹을게."

"그 말을 들으니 안심되네."

카논의 위가 얼마나 큰지 잘 안다.

밀스타 안에서는 가장 소식인 카논이지만, 그건 어디까지나 레이와 미아와 비교해서 적게 먹는다는 소리일 뿐 일반적인 여자 고등학생과 비교하면 압도적으로 대식가다. 평소 요리해주는 사람으로서 보건대 세 그릇까지 먹을 수 있을 것이다.

나는 나이프로 프렌치토스트를 잘라 입으로 가져갔다.

우선은 그대로. 겉은 바삭하고 속은 부드럽다. 안쪽에 스며들었던 달걀 물이 씹을 때마다 흘러나와 소박한 단맛과 버터 향기가 입안 가득 퍼졌다.

"되게 맛있다……."

"응, 맛있어."

카논은 풀어진 얼굴로 두 입째를 입에 넣었다.

나도 질세라 프렌치토스트를 잘라서 이번에는 아이스크림을 올렸다.

뜨거운 프렌치토스트에 차가운 바닐라 아이스크림이 절묘한 조화를 이루며 나도 모르게 입이 귀에 걸릴 만큼 진한 단맛이 뇌를 녹여버렸다.

그래, 토핑으로 변화를 줘서 질리지 않고 계속 먹을 수 있는 건가. 그러고 보면 토핑 메뉴에 비엔나소시지며 베이컨 같은 항목도 있었다. 그때는 존재 이유를 알 수 없었지만, 짠맛이 강한 토핑을 중간에 먹어줘서 단맛을 리셋할 수 있을 것이다. 머리를 잘 썼네. 나도 시킬 걸 그랬다.

다만 지금 시킨 토핑만으로도 충분히 다 먹을 수 있을 것 같았다.

같이 주문한 커피도 있다. 단맛을 상쇄할 수 있는 건 딱히 소금기만이 아니다.

그렇게 나는 특대 프렌치토스트를 계속 먹었다.

"……괜찮아?"

"어……. 대충."

나는 배를 문지르며 크게 숨을 내쉬었다.

눈앞에는 깨끗해진 접시가 있다.

나는 어떻게든 프렌치토스트를 다 먹는 데 성공했다. 정말로 아슬아슬한 싸움이었다. 위가 빵빵하게 부풀었다기보다는 단맛에 녹다운되었다는 느낌이다.

"당분간 단것은 먹기 싫어."

"하긴, '당분'이니까."

"시끄러."

재치 있는 대답이었단 표정 짓지 마.

"자자, 커피라도 마셔서 달래봐."

"그래야지……."

나는 중간에 한 잔 더 부탁한 커피를 단숨에 쭉 비웠다.

다행히 커피 리필은 무료였다. 전문점과 다르게 딱히 맛있는 커피인 건 아니었지만, 단맛을 중화하기에는 충분했다.

"후우……. 그래도 맛있었어."

"그 말을 들어서 다행이야."

카논이 씩 웃었다.

프렌치토스트를 다 먹었으니 계속 여기서 쉬고 있을 수는 없다.

손님은 전혀 줄어들 기색이 보이지 않고 여전히 긴 대기 줄을 만드는 모양이었다.

슬슬 자리를 비워주자. 빠르게 계산을 마친 다음 가게를 나왔다.

"배도 채웠으니 이번에는 액세서리라도 보러 갈까……. 좀 걸을 건데 괜찮아?”

“물론이지. 오히려 칼로리를 소모하게 해줘.”

배를 문지르며 대답한 뒤 우리는 새 목적지를 향해 걸었다.

그 순간 나는 전방에서 걸어온 커플과 부딪칠 뻔한 바람에 순간적으로 몸을 틀었다.

“아, 죄송합니다……!”

“아뇨, 괜찮습니다.”

이 커플은 아무래도 상대방의 얼굴을 쳐다보느라 앞을 제대로 보지 않았던 모양이다. 위험하니까 똑바로 앞을 보는 게 낫다고 속으로 중얼거리며 카논과 합류했다.

“괜찮아?”

“어, 부딪칠 뻔했던 것뿐이야.”

“열렬하네~. 뭐, 앞은 제대로 보는 게 낫지만.”

카논은 기가 막힌다는 표정으로 떠나가는 커플의 등을 바라보았다.

“……그러고 보면 너 아직 여자와 사귀어 본 적이 없다고 했었지?”

“그렇게 대놓고 말할 것까진 없잖아……. 사실이긴 하지만.”

고등학교 2학년이 연애해본 적 없다고 해도 평범한 거 아닐까.

응, 평범한 거다.

“그러는 너는 어떤데?”

“날 누구라고 생각하는 거야? 당연히 경험이 풍부━━━하다고 대답하고 싶지만…… 사실은 제로란 말이지.”

"그렇겠지."

"뭔데 그 반응?! 이런 미소녀에게 남자친구가 없는 건 이상하잖아!"

빽빽 화를 내는 카논은 변함없이 웃겼지만, 딱히 틀린 말을 하는 건 아니었다.

다만 카논은 나 같은 인간과는 고민의 방향이 전혀 다르다.

나는 애인을 사귀고 싶어도 안 생긴다. 하지만 카논은 마음만 먹는다면 얼마든지 생길 것이다. 아이돌이라는 직업을 가진 한은 평생 이뤄지지 않겠지만.

"……아이돌에게 남자친구가 있다는 건 이상하다고 생각해?"

"이상한 건 아니지만…… 팬을 배신하는 행동이긴 하지."

"그 말은 즉?"

"으음……. 처음부터 남자친구가 있다거나 기혼자라고 발표했다면 모를까, 팬이 된 사람들은 '남자친구가 없는' 아이돌을 응원하는 거잖아? 남자친구가 있다는 것만으로도 욕하는 사람들의 마음은 이해할 수 없지만, 팬을 그만두고 싶어지는 심리는…… 대충 이해할 수 있어."

아이돌은 다들 사귀는 사람이 없다는 뉘앙스로 활동한다.

대놓고 '없다'고 공언하지 않은 시점에서 사기라고 할 정도는 아니지만, 적어도 팬은 대부분 그 '뉘앙스'에 기대하며 응원한다.

막상 애인이 있다는 걸 알았을 때 기대했던 사람들이 팬을 그만두는 건 자연스러운 반응이라고 본다.

거듭 말하지만 그런다고 아이돌을 욕하는 사람들은 논외다. 다른 사람에게 상처 주는 인간에게 자신을 정당화할 권리는 없다. 다만 그건 아이돌에게도 할 수 있는 말이다. 팬들이 마음대로 애인이 없다고 착각했던 거라고 생각한다면 그쪽도 몹쓸 인간이다.

"아이돌만이 아니지. 개그맨도, 음식점도, 옷 가게도…… 다들 팬이나 고객의 힘으로 돌아가는 거잖아. 거래처라고 표현해도 되겠지. 상대가 NO라고 하면 다들 이익을 얻지 못하게 되는 거야. 그러니 배신하면 안 되겠지."

"……그러네. 그 말이 맞아."

돈을 내는 것도 자유고 내지 않는 것도 자유.

그 선택을 비난할 권리는 아무도 없다.

잠시 침묵이 흐르자 나는 묘하게 부끄러워졌다.

진짜 아이돌 앞에서 무슨 소릴 하는 거지.

"나도 끝까지 숨길 자신이 있다면 상관없다고 봐. 하지만 그건 굉장히 어려운 일이잖아? 항상 주변을 경계하고 상대방에게도 그걸 강요해야만 하다니…… 너무 미안해."

그렇게 말하며 카논은 얼굴을 살짝 찌푸렸다.

"……린타로. 너 우리 마음 눈치챘지?"

카논은 터벅터벅 걸어가며 나에게 물었다.

여기서는 말을 잘 고르는 게 좋을 것 같다. 내 경솔한 발언이 누군가에게 상처를 줄지도 모르니까.

"……그래. 모른다고는 말 못 하지."

카논과 눈을 마주치지 않은 채 그렇게 대답했다.

나는 세 사람의 마음을 눈치채고 있다. 이만큼 같이 지내면 아무리 둔감한 녀석이라고 해도 눈치챌 것이다.

"확인 좀 할게, 린타로. 눈치챘고, 그래서 넌 어떡할 거야?"

"……아무것도 안 해. 너희가 아이돌인 한 나는 누구의 마음에도 대답할 수 없어."

나에게 그건 넘어서는 안 되는 선이다.

절대 침범하면 안 되는, 성역과도 같은 세계. 세 사람이 그곳에 있는 한 나는 발을 들여놓을 생각이 없다.

"어디까지나 나는 너희들의 서포터야. 그 이상도, 그 이하도 아니지."

"……그 포지션을 바꿀 마음은 없는 거지?"

"그래."

"하아……."

내가 단언하자 카논은 성대한 한숨을 쉬었다.

"너는 진짜 유죄야. 어떻게 참을 수 있는 거지?"

"겁이 많은 것뿐이야. 자랑할 수 있는 게 아니지."

"겁이 많기는 무슨. 내가 말하기도 좀 그렇지만, 나약한 사람은 우리를 보조할 수 없어."

"칭찬이야? 그거."

"당연하지. 칭찬 맞아."

듣고 보면 확실히 세 사람의 서포터는 어중간한 각오로는 불가능하다. 내 역할은 아무튼 세 사람이 쾌적하게 일에만 집중할 수 있도록 해주는 것. 아침에 일어나 맛있는 밥을 먹고 일하러 갔다가 집에 돌아오면 깨끗한 욕실에서 목욕하고 잔다. 그런 상태를 만들어내기 위해 나는 누구보다 일찍 일어나 누구보다 늦게 잔다.

힘들단 생각은 전혀 없다. 나는 세 사람의 도움을 받아 살고 있다. 세 사람이 없었다면 아버지와도 제대로 마주 보지 못하고 긍정적으로 살아가지도 못했을 것이다.

나는 내가 세 사람의 버팀목이 되고 싶으니까 기꺼이 지금 같은 생활을 보내고 있다. 하지만 이 생활을 힘들다고 느끼는 사람이 있다는 것도 이해하지 못하는 건 아니다.

"쉽지 않구나, 인생이란."

"뭐야, 갑자기 명언?"

"나로서는 빨리 한 명을 선택하는 게 마음이 편하거든."

"너무한 요구잖아……."

"알아. 머리는 냉정하니까."

카논은 다시 크게 한숨을 쉬었다.

"이성은 착실히 돌아가. 하지만 네 첫 번째가 되고 싶다는 욕망이 하루하루 강해진다는 느낌이 들어. ……그러니까 정할 거면 빨리 정해줘."

"……보통 그렇게 대놓고 말해?"

"무슨 일이든 문제를 해결하려면 말로 표현하는 게 필수야."

귀엽게 윙크한 카논은 어째서인지 내 팔에 매달렸다.

"뭐, 뭐야! 왜 이래……?!"

"간단한 이유야. 이 답답함을 풀어주려면 네가 날 돌아보면 돼. 그렇다면 돌아봐 줄 때까지 대시할 수밖에 없지!"

"그렇다고 해서……!"

“자! 빨리 가자!”

————이 녀석의 배려심엔 못 당하겠네.

나는 카논에게 질질 끌려가며 쓰게 웃었다.

대화하는 사이에 어두워진 분위기를 어떻게든 해 보려고 한 거겠지.

“……응?”

문득 시선이 샛길로 빨려 들어갔다.

내 이변을 느낀 건지 카논이 날 붙잡고 있던 팔에서 힘을 뺐다.

“왜 그래?”

“아니, 좀 신경 쓰이는 가게가…….”

“가게?”

“잠깐 보러 가도 돼?”

“상관없어. 서두르는 것도 아니니까.”

카논과 함께 샛길로 들어간 나는 그 가게 앞에서 발을 멈췄다.

그곳은 날붙이 등을 다루는 오래된 가게였다. 가게 밖에는 쇼윈도가 있는데, 거기에 멋들어진 부엌칼이 놓여 있었다.

요리는 하지만 전문가는 아닌 나는 보기만 한다고 부엌칼의 품질을 분간하지는 못한다. 하지만 그런 나조차 강하게 끌릴 만큼 쇼윈도에 놓인 부엌칼들은 여태껏 다룬 식칼과는 명백하게 다른 매력이 있었다.

“여기에 부엌칼 가게가 있었네……. 들어가 볼래?”

“어? 그, 그래도 돼?”

“그렇게 안절부절못하는 표정을 보면 빨리 지나가자고 말 못하지.”

어깨를 으쓱하는 카논에게 고맙다고 인사한 뒤 나는 가게 안으로 발을 들였다.

가게 안에는 더 많은 부엌칼이 있었다.

회를 뜰 때 쓰는 사시미칼, 폭이 넓지만 끝은 뾰족한 데바칼, 날이 길고 가느다란 우도, 범용적으로 쓰는 산토쿠칼, 폭이 좁고 작은 페티 나이프 등등.

하나같이 아름다운 광채를 띠고 있었다. 지금 쓰는 부엌칼도 충분히 좋은 녀석이고 아무런 불편도 없지만, 역시 장인이 만든 듯한 도구에서는 편의성과는 또 다른 매력이 느껴진다.

“……나는 차이를 전혀 모르겠지만, 갖고 싶은 거 있어?”

“으음……. 글쎄, 역시 우도일까. 용도가 많거든.”

우도란 소위 만능 식칼의 일종으로, 고기만이 아니라 생선이나 야채도 썰 수 있어서 범용성이 뛰어나다.

날이 길어서 부엌 넓이에 따라서는 다루기 힘들기도 하지만, 지금 환경이라면 그런 문제점도 상관없다.

“……너희는 학생이니?”

그때 가게 안쪽에서 주인인 듯한 할아버지가 나타났다.

할아버지는 두꺼운 안경 렌즈 너머로 우리를 바라보고 있다.

의심——하는 것처럼 보였다. 뭐, 우리는 아무리 봐도 예상 고객층에 해당하지 않으니까.

질문을 받았으니 대답하지 않을 수도 없다. 나는 최대한 사근사근해 보이는 미소를 지으며 입을 열었다.

“네, 학생입니다. ……혹시 미성년자는 들어오면 안 되는 거였나요?”

“그렇지는 않아. 미안해, 갑자기 말을 걸어서. 학생이 오는 일은 잘 없으니까 그만. ……손을 좀 보여줄 수 있을까?”

“네? 아, 네…….”

나는 할아버지에게 손을 보여줬다.

내 손을 바라보며 눈을 가늘게 뜬 할아버지는 감탄한 듯 고개를 크게 끄덕였다.

“……굳은살이 훌륭하게 박였구나. 요리를 많이 한다는 증거야.”

“어…… 네?”

“이런 가게엔 가끔 나쁜 짓을 하는 사람도 오니까……. 하지만 너는 부엌칼을 올바르게 쓸 수 있는 아이인가 보구나.”

그렇게 말하며 할아버지는 따스하게 웃었다.

우리의 대화가 신경 쓰였던 건지 카논이 내 손을 들여다보았다.

“오, 진짜다. 이런 곳에 굳은살이 있었네.”

“뭐 그렇지.”

내 손에는 부엌칼을 쥐면서 생긴 굳은살이 있다.

파지법이 안 좋아서 굳은살이 생긴다고 하지만, 몇 년 전의 나는 칼날이 둔한 부엌칼을 들고 힘을 써 가며 재료를 썰었다.

지금은 부엌칼 사용법에도 익숙해져서 굳은살이 생길 일은 사라졌지만, 이건 그런 과거의 흔적 같은 것이다.

“그래, 뭐 살 거라도 있니? 우리 가게엔 좋은 부엌칼이 많단다.”

“아……. 그럼 우도를 보고 싶은데요.”

“그래, 그거라면 이쯤에 있어.”

할아버지가 안내해준 코너에는 아름답게 빛나는 우도(牛刀)가 진열되어 있었다.

전부 품질이 좋아 보였다. 보기만 해도 알 수 있다. 다만 그 품질에 비례해 가격이 하나같이 흉악하다. 아까 옷 가게에서 본 옷을 몇 벌이나 살 수 있는 금액이었다.

“……차마 엄두가 안 납니다.”

“하하하, 그건 어쩔 수 없지.”

아쉽기는 하지만 동시에 예상했던 일이기도 했다.

이렇게 좋은 부엌칼을 내 저금으로 살 수 있을 리가 없다. 따라서 그렇게까지 실망하진 않았다.

“살 수 있게 되면 그때 또 오려무나.”

“네, 감사합니다.”

살 수 있게 되는 날은 과연 언제쯤일까.

그래도 희망만은 버리지 말고 살아가자.

“시간 내줘서 고마워. 슬슬 가자.”

“……응? 어, 그래.”

나는 카논을 데리고 가게를 뒤로했다.

말을 걸 때까지 카논은 계속 무언가를 바라보는 것 같았는데, 대체 뭘 그렇게 열심히 본 걸까?

그런 의문은 카논과 하루를 보내는 사이에 어느새 잊어버렸다.

평생 일하고 싶지 않은
내가, 같은 반
인기 아이돌의
눈에 들면

　　12월에 들어가 겨울방학도 코앞까지 다가온 이 시기, 우리 학생에게는 마지막 난관이 기다리고 있었다.

　　"어허! 걷지 말고."

　　체육 선생님이 우리를 향해 외쳤다.

　　나는 작게 한숨을 쉬고 달리는 속도를 살짝 올렸다.

　　2학기의 난관 중 하나. 그것이 이 '마라톤 대회'다.

　　매년 공원의 자전거 코스를 빌려서 그냥 달리기만 하는 행사. 당연히 학생들에게서는 대단히 불호가 많은 이벤트이자, 결석하고 싶어 하는 사람이 끊이지 않는다. 설령 결석에 성공해도 결국 나중에 달려야 하니 빠지는 의미가 전혀 없지만————.

　　내심 투덜투덜 불평을 늘어놓으면서도 나는 딱히 달리는 게 싫은 건 아니었다.

　　운동 부족을 풀어주기 위해 자발적으로 러닝하는 날도 있을 정도다. 다리가 빠른 건 아니지만 그냥 달리기만 하는 거라면 딱히 문제는 없다. 다만 귀찮은 것뿐이다.

　　"하아……, 하아……."

　　느긋하게 달리는 내 옆에서는 친구 유키오가 숨을 헐떡이며 달리는 중이었다. 그 얼굴에는 힘들어하는 기색이 완연했고 다리도 벌써 휘청거리는 상태다.

　　"괜찮냐? 유키오."

"괘, 괜찮아⋯⋯. 하아⋯⋯, 하아⋯⋯."

유키오의 몸은 여학생과 비슷하게 호리호리하다. 게다가 몸도 튼튼하지 않아서 조금 뛰기만 해도 금방 숨이 찬다. 이 녀석에게 마라톤 대회는 말 그대로 지옥 같은 이벤트다.

"⋯⋯속도 늦출까? 조금 더 뒤로 물러나도 문제없을 거야."

상태가 안 좋아졌을 때 바로 도와줄 수 있도록 나는 유키오의 속도에 맞춰서 달리고 있었다. 지금 우리가 있는 건 중간에서 조금 뒤 정도. 유키오의 속도에는 넘칠 정도였다.

"싫어⋯⋯! 올해는 제대로 달릴 거야⋯⋯!"

그렇게 주장하며 유키오의 속도가 조금 올라갔다. 뺨이 빨갛게 달아올라서 거칠게 호흡하는 모습은 참으로 안쓰러웠다. 하지만 이 녀석은 이 녀석대로 고집이 세다. 작년에 컨디션이 무너져서 기권했던 것도 더해져 오기에 불이 붙은 모양이었다.

유키오가 애쓰는 걸 보고 있으니 점점 이 마라톤 대회라는 행사에 분노가 치솟았다.

마라톤 대회의 코스는 10킬로미터. 자전거 도로를 딱 한 바퀴 도는 길이다. 본래 자전거를 타고 달리는 장소인데 우리는 왜 자기 발로 달려야만 하는 걸까. 얼마 전 카논의 말을 빌리자면, 인생이 참 쉽지 않다.

그런 생각을 하고 있었더니 근처에서 달리는 녀석들에게서 시선이 느껴졌다.

"야야⋯⋯ 어째 좀."

"어⋯⋯. 이나바 뭔가⋯⋯ 야하지⸺⸺."

―――못 들은 걸로 하자.

◇ ◆ ◇

"유키오, 물 받아왔어."
"하아…… 하아…… 고마워, 린타로."
주저앉은 유키오에게 물이 담긴 페트병을 건넸다.
그 후 속도를 늦추긴 했지만, 유키오는 마침내 10킬로미터라는
고문과도 같은 긴 코스를 완주했다. 작년과 비교하면 눈이 부신
성장이다. 절친한 친구로서 나는 유키오의 노력에 진심으로 박수
를 보냈다.
유키오는 두 손으로 페트병을 잡고 목을 꿀꺽꿀꺽 울려가며 물
을 마셨다.
"푸하……. 열심히 한 뒤에 마시는 물은 참 맛있어."
"어, 그렇지."
나는 유키오 옆에 앉았다.
이러니저러니 했지만 나도 10킬로미터 러닝은 몸에 부담이 되
었다.
숨이 찬 건 진정되었어도 당분간 움직일 마음이 들지 않을 정
도로는 심한 피로를 느꼈다. 나와 같은 상태인 사람이 많다는 건
이 골 주변의 인구밀도가 증명해주고 있다. 다들 움직이기 싫은
건지 적당한 바닥에 앉아 잡담을 나누고 있다.
―――아니, 일부 예외도 있다.

“다음 여자부 시작한다.”

남자부가 끝나고 지금부터 여자들이 이 자전거 도로를 달린다.

거리는 8킬로미터. 남자에 비하면 조금 짧지만, 충분히 힘든 거리다.

“저기 봐, 저기!”

“아, 찾았다! 오토사키 진짜 달리는 거야?!”

남자들이 여자부의 출발점에 모여있다.

목적은 당연히 레이를 보기 위해서다.

“대단하네, 오토사키. 일해야 한다고 빠질 수 있었을 텐데.”

“저 녀석은 그런 건 안 하니까.”

게다가 레이는 평소 체력을 키우기 위해 러닝을 한다. 원래 운동신경이 좋은데다 몸을 움직이는 것 자체를 좋아하는 모양이다. 8킬로미터 정도라면 여유롭게 골인하겠지.

“자, 그럼 출발.”

선생님의 호령으로 여자부가 시작되었다.

남학생들은 일제히 레이의 모습을 눈으로 좇아갔다.

녀석들이 주목하는 건 크게 흔들리는 두 개의 거대한 덩어리──.

“린타로, 또 그 표정이야.”

“어?”

“자기보다 저속한 인간을 보고 마음을 안정시키는 얼굴.”

어이쿠, 위험해라.

나는 재빨리 가식 모드에 들어갔다.

"그러고 보면 잘나가더라. 밀스타의 미튜브."

"어, 덕분에."

밀스타의 미튜브가 인기를 계속 얻는 이유에는 유키오의 도움도 확실했다. 좀처럼 시간을 낼 수 없는 세 사람과 인터넷 방송 활동에 어두운 나만으로는 도저히 미튜브를 연구하지 못했다. 그 역할을 유키오가 담당해준 덕분에 그 녀석들은 영상 촬영에 집중할 수 있었다. 나도 그 녀석들도 유키오에게는 크게 신세 진 셈이다.

"아무튼 다행이야. 전부 해결된 것 같던데."

"매번 미안해, 걱정 끼쳐서."

"걱정이야 얼마든지 하게 해줘. 네게 도움이 된다면 뭐든 할 테니까."

자신만만하게 웃는 유키오에게 나는 진심으로 고마워했다.

"이제 학교로 돌아가도 된다는데, 어떡할까?"

"딱히 할 것도 없으니까 돌아가자. 몸은 괜찮아?"

"응. 좀 나른하지만 다른 건 괜찮아."

몸이 나른한 건 피곤하기 때문이겠지.

휴식을 마치고 우리는 학교로 돌아가려고 했다.

그때 딱 맞는 타이밍에 같은 반 아이들이 말을 걸었다.

"린타로, 이나바!"

"어, 카키하라와 도모토다."

우리가 있는 곳에 온 건 카키하라 유스케와 도모토 류지였다.

여름방학에서 문화제까지, 이 두 사람과는 이래저래 감회가 깊은 경험을 했다.

그로부터 또 시간이 지나 우리의 관계는 그때보다 한층 더 깊어졌다.

"둘 다 고생했어."

"너희도."

류지의 인사에 나도 인사를 돌려주었다.

"너희만 괜찮다면 패밀리 레스토랑에 가지 않을래?"

"패밀리 레스토랑? 나는 괜찮은데⋯⋯."

오늘은 밀스타 세 사람이 늦게 귀가한다. 저녁 8시까지 집에 있으면 문제없다.

"나도 괜찮아. 하지만 갑자기 왜?"

"실은⋯⋯ 린타로와 이나바에게 공부를 가르쳐달라고 하려고."

아, 그렇군. 나와 유키오는 나란히 고개를 끄덕였다.

마라톤 대회가 끝나면 다음으로 기다리는 관문은 기말고사다.

시험 기간에 마라톤 대회를 열지 말라고 항의하고 싶은 기분이지만, 우리에게는 아무런 힘이 없다.

"뭐, 우리에게 가르쳐달라 보다는 나에게 가르쳐달라는 게 맞지만. 유스케는 공부 잘하니까."

그렇게 말하며 류지가 호쾌하게 웃었다. 이 녀석은 운동은 특출나게 잘하는 대신 공부는 영 꽝이다. 학급 순위로도 아래에서 세는 게 압도적으로 빠르다.

반면 유스케는 상위권의 아래쪽 정도라서 운동도 공부도 빈틈이 없다. 요즘은 여자친구인 니카이도 아즈사의 스파르타 수업으로 공부 성적이 점점 올라가고 있다.

"그런 관계로…… 나와 린타로와 이나바가 류지의 공부를 봐준다는 느낌이 될 것 같은데……. 어때?"

"문제없어. 가르쳐주는 것도 공부에 도움이 되니까."

"그렇게 말해주면 고맙지. 나는 가르치는 건 잘 못 하거든."

우리는 잡담을 나누며 학교로 돌아가려고 했다.

그런데 유키오가 뒤에서 내 팔을 잡아당기는 바람에 발을 멈췄다.

"어엇, ……왜 그래?"

"아니, 그게……. 린타로, 저 두 사람 앞에선 가식 모드 아니었어?"

"아……. 신뢰할 수 있는 녀석들이거든. 유스케와 류지는."

문화제 때 밴드를 결성한 뒤로 나는 두 사람 앞에서 가식적인 가면을 쓰지 않게 되었다. 둘 다 처음에는 내 변화에 놀란 듯했지만, 딱히 별다른 말 없이 지금은 아무렇지도 않게 받아들이고 있다.

그런 부분을 봐도 나는 두 사람을 믿을 수 있는 사람이라고 판단했다.

"……흐응."

"왜 그래?"

"어쩐지 나 말고 다른 남자와 친하게 지내는 건 좀 마음이 복잡해서."

"하하, 그런 말 하지 마. 너도 저 녀석들하고는 더 가깝게 지낼 수 있을 거야."

"……그래."

긍정적으로 고개를 끄덕인 유키오와 함께 나는 유스케와 류지의 뒤를 쫓아갔다.

"으아악! 모르겠어!"

문제 하나에 몇 분이나 고민하던 류지가 천장을 올려다보았다.

가까운 패밀리 레스토랑으로 이동한 우리는 저마다 공부 도구를 펼쳤다.

각자 공부하면서 류지의 공부도 봐준다. 어려워 보일지도 모르지만, 사람이 셋이나 있으면 어떻게든 되는 법이다.

"이번 시험은 범위가 좀 넓지."

"맞아……. 사실 나도 꽤 불안해."

유키오의 말에 맞장구를 치며 유스케가 난처한 표정을 지었다.

확실히 이번 시험은 범위가 넓다. 중간고사와 다르게 과목 수도 많으니 벼락치기 공부로는 고득점을 받는 건 어려울 것이다.

평소 계획적으로 공부하는 유키오면 몰라도, 나와 비슷한 수준은 평소보다 더 노력하지 않으면 주르륵 미끄러진다.

"“…….”"

우리의 시선이 류지에게 모였다.

자신을 바라보는 시선을 눈치챈 류지는 절망하는 표정을 지었다.

"나, 나를 버리지 말아줘! 너희만이 희망이라고!"

"……농담이야. 류지를 버릴 리가 있나."

마치 목숨이라도 구걸하는 것처럼 매달리는 류지를 보고 나는 쓰게 웃었다. 당연히 여기서 류지를 버리거나 하진 않는다. 내가 말한 대로 남에게 가르치는 것도 공부에 도움이 되니까. 기말고 사까지 시간은 아직 남아있다. 지금부터라도 성실하게 노력하면 낙제는 회피할 수 있겠지. 아마도.

"지금은 아무튼 열심히 할 수밖에 없지. 특히 약한 과목부터 할 까? 도모토는 무슨 과목에 약해?"

"으음……. 전부?"

"……하나만 꼽으라면?"

"그, 그렇게 무서운 표정 짓지 마……!"

유키오는 화가 날수록 어째서인지 웃는단 말이지.

"하나만 꼽으라면…… 수학? 기호를 쓰기 시작했을 무렵부터 뭘 하는 건지 전혀 모르겠더라고."

"기호라면 설마…… X나 Y 같은 거?"

"맞아, 그거!"

그거 중학생 때부터 아무것도 이해하지 못했단 소리 아냐?

어떡하지. 우리는 고등학생에게 공부를 가르칠 생각으로 온 거 였는데.

"……그래. 그런 거라면 오히려 의욕이 불타네."

"유키오……?"

갑자기 왜 저러지.

어째서인지 유키오의 눈이 활활 불타고 있다.

"도모토! 네 수학은 내가 담당할게! 같이 힘내자! 평균 점수 이상을 목표로!"

"이, 이나바……. 평균 점수 이상이라니, 내가 할 수 있을까?"

"할 수 있어! 아니, 할 수 있게 해줄게!"

"이나바……!"

갑자기 스위치가 눌린 이유는 알 수 없지만, 아무튼 류지의 수학은 유키오가 담당해주는 모양이다. 뭐, 유키오가 가르친다면 아무 문제도 없겠지. 교수법도 좋으니까 아무리 류지라고 해도 조금은 점수가 올라갈 거다.

"우리는 우리대로 평범하게 공부할까."

"그래."

유키오의 스파르타 수업을 배경으로 나와 카키하라는 자기 공부에 집중하기로 했다.

가게에서 쫓겨나지 않도록 적당히 주문을 추가하면서 2시간 가까이 지났다.

마라톤이 오전에 끝난 덕분에 시간은 아직 남아있다.

하지만 아쉽게도 집중력에는 한계가 있다. 아무리 시간이 남아있다고 해도 이것만큼은 어떻게 할 수 없다.

"……한계야."

류지의 머리에서 김이 오르고 있다.

미안해하며 항복하는 류지였지만, 나는 오히려 놀랐다.

금방 포기할 줄 알았는데 설마 이렇게 오래 버틸 줄이야.

나와 마찬가지로 유키오와 유스케도 놀란 모양이었다.

"오히려 무척 잘 따라와 줬어. 아직 가르치고 싶은 게 산더미처럼 있지만, 이 상태로 계속 집중해준다면 아마 평균 점수 정도는 받을 수 있지 않을까?"

"진짜?! 그런 거라면 열심히 할래!"

그렇게 말하며 류지는 기합을 잔뜩 넣었다.

그 모습에 나는 위화감을 느꼈다. 아무리 낙제가 싫다지만 류지가 이렇게까지 의욕을 보일까? 지난번 중간고사에서는 현실 도피하면서 자기만 했는데.

"……호노카와 같은 대학에 가고 싶은 거구나, 류지."

"잠까…… 그렇게 대놓고 말하지 마!"

류지는 얼굴이 빨개져서 유스케를 막으려고 했다.

"호노카라면…… 노기 말이지? 도모토와 노기, 사귀는 사이였어?"

"어음, 뭐……."

류지는 쑥스러운 듯 뺨을 긁적이며 고개를 살짝 끄덕였다.

본인들은 대대적으로 공개하진 않은 모양이지만, 나는 이래저래 휘말렸던지라 그 인연으로 두 사람이 사귀기 시작했다는 걸 들었다.

그게 문화제가 끝난 직후였지?

"그 녀석…… 좀 좋은 대학에 가고 싶어 하더라고. 지금 엄청 열심히 공부하는 중이야."

"아하……."

노기에 대해서는 잘 모르지만, 공부를 열심히 하는 이미지는 전혀 없었다.

무슨 바람이 분 거래.

"그래서…… 나도 같은 곳에 가고 싶어졌는데. 내년부터 하면 늦을지도 모르니까 지금부터 시작해야지."

"……대단하네, 도모토."

"대단하기는. 주변 녀석들이 평소에 열심히 하는 걸 이제야 허겁지겁 따라잡으려고 하는 것뿐인데."

그런 류지의 대답에 내가 끼어들었다.

"대단한지 아닌지는 누군가와 비교하는 게 아니야. 우리는 의욕이 생긴 널 칭찬하는 거라고. 주변 녀석들과는 상관없어."

"린타로……."

자기를 바꾼다는 게 얼마나 힘든 일인지 잘 안다. 옆에서 보면 처음부터 계속 노력하는 사람이 대단하게 보일지도 모른다. 확실히 그쪽도 대단한 녀석이긴 하다. 하지만 그동안의 자신을 부정하고 새로운 자신이 되려고 하는 사람도 마찬가지로 대단하다.

"우리 모두 네게 협력할게. 같이 힘내자."

"그, 그래! 너희들……! 고마워!"

으허엉 울면서 고개를 숙이는 류지를 보며 우리는 쓰게 웃었다.

"……대화 주제로 나온 김에 궁금해졌는데, 유스케는 어느 대학에 갈 거야?"

"음, 아직 구체적으로는 정하지 않았지만……. 나도 아즈사와 같은 대학을 목표로 할 생각이야."

"열렬하네, 여전히."

"하, 하지 마……."

입으로는 그렇게 말하면서도 그 얼굴은 어딜 봐도 실실 웃고 있다.

문화제 때 사귀기 시작한 뒤로 유스케와 니카이도 아즈사는 학교에서도 유명한 러브러브 커플이 되었다. 두 사람이 사귀는 걸 모르는 사람은 없을 것이다.

이렇게까지 주목받으면 어색해할 줄 알았는데, 두 사람의 분위기는 막 사귀기 시작할 무렵부터 변한 게 없다. 원래 눈에 띄는 타입이었으니까 주목받는 것에 익숙한 걸까.

"그보다 우리 이야기만 했는데. 너희는 어때?"

나와 유키오 쪽을 보며 류지가 물었다.

"어떠냐냐?"

"여자친구 있어? 린타로는 그렇다 쳐도 이나바는 인기 많잖아?"

"으음……."

유키오가 인기가 많다는 건 부정하지 않지만, 나는 그렇다 친다는 말이 굉장히 걸린다. 뭐 상관없지만. 응.

"……연애에 별로 관심이 없어. 좋은 기억도 없고."

"하하, 확실히 넌 고생했을 것 같아."

"으, 응, 뭐……."

류지가 아주 선뜻 받아들이는 바람에 유키오는 얼떨떨해 보였다.

섬세함이라고는 없는 말투지만, 그런 뻔뻔한 태도를 보면 마음이 편해지기도 한다. 실제로 유키오는 류지를 보며 안심한 듯 웃었다.

"그럼 린타로는? 여자친구는 아니어도, 좋아하는 사람 없어?"

"왜 너는 나한테 여자친구가 없다는 전제로 말하는 건데?"

"어? 있어?"

"……없어."

내가 그렇게 대답하자 류지는 어째서인지 우쭐거리는 표정을 지었다.

이거 무슨 능욕이냐.

"좋아하는 사람이라……."

나는 이미 레이에게 느끼는 감정을 자각하고 있다.

좋아하는 사람이 있냐고 물어보면 곧바로 그 녀석의 얼굴이 떠오른다.

하지만 그걸 입 밖으로 낼 수는 없다. 아무리 이 녀석들이 믿을 수 있는 상대라고 해도 안 되는 건 안 된다.

"……예를 들어."

나는 그렇게 운을 뗐다.

"내가 그 사람과 사귀면 상대의 인생을 망가트릴 가능성이 있다고 치고……. 그래도 나는 그 녀석을 좋아해도 괜찮다고 봐?"

"……갑자기 무슨 소리야?"

유스케와 류지는 고개를 갸웃거렸지만, 유키오는 바로 진지한 표정이 되었다.

나와 밀스타의 관계를 알다 보니 무언가 짐작이 가는 게 있었던 모양이다.

"연애 좀 한다고 상대의 인생을 망가트릴 수 있다고? 나는 그걸 모르겠는데."

"……상대방이 유명인이면 가능할지도 모르지. 오토사키 같은 아이돌은 연애가 금기시되잖아."

유스케의 정확한 예시에 무심코 심장이 크게 뛰었다.

류지와는 다르게 유스케는 제법 눈치가 빠르다.

다만 레이와 내가 직접 교류가 있다는 건 눈치채지 못한 모양이다.

"으음……. 상대가 연애할 수 없는 사람이어도 좋아하게 된 건 어쩔 수 없지 않냐? 딱히 포기해야 하는 의무는 없잖아."

"아니, 하지만……. 설령 사랑이 이뤄진다고 해도 그 결과 상대의 인생이 망가졌다간 서로 아주 괴로워하게 되지 않을까?"

"그래서 포기한다고?"

"나는…… 그런 선택지도 있다고 봐."

뜻밖에 진지하게 생각하는 시간이 만들어지고 말았다.

조금 더 가벼운 상담으로 갈 생각이었는데————.

"서로 좋아하는 거라면 사귀어도 되지 않나……. 안 들키면 되잖아? 결국."

"그렇긴 하지만, 그건 아주 어렵잖아? 외출 한 번 하는 것도 고생이고, 틀림없이 힘든 생활이 될 거란 말이지……."

"그런가?"

류지와 유스케의 의견은 둘 다 옳아 보였다.

연애는 결국 감정론. 특히 우리 같은 학생에게는 연애에 논리 같은 건 필요하지 않다.

하지만 상대가 이미 사회인이라면, 심지어 유명인이라면 사정이 복잡해진다.

류지는 그 부분에 중점을 두지 않는 모양이지만, 유스케는 현실적인 방향으로 생각하는 모양이었다.

"……나는 그 사람을 좋아하는 건 나쁜 게 아니라고 봐."

유키오가 그렇게 단언하자 확 조용해졌다.

"무언가를 포기해야만 하는 이유는 하나도 없어. 다양하게 모색해보면서 그 사람과 맺어질 길을 찾는 게 낫지 않을까."

유키오의 곧은 시선이 나를 응시한다.

그 시선은 마치 한심한 소리 하지 말라며 나를 질타하는 것 같았다.

"오오, 명언이잖아. 이나바."

"그래?"

"나도 포기하지 않는다는 부분은 찬성이야! 억울하잖아! 차인 것도 아닌데 포기하다니."

류지가 내 어깨를 찰싹찰싹 두드렸다.

조금 아프지만 격려해주려고 한다는 건 잘 전해졌다.

"……어려운 문제지만, 포기할지 포기하지 않을지로 따진다면 나도 포기하지 않는 게 낫다고 생각해. 류지의 말대로 아무것도 하지 않은 채로 포기하는 건 억울하잖아?"

"그래…… 그럴지도."

이 녀석들은 구체적인 부분이 하나도 없는 내 상담을 적극적으로 받아주었다.

이걸로 무언가가 해결된 건 아니다. 하지만 상담하길 잘했다.

"그래서 누구인데? 린타로가 좋아하는 여자."

"비밀이야, 비밀."

"비겁하다!"

칭얼대는 류지를 적당히 넘기며 우리는 진지한 분위기를 날려버리듯 웃었다.

"잘 가!"

"학교에서 봐!"

패밀리 레스토랑 앞에서 나와 유키오, 유스케와 류지가 헤어졌다.

그 후 다시 공부에 집중해서 시험 대책을 진행했다.

놀 때는 놀고 집중할 때는 집중하고. 그런 완급 조절을 맞출 수 있는 사람과 같이 있는 건 무척 편하다.

"그럼 돌아갈까."

"응."

유키오와 함께 발걸음을 뗐다.

나와 유키오는 저녁놀 속을 천천히 걸어갔다.

"있잖아, 린타로."

“응?”

“오토사키에게 진심이야?”

역시 궁금했지, 그야.

나는 잠시 침묵했다가 입을 열었다.

“뭐, 그렇지. 당장 뭘 할 마음은 없지만.”

“아, 그래? 다행이다……. 영락없이 조만간 고백하는 거 아닌가 했어.”

“그럴 리가 있냐. ……그 녀석이 아이돌로 활동하는 한 설령 저쪽에서 고백해도 애인이 될 마음은 없어.”

“……철저하네.”

아이돌은 팬의 존재로 성립된다.

나는 그 녀석이 팬을 배신하길 원하지 않는다.

“뭐, 고민한다는 건 사실이야.”

“아, 그래?”

“솔직히…… 레이가 아이돌을 계속하길 바라거든.”

이런저런 경험을 거치며 내가 결론을 내린 본심이었다.

아이돌은 오토사키 레이의 천직이다. 그녀의 스타성은 그 미아와 카논이 센터를 양보할 정도로 빛이 난다. 최정상 아이돌이 한수 접어주는 수준은 그리 흔치 않다.

레이는 사람들을 이끄는 빛이다. 그 빛을 독점하는 건 너무나 황공하다.

“그 녀석이 계속 아이돌로 활약하는 걸 다들 좋아할 테지.”

“……하지만 좋아하잖아?”

“──────음, 뭐.”

그래. 문제는 그거다.

레이의 특별한 사람이 되고 싶다는 마음과 아이돌로 활약하길 바라는 마음은 양립할 수 없다.

언젠가는 둘 중 하나를 확실히 선택해야 한다. 그건 잘 알고 있다.

그러니 이렇게 고민하는 거다.

“레이가 어떻게 생각하는지…… 그것도 모르고.”

아이돌을 그만둘 생각인지, 아니면 계속할 건지. 그 녀석의 답을 아직 모른다. 하지만 내 욕망 때문에 그녀가 장래를 굽히는 것만큼은 피해야 한다.

“언젠가는 은퇴해야 할지도 모르지만, 첫 부도칸 공연을 마지막으로 은퇴한다는 건 너무 빠를지도 모르지……. 잘나가기 시작한 지 아직 2년 정도밖에 안 지났으니까, 팬들도 앞으로 더 많은 활약을 기대하고 있을 테고.”

“그래, 같은 생각이야.”

그렇다. 팬은 아직 레이의 더 많은 활약을 원한다.

분명 레이가 아이돌을 그만두겠다고 하면 많은 사람이 말릴 것이다.

아아…… 젠장. 결국 답이 없네.

“……뭐, 마지막엔 전부 본인의 뜻에 달렸지. 오토사키가 냉정하게 내린 판단이라면 다들 존중해야 해.”

“맞아. 여전히 핵심을 찌르는 발언이구나.”

"그래?"

어리둥절한 듯 유키오가 고개를 갸웃거렸다.

유키오에게 상담하면 머리가 개운해진다. 이번만큼은 바로 문제가 해결된 게 아니었지만, 조금 더 상황을 지켜보지 않으면 아직 뭐라 할 수 없는 상황이라는 걸 새삼 다시 인식했다.

지금은 우선 내가 할 수 있는 일을 열심히 하자.

나중 일을 생각하는 건 할 일이 다 끝난 다음에 하면 된다.

평생 일하고 싶지 않은
내가, 같은 반
인기 아이돌의
눈에 들면

이건 자랑인데, 내 본가는 무지막지 넓다.

다다미를 몇십 개나 깔 수 있을 만큼 큰 거실과 수많은 방. 대부분 창고로 쓰는 건 넘기기로 하고, 나와 그 녀석들이 같이 살기에는 넘쳐날 정도로 넓다.

아버지가 자유롭게 써도 된다고 했으니 당당하게 마개조도 해놨다.

먼저 널따란 거실을 일부 개조해서 거울을 나란히 놓은 간이 댄스 스튜디오를 만들었다. 스튜디오라면 사무소가 마련해준 프라이빗 스튜디오를 쓰면 되지만, 예를 들어 집에 돌아온 뒤에 갑자기 안무를 점검하고 싶어지거나 문득 몸을 움직이고 싶어졌을 때도 있다. 그럴 때를 대비해 언제든 춤을 출 수 있는 장소를 만들었다.

이 집을 제공하는 사람의 특권으로 나는 밀피유 스타즈의 퍼포먼스를 가까이서 볼 수 있다.

오늘도 그 특권을 마음껏 누리는 중이었다.

"딴딴딴, 딴!"

카논의 신호에 맞춰 세 사람이 일제히 턴을 돌았다.

그 칼 같은 군무에 나는 무심코 박수를 보냈다.

"후우……. 간신히 맞춰졌네. 마지막 턴."

"응. 만족."

"그래. 이제 천 번 연속으로 돌아도 실수하지 않도록 몸에 주입하는 것만 남았어."

세 사람 모두 전에 없이 진지한 얼굴이었다.

그럴 만도 했다. 이번 달은 밀스타의 크리스마스 라이브를 앞두고 있으니까.

지금 연습하는 춤은 그 라이브에서 공개하는 신곡 안무였다.

이렇게 기합이 들어가는 것도 당연하다.

"미안해, 린타로. 조금 더 바쁠 것 같은데, 괜찮을까?"

"난 신경 쓰지 마. 뭐 마실 거라도 마련할까?"

"부탁해도 돼? 그런 거라면 커피를 마시고 싶어. 슬슬 집중력이 떨어질 것 같거든."

"알았어. 레이와 카논은?"

내가 말을 걸자 한창 대화하던 두 사람이 이쪽으로 시선을 돌렸다.

"커피."

"나도! 크림 많이 설탕 조금!"

"오냐, 바로 준비할게."

그렇게 대답한 뒤 나는 부엌으로 향했다.

레이는 크림과 설탕. 카논은 크림 많이, 설탕 조금. 미아는 블랙. 저 녀석들의 취향은 완벽히 외웠다. 각각 평소 마시던 분량대로 탄 커피를 들고 거실로 돌아왔다.

"이러니저러니 하는 사이에 올해도 곧 끝나는구나."

커피 휴식 타임에 들어가자 카논이 그런 말을 꺼냈다.

확실히 슬슬 연말이 다가온다.

“올해는 순식간이었어.”

“어? 작년에도 같은 소리 했는데?”

“으음? ……그랬나?”

카논의 지적에 미아가 고개를 갸웃거렸다.

이 녀석들이 아이돌이 된 뒤로 바쁘지 않았던 해는 없었을 것이다. 일 년이 짧게 느껴지는 것도 무리가 아니다.

“올해는 린타로 덕분에 정말 도움이 많이 됐어. 덕분에 컨디션이 나빠지는 일도 없었고.”

“그거야 기쁘지만, 네 말을 보면 작년에는 아주 힘들었나 봐?”

“힘들었어. 난 몇 번 쓰러질 뻔했어.”

“에이, 설마…….”

레이의 대답을 농담이라고 생각하고 웃어넘기려고 했는데, 카논과 미아가 전혀 웃고 있지 않다는 걸 깨달았다.

“어? 진짜로?”

“진짜. 레이는 널 만날 때까지는 한계까지 연습하는 애였거든.”

“아니, 좀…….”

하지만 생각해 보면 레이와 이런 관계가 된 계기도 길에서 쓰러지려는 걸 도와준 거였다.

“뭐, 우리도 남 말할 자격은 없다고 해야 하나……. 레이가 그런 상태인 걸 알아채지 못할 정도로는 치열했으니까.”

“너무 바빴지. 올해도 스케줄은 비슷하게 빡빡했지만, 린타로 덕분이야.”

카논의 말에 전원의 시선이 나에게 모여들었다.

내 덕이라고 해주는 건 기쁘지만, 내가 낀 것만으로도 그렇게 환경이 바뀌나? 어쩐지 민망하다.

"돌아오면 린타로가 있다고 생각하자 나도 냉정해졌어. 냉정해지자 내 한계도 알아챌 수 있게 됐어. 지금은 이제 안 쓰러져."

"……그러냐. 냉정한 건 좋은 거지."

주먹을 불끈 쥐고 주장하는 레이를 보고 나는 쓰게 웃었다.

확실히 자기가 어디까지 노력하면 쓰러지는지 같은 건 모르는 법이다. 보통은 한계가 오기 전에 노력을 멈추니까. 분명 이 녀석들── 특히 레이는 그런 리미터가 망가졌던 거겠지.

노력가라고 하면 좋게 들려도, 한계를 넘어서 지나치게 애를 쓰는 건 칭찬받을 수 없는 행위다. 내가 있었기에 그런 나쁜 습관이 고쳐졌다면 진심으로 다행이다.

"그러고 보면 제안이 하나 있는데."

미아가 우리의 주목을 모은 뒤 입을 열었다.

"24일의 크리스마스 라이브가 끝나면 우리는 연말 생방송까지 오프잖아?"

"그렇지……."

"모처럼 쉬는 날이니까 크리스마스에는 우리끼리 파티하지 않을래?"

"오! 그거 좋은데!"

카논은 눈을 빛내며 적극적으로 환영했다.

크리스마스 파티라. 작년에는 유즈키 선생님의 작업실에서 파티라는 이름의 수라장을 처리했었지. 그러고 보면 올해는 유즈키 선생님의 SOS가 별로 없었네.

"따라서 우리의 공인 서포터인 린타로에게 파티 때 먹을 요리를 맡기고 싶은데……."

"그럴 줄 알았어……. 어쩔 수 없지."

"아하하, 항상 고마워."

모처럼 넷이 함께 보내는 크리스마스다. 평소보다 더 정성을 쏟아서 요리하자. 마침 겨울방학 시기라 시간은 많이 있고.

"근데 라이브 다음날에 괜찮겠어? 너네. 크리스마스 당일에 고집하지 않아도 하루 정도 더 비우는 게 낫지 않아?"

"싫어. 바로 할래."

"뭐야, 그렇게 어린애처럼……."

즉답을 돌려준 레이를 보고 나는 무심코 웃어버렸다.

"레이 말대로 크리스마스 라이브에서 날짜를 띄우면 크리스마스 기분이 약해질지도 모르잖아. 한다면 꼭 25일에 해야 해!"

"우리가 피곤한 것 때문에 그러는 거라면 괜찮아. 다음 날 낮까지 자면 어지간한 피로는 어떻게든 되니까."

카논과 미아까지 괜찮다고 하니 신경 쓰지 않아도 되려나.

기왕이면 25일에 하고 싶다는 마음은 나도 마찬가지다.

"좋아, 그럼 뭐 먹고 싶어? 리퀘스트 받을게."

"로스트비프!"

"카논은 로스트비프."

만든 적이 별로 없는 요리지만, 연습하기에는 좋은 기회겠군.

"나는 치킨을 먹고 싶어. 역시 크리스마스 하면 치킨이지."

"응, 나도 치킨 먹고 싶어."

"그리고…… 뭐가 있을까. 스튜?"

"스튜 먹고 싶어. 볶음밥이랑 라멘도."

"……레이? 그거 지금 먹고 싶은 걸 꼽고 있는 것뿐이지?"

나는 크리스마스다운 치킨과 스튜만 메모에 추가했다.

볶음밥과 라멘은 다음에 만들어줘야지.

"로스트비프에 치킨과 스튜……. 이 라인업이라면 빵이 좋겠는데. 또 뭐 있을까. 케이크?"

"""케이크!"""

"으억?!"

일제히 몸을 앞으로 기울인 세 사람에게 기가 눌린 나는 무심코 몸을 뒤로 젖혔다. 설마 케이크라는 단어에 이렇게까지 반응할 줄이야.

"무슨 케이크가 좋을까? 역시 쇼트케이크?!"

"아니, 초콜릿케이크도 아쉽지 않아?"

"타르트도."

세 사람은 저마다 의견을 꺼냈다.

가능하면 전부 만들어주고 싶지만 아무래도 양이 너무 많다.

결국 세 사람에게 가위바위보를 시켜서 승자인 미아의 권한으로 초콜릿케이크를 만들게 되었다.

"요리는 린타로에게 맡기고……. 마실 것은 여느 때처럼 우리가 준비하자."

"전에 방송에서 소개했던 주스, 맛있었어. 지금 주문하면 제때 올 거야."

"그럼 레이에게는 그걸 맡길게. ……우리는 어떡할까?"

미아가 카논을 보았다.

"으음……. 좀 괜찮은 안줏거리라도 마련할까?"

"오해를 부르는 발언인데, 그거."

"아니……! 안주로 많이 먹는 사이드 메뉴라는 뜻이야!"

깜짝이야. 술이라도 마시는 줄 알았잖아.

만약을 위해 말해두지만, 미성년자의 음주는 범죄입니다.

"카논은 야근에 지친 회사원 역할이 잘 어울릴 것 같아."

머릿속에 정장을 입고 맥주를 들이켜는 카논의 모습이 떠올랐다. 너무 자연스럽게 떠오르는 바람에 이미 그런 광고를 어디선가 보기라도 한 것 같다.

"린타로?! 그거 무슨 뜻이야?! 나는 아직 탱탱한 10대거든?!"

"그런 부분을 말하는 거다……."

보통 10대가 탱탱하단 소린 안 하잖냐.

"사이드 메뉴 자체는 괜찮은 생각이네. 조달할 수 있는 걸로 찾아봐야겠어."

"하아……. 그래."

우선 이렇게 역할 분담은 끝났다.

로스트비프와 치킨과 스튜…… 그리고 초콜릿케이크라. 스튜는 많이 만들어봤다. 모처럼 크리스마스니까 무언가 특별한 스튜를 만들고 싶다.

케이크 만들기도 연습하고 싶지만 먹어줄 사람을 찾아야만 한다. 이 녀석들에게 먹이는 방법도 있지만 가능하면 파티 때까지 리액션을 아껴놓고 싶다.

그렇다면 연습해서 만든 건 유즈키 선생님의 작업실에 선물하는 게 제일 나으려나. 항상 당분을 갈구하는 사람들이니까 분명 기뻐해 줄 것이다.

"―――아."

그렇게 계속 요리 이야기를 했기 때문인지 갑자기 레이의 배에서 꼬르륵 소리가 울렸다.

저녁밥으로 얻은 칼로리는 춤 연습에 다 써버린 모양이다.

"배고파."

"뭐라도 먹을래?"

"단 거 먹고 싶어."

"단 거라……. 팬케이크 어때?"

"응, 팬케이크 좋아."

계속 연습할 거라면 여기서 칼로리를 보충해둘 필요가 있을 테지.

"너희도 먹을래? 한꺼번에 구울 건데."

"……좀 시간이 늦었지만, 준다니까 먹을까."

"그래……. 지금부터 왕창 움직이면 쌤쌤 될 거야."

"오케이, 3인분."

미아와 카논의 대답까지 들은 나는 다시 부엌으로 향했다.

하지만 여기서 터무니없는 사실을 깨닫고 말았다.

"아……. 그래, 우유 얼마 안 남았지."

팬케이크에 필요한 우유가 거의 남아 있지 않았다.

우유 대신 물을 넣어도 만들 수 있지만, 평소처럼 만들지 못하는 건 좀 껄끄럽다.

"미안, 잠깐 우유 사러 다녀올게."

그렇게 말한 뒤 나는 거실을 뒤로했다.

린타로가 자리를 비운 거실.

남은 밀피유 스타즈 세 명은 서로를 쳐다보았다.

"좋아……. 우선 파티 개최까지는 성공이야."

"린타로에게 일정이 없어서 다행이지."

안심하는 카논과 미아.

크리스마스 파티는 이미 밀스타 세 사람 안에서는 의견 확인이 끝난 상태였다.

세 사람에게는 파티를 두고 비밀스러운 꿍꿍이가 있었다.

"린타로 선물…… 어떡할까?"

레이가 두 사람에게 물었다.

그랬다. 세 사람은 린타로에게 크리스마스 선물을 줄 생각이었다. 평소 고마움을 담아서—— 아니, 새치기 방지를 위해 어디까지나 밀피유 스타즈 세 명이 공동으로 준다는 명목으로 린타로에게 선물을 줄 계획이었다.

“으음……. 어떡할까. 가능하면 린타로가 갖고 싶어 하는 걸 주고 싶은데.”

“……후후후, 린타로가 갖고 싶어 하는 거? 그거라면 내가 가르쳐줄게!”

우쭐대는 카논을 향해 두 사람이 싸늘한 시선을 보냈다.

“뭔데? 그 눈.”

“왜 카논이 린타로가 갖고 싶어 하는 걸 아는 거야?”

“지, 지난번 데이트 때 알았어!”

“……데이트.”

레이의 등 뒤로 질투의 불꽃이 타올랐다.

카논이 린타로와 일일 데이트권을 사용한 건 레이도 알고 있었다. 그것 자체는 승부의 결과로 인식했기 때문에 불평할 생각은 없다. 하지만 새삼 대놓고 들으니 마음이 꽁해지는 건 어쩔 수 없는 일이었다.

“고, 공유해준 것만으로도 고맙게 생각하라고!”

“그래서, 그 린타로가 갖고 싶어 하는 게 뭔데?”

“미아까지……. 린타로 일이 되면 노골적으로 저기압이 되잖아…….”

시선만으로도 찔러 죽일 기세인 두 사람을 보며 카논은 두려움을 느꼈다.

“린타로가 갖고 싶어 하는 건 누도? 우도? 라는 부엌칼이었어.”

“우도? 아마 만능 식칼의 일종이었지?”

“자기 입으로 그렇게 말했으니 확실해. 우연히 들어간 가게에서 갖고 싶다는 눈빛으로 구경했었거든."

"부엌칼이라……. 좋은데? 린타로가 원한다는 이유도 있고."

미아의 말에 레이도 고개를 끄덕였다.

크리스마스 선물이라기에는 다소 로맨틱함이 부족한 느낌도 들지만, 린타로가 그런 쪽에 관심이 없다는 걸 세 사람 모두 알고 있다. 그가 가장 기뻐하는 건 실용적인 물건이다.

"하지만 부엌칼만으로는 좀 심심한 느낌."

"레이 말이 맞아……. 앞치마는 어때? 지난번에 올이 나갔다고 하지 않았던가?"

"했어. 근데 알아서 고쳤어."

"바느질도 할 줄 아는구나……."

미아가 기가 막힌다는 목소리로 말했다.

린타로는 전업주부를 지망하면서 집안일과 관련된 건 어느 정도 할 수 있도록 연습했다. 바느질도 그중 하나. 올이 나간 곳을 고치는 것도, 떨어진 단추를 다시 다는 것도 그에게는 식은 죽 먹기다.

"하지만 그건 올이 나갈 정도로 오래된 앞치마라는 뜻이지? 새 앞치마를 주면 기뻐하지 않을까?"

"……그럴지도."

"부엌칼과 앞치마. 괜찮지 않아? 그 녀석 분명 기뻐할 거야."

세 사람은 서로를 쳐다보며 고개를 끄덕였다.

사실 여기에 있는 세 사람은 여태까지 본인의 아버지 말고 다른 남자에게 무언가를 선물한 적이 없다. 아직 크리스마스까지 상당한 시간이 남아있는데도 세 사람의 가슴은 두근두근 크게 뛰었다. 불안도 있지만, 역시 린타로가 기뻐해 주리라는 기대가 대부분이었다.

"크리스마스를 즐겁게 보내기 위해서도 크리스마스 라이브는 반드시 성공시키겠어."

"물론이야."

"응…… . 항상 그랬듯, 전력으로."

카논의 다짐에 이어지는 미아와 레이의 목소리. 세 사람은 저마다 눈을 마주치고 동시에 고개를 끄덕였다.

평생 일하고 싶지 않은
내가, 같은 반
인기 아이돌의
눈에 들면

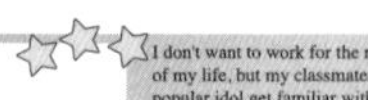

"……엣취! 으…… 추워."

나는 팔을 문지르며 서둘러 교사로 들어갔다.

더위와 추위로 묻는다면 더위가 더 싫다고 즉답하는 나이지만, 딱히 추위에 강한 것도 아니다.

추위만이라면 모를까 특히 온도 차가 힘들다.

너무 심할 때는 컨디션이 무너진다. 그걸 피하려면 목욕물에 몸을 푹 담가서 쉬어줄 수밖에 없다.

"안녕, 린타로."

"어, 유키오냐."

"……괜찮아? 코맹맹이 소리가 나는데."

"응, 문제없어."

"이 시기에는 매년 건강이 나빠진단 말이지. 린타로는."

"어, 조심해야지……."

나는 크게 한숨을 쉬었다.

몸이 아픈 건 피할 수 없다고 해도 가능하면 빨리 아프고 싶다. 24일에는 밀스타의 크리스마스 라이브가 있고 다음 날은 크리스마스 파티다. 그전까지 회복하기만 하면 괜찮다.

아니, 가능하면 안 아프고 싶지만.

"우선 오늘은 기말고사 마지막 날이니까 끝까지 열심히 하자."

"어, 그래."

그렇다. 오늘은 나흘에 걸쳐서 치르는 기말고사의 마지막 날.

지금까지 봤을 때 나쁘지 않은 느낌이다. 매일 늦게까지 공부했던 보람이 있다. 이대로 아무 일도 없다면 전체적으로 좋은 성적을 내고 마칠 수 있겠지.

————아무 일도 없다면.

"그럼 펜 내려놓으세요."

마지막 시험이 끝나는 것과 동시에 나는 책상에 엎드렸다.

아, 이거 틀렸다. 전신을 감싸는 나른함과 불쾌한 오한. 몸에서 열이 난다는 걸 따로 재보지 않아도 알 수 있다. 시야도 살짝 흐릿해진 느낌이다. 아직 의식이 있는 것만으로도 다행이지만, 솔직히 당장 누워서 잠들어버리고 싶었다.

"고생했어, 린타로. ……린타로?"

"어…… 수고."

"세상에, 얼굴이 새파래!"

유키오가 소리쳤다.

"하아! 끝났다! 이 해방감이 끝내준다니까! 다 함께 뒤풀이라도…… 어? 왜 그래? 너희."

"무슨 일 있었어?"

우리 옆으로 류지와 유스케가 다가왔다.

나는 두 사람에게 인사하려고 어떻게든 몸을 일으켰다.

“뭐, 뭐야! 무슨 일이야? 린타로!”

“안색이 장난 아닌데?!”

그렇게 심각한가?

뭐, 안색이 엉망이어도 어쩔 수 없을 만큼 상태가 안 좋다는 자각은 있지만.

“바로 집에 돌아가는 게 좋겠어, 린타로.”

“우리가 바래다줄까? 돌아가는 것도 벅찬 거 아니야?”

그 제안에 나는 고개를 저었다.

만약 이 몸 상태가 환절기가 아닌 인플루엔자 같은 전염병이 원인이라면 세 사람에게 폐를 끼치게 된다. 힘들어도 집에 돌아갈 수 있다고 생각하면 아직 몸을 움직일 수 있다. 여기서는 혼자 돌아가는 게 최선이라고 판단했다.

“괜찮아……. 인플루엔자일지도 모르니까 혼자 돌아갈게.”

“……알았어.”

세 사람이 걱정하는 눈으로 나를 보고 있다.

계속 나를 염려하게 하는 것도 미안하다. 시험도 끝났으니 이제 하교해도 될 것이다. 나는 바로 짐을 정리한 뒤 자리에서 일어났다.

“회복하면 또 연락할게……. 먼저 간다.”

“응, 몸조심해.”

“어, 고맙다.”

그렇게 나는 교실을 뒤로했다.

───결론부터 말하자면 내 몸 상태는 환절기가 원인이었다.

우선 인플루엔자가 아니라 다행이다. 옮는 병이 아니니까 밀스타 세 사람에게 폐를 끼치지 않을 수 있다.

"……38.5도라."

체온계를 보고 오늘만 몇 번째일지 모르는 한숨을 쉬었다.

그동안의 경향으로 보아 대체로 열이 난 뒤로 2~3일은 고열이 이어진다. 학교는 최소 나흘은 쉬는 게 좋을 것이다.

"나보다…… 그 녀석들 밥 어떡하지."

도저히 집안일을 할 수 있는 상태가 아니다.

의사 선생님도 안정하라고 했고, 괜히 돌아다니다 악화하기라도 하면 더욱 그 녀석들에게 폐를 끼친다. 그것만은 피해야 한다.

"……연락만 넣어둘까."

그 녀석들이 일하고 돌아오기 전에 나는 그룹 채팅방에 내 몸 상태를 알렸다. 저녁을 차릴 수 있는 상태가 아니니까 밖에서 먹거나 배달 음식을 시키라는 부탁도 첨부했다.

읽음 표시는 뜨지 않았다. 아직 일하는 중이기 때문이겠지. 나는 스마트폰을 머리맡에 두고 눈을 감았다. 이불을 덮고 있는데도 오한이 멈추지 않는다. 해열제를 먹었으니 효과가 돌기를 기다릴 수밖에 없다.

"……."

아무도 없는 집에서 가만히 잠이 오길 기다린다.

이따금 밖을 달리는 자동차 소리나 어린아이가 신이 나서 떠드는 목소리가 들렸다.

————아, 오랜만이다.

이 방은 내가 혼자 살기 전까지 쓰던 방이다.

계속 이렇게 혼자서 견뎠다. 어머니는 집을 나가버렸고, 아버지는 연락해도 일에 방해가 될 뿐. 그래서 이렇게 열이 내리기를 가만히 기다렸다.

열이 나면 왜 이렇게 불안해지는 걸까.

마치 내가 이대로 사라져버릴 것 같은, 그런 불안이 정신을 갉아먹는다. 잠들어버리면 다시는 눈을 뜨지 못하는 게 아닐까. 불안이 불안을 불러서 좀처럼 잠이 오지 않는다.

————한심하기는.

많은 걸 털어냈다고 생각했는데, 몸이 아파지자마자 바로 이 모양이다.

안정하다 보면 며칠 내로 회복한다는 걸 내가 제일 잘 안다. 그래도 이렇게 불안해지는 걸 보니 아프다는 건 참 골치 아프다.

그 녀석들은 나를 의지한다. 이전의 나였다면 그럴 리 없다고 비하했겠지만, 지금은 당당히 말할 수 있다. 그 녀석들이 나를 믿어주는 것처럼 나도 그 녀석들을 믿으니까.

하지만 그걸 이해하기 때문에 이렇게 움직이지 못하는 게 미안했다.

"열이 내리면…… 그 녀석들에게 맛있는 거 만들어줘야지……."

타이르듯이 중얼거린 뒤 한동안 눈을 감고 있었더니 어느새 내 의식은 깊은 꿈나라로 떨어졌다.

◇ ◆ ◇

“린타로, 괜찮을까?”

프로그램에서 준비해준 대기실에서 레이가 작게 중얼거렸다.

그녀가 쥔 스마트폰에는 린타로가 보낸 메시지가 떠 있었다.

“걱정되네. 피곤해할 때는 있었지만 아픈 건 처음이잖아.”

“그러게……. 요즘 갑자기 추워졌으니까 무리도 아니지만.”

미아와 카논의 얼굴에도 걱정하는 기색이 어른거렸다.

세 사람에게 시도 린타로는 무척 큰 존재다. 그가 앓아누웠다는 것만으로도 세 사람은 마치 발밑이 꺼진 것처럼 불안했다.

하지만 가장 힘든 사람은 린타로라는 것도 이해하고 있었다.

“젤리 같은 먹을 만한 걸 사 갈까?”

“스포츠 음료도 있는 게 좋겠지?”

“쿨링 물티슈도 필요할지도.”

————쿨링 물티슈?

미아와 카논의 시선이 레이에게 모여들었다.

“……그러네. 지금쯤 땀투성이가 되지 않았을까? 린타로.”

“미, 미아 말대로야. 제대로 닦아주지 않으면 잠자리가 불편하잖아.”

“움직이는 것도 힘들 거야. 누가 닦아주는 게 좋겠어.”

“……”

그 순간 대기실에 침묵이 찾아왔다.

그 침묵은 스태프가 대기실 문을 두드릴 때까지 이어졌다.

◇ ◆ ◇

————린타로?

누군가가 이름을 부른 것 같은 느낌에 눈을 떴다.

잠든 지 얼마나 지났을까.

몸이 땀으로 축축하다. 하지만 덕분에 조금 편해진 것 같은 느낌이었다.

"으……."

"아, 누워있어도 돼."

"레이……?"

"지금 돌아왔어. 다녀왔어."

"그래……. 어서 와."

일어나려는 내 몸을 레이가 다시 침대에 눕혔다.

걱정하며 이쪽을 바라보는 레이를 보고 나는 몹시 안심했다.

"미안, 깨웠어?"

"아니…… 괜찮아. 그보다 밥은? 밖에서 먹고 왔어?"

"도시락 사 왔어. 밥은 걱정하지 마."

"그래……. 미안, 못 차려줘서."

사과하는 동시에 심장이 꽉 조여드는 듯한 감각을 받았다.

한심함과 죄책감으로 눈물이 맺힐 것 같았다.

"……괜찮아, 린타로. 그런 날도 있는 거야."

"레이……."

"힘들 땐 쉬어. 이럴 때는 노력하지 않는 게 우리도 안심이야."

"……그렇구나."

————지금은 열심히 하지 않아도 되는 건가.

그렇게 생각하자마자 마음이 확 가벼워졌다.

그래, 나는 계속 세 사람이 실망하는 게 무서웠던 거야.

"내일부터 매일 교대로 린타로를 간병할 거야. 반드시 누군가가 집에 있을 거니까, 린타로는 안심하고 쉬어."

"미————고마워."

미안하다고 하려다가 바꿨다.

레이가 듣고 싶어 하는 말은 사과가 아니다.

이 상황에서, 내가 레이였다면 그렇게 생각할 테니까.

"응. 지금은 또 푹 쉬어. 가끔 보러 올 건데, 무슨 일 있으면 바로 말해."

그렇게 말한 뒤 레이는 내 머리맡에 스포츠 음료를 두었다.

"알았어……. 두 사람에게도 고맙다고 전해줘."

"응. 그럼 이따 봐."

레이가 방에서 나갔다.

몸이 아플 때 나 말고 다른 사람이 집에 있다는 게 이렇게 안심되는 거였나.

그 안심 덕분에 바로 졸음이 쏟아졌다.

————지금은 그 녀석들이 있어.

그렇게 나는 다시 잠들었다.

◇ ◆ ◇

"잠들었어?"

"아마."

"그래. ……당분간 지켜봐야겠네."

레이가 거실로 돌아오자 그곳에는 가라앉은 얼굴의 카논, 그리고 미아가 있었다.

두 사람이 앉아있던 소파에 레이도 앉았다.

"자, 그럼. 이래저래 문제가 나오기 시작했구나."

그렇게 말하며 미아는 도시락은커녕 아무것도 없는 테이블을 바라보았다.

세 사람은 도시락을 사지 않았다.

레이가 린타로에게 거짓말을 한 건 그에게 걱정 끼치지 않기 위해서였다.

"……설마 둘 다 도시락을 안 샀을 줄은 몰랐어."

"그건 레이 너도 마찬가지잖아……. 이제 와서 시판 도시락을 먹고 싶지 않았거든. 그냥 그뿐이야."

"카논 말대로야. 일단 가게에는 들렀지만 나도 아무것도 살 마음이 안 들더라."

평소 린타로의 따뜻한 요리를 먹는 사이에 세 사람은 그 외에 다른 식사에 관심을 잃어버렸다. 고급 요리처럼 집에서는 좀처럼 먹을 수 없는 메뉴라면 사정이 조금 달라지지만, 원래 세 사람은 그런 것에 관심이 거의 없었다.

세 사람이 원하는 건 자신들을 위해 마음을 담아 만들어준 린타로의 요리다.

밥을 먹어야 한다는 건 익히 알고 있다. 하지만 도저히 식욕이 들지 않았다—— 그런 상황. 린타로가 없다는 것만으로도 제대로 된 생활을 보내지 못하게 되었다는 사실을 새삼 깨닫게 되었다.

“……야키소바, 아직 남아있었지?”

“설마 카논이 만드는 거야?”

“불만일지도 모르지만, 뭐든 먹어야 하잖아? 다른 데서 살 정도라면 내가 만드는 게 그나마 낫지 않아?”

“……그렇긴 해. 카논이 만들어준 음식이라면 나도 먹고 싶어.”

“레이도 불만 없지?”

그 질문에 레이는 고개를 가볍게 끄덕였다.

“그럼 바로 만들게. 테이블 위만 치워놔.”

카논의 지시에 두 사람은 서둘러 테이블 위를 치우기 시작했다.

“자, 먹어.”

카논은 커다란 접시에 넘칠 듯이 가득 담은 야키소바를 테이블 위에 올려놓았다. 건더기는 양배추, 돼지고기, 숙주나물, 양파. 맛있는 소스 냄새가 거실을 떠돌며 세 사람의 배를 자극했다.

“맛있겠다.”

"이상한 짓은 안 했으니까 맛이 없지는 않을 거야. 빨리 먹자."

앞접시에 덜어온 뒤 세 사람은 야키소바를 먹기 시작했다.

소스의 풍미와 냄새가 코를 두드리자 세 사람은 정신없이 젓가락을 놀렸다.

──────하지만 잠시 후 그 젓가락이 우뚝 멈췄다.

"……뭔가 부족해."

레이와 미아는 만들어준 카논을 생각해서 아무 말도 하지 않았었다.

다만 카논이 동의를 구하자 순순히 고개를 끄덕였다.

"어째서지. 맛은 좋은데 부족함이 느껴져."

"맞아……. 질린다고 해야 하나, 뭐라고 해야 하나."

세 사람 모두 진지한 얼굴로 눈앞의 야키소바를 바라보았다.

맛없는 건 아니다. 그것만은 틀림없다. 하지만 린타로가 만든 것과는 명백하게 달랐다.

"……그러고 보면 전에 그 녀석이 야키소바를 만들었을 때 소스를 따로 만들었지."

카논의 본가에서 린타로가 야키소바를 만든 적이 있었다.

그때 그는 면에 들어있던 분말 소스가 아니라 굴소스와 우스터 소스로 오리지널 소스를 만들었다. 기반이 되는 맛은 다르지 않지만, 여러 종류의 소스를 섞어서 맛에 깊이가 만들어졌다.

"얼핏 쉽게 만드는 것처럼 보이는 요리여도 린타로 나름의 정성이 들어갔다는 거구나."

"항복이야. 설마 이렇게 다르다니."

카논은 성대한 한숨을 쉬었다.

한동안 세 사람은 그저 묵묵히 야키소바를 계속 먹었다.

이윽고 세 사람은 야키소바 접시를 깔끔하게 비운 뒤 미아와 레이가 설거지도 마쳤다.

그렇게 일단락되고 나자 다시 소파에 앉은 세 사람은 앞으로 어떻게 할지 머리를 굴렸다.

"내일은 나만 집에 있을 수 있지?"

"맞아. 나와 레이는 스케줄이 있으니까……."

"일정을 제대로 확인해둘까."

미아가 메모하기 시작했다.

"먼저 내일은 나. 그다음 날은 카논만 쉬는 날이지?"

"맞아."

"사흘 뒤는 레이만 비었고……. 맞아?"

미아가 묻자 레이는 고개를 끄덕였다.

"일이 완전히 겹치지 않은 덕분에 반드시 누군가가 린타로 옆에 있을 수 있다는 건 다행이지만……. 어쩐지 절묘한 느낌인데."

미아의 말은 세 사람 모두 이해하고 있었다.

이 상황은 린타로에게 대시할 기회이기도 하다는 것을.

"레이, 미아. 너희 내가 없는 사이에 린타로의 상태가 나빠질 법한 짓을 했다간 용서하지 않을 거야."

"내가 할 말. 린타로에게 무모한 짓 하지 마."

"당연하지. 대전제로 우리가 해야 할 일은 간병이야. 아픈 사람의 약점을 이용하는 짓은 간과할 수 없어."

세 사람의 시선이 부딪치며 불꽃이 튀었다.

이렇게 잘나가는 인기 아이돌들의 치열한 간병 배틀이 막을 열었다.

평생 일하고 싶지 않은
내가, 같은 반
인기 아이돌의
눈에 들면

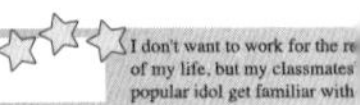

"으응……."

눈을 뜨자 커튼 틈새로 햇살이 들어오는 게 보였다.

아무래도 하룻밤 내내 잔 모양이다.

————몸이 무거워…….

상반신을 일으킨 나는 전신을 누르는 나른함이 심해진 걸 자각했다.

하지만 열감으로 힘든 건 줄어든 느낌이다.

열을 재 보자 37.6도. 어제보다는 내려갔지만, 아직도 열이 나는 모양이다.

"하아……. 회복하고 있으니까."

어제는 최악이었지만 지금은 조금 낫다.

편해졌을 때 조금이라도 움직여야지. 하다못해 이 땀만이라도 닦고 싶다. 잠옷도 갈아입지 않으면 위생상 좋지 않으니 이대로는 다시 자기 싫다.

"린타로?"

"응……?"

문 저편에서 미아의 목소리가 들렸다.

"실례지만 들어갈게."

그런 목소리와 함께 미아가 방으로 들어왔다.

사복을 입은 그녀는 나를 보고 안도하며 가슴을 쓸어내렸다.

“아, 다행이다. 일어날 수 있을 정도로는 회복했구나.”

“어, 덕분에.”

“열은?”

“…….”

순간 거짓말을 할지 망설였다.

이 몸 상태라면 억지로 움직일 수는 있다.

해야 할 일은 산더미다. 최대한 끝내놓지 않으면 이 녀석들에게 폐가 된다.

하지만———.

“……37.6도. 아직은 좀 힘들어.”

나는 정직한 수치를 미아에게 밝혔다.

레이에게 힘들 때는 노력하지 말라고 들은 참이다. 내가 해야 할 일은 집안일이 아니라 세 사람을 믿고 쉬는 것이다.

“그렇구나. 밤에는 또 조금 올라갈 테니까, 오늘은 아무튼 안정해.”

“어, 그렇게 할게.”

“뭐 필요한 건 있어? 오늘은 내가 계속 네 곁에 있을 거니까, 부탁할 일이 있다면 사양하지 말고 말해.”

“고마워. 하지만 넌 괜찮아? 피곤하지 않아?”

“……이럴 때까지 날 걱정하다니, 너는 정말 착하다니까.”

기가 막힌다는 듯한 미아의 미소를 보고 불현듯 심장이 크게 뛰었다.

“아, 마실 거 다 마셨네. 우선 가져올게.”

"고마워."

나는 다시 침대에 누워 방에서 나가는 미아를 배웅했다.

◇ ◆ ◇

린타로의 방을 나온 나는 황홀한 얼굴로 한숨을 흘렸다.

사실 나는 흥분했었다. 평소의 린타로와 약해진 린타로. 그 사이에서 느껴지는 격차가 나를 현혹했다.

얄미운 소릴 하는 린타로도 재미있어서 좋지만, 나를 의지할 수밖에 없어서 얌전해진 린타로는 뭐라 말할 수 없기 귀여웠다.

동영상이라도 찍어서 남겨두고 싶었지만 그건 아무래도 실례다. 허락 없이 촬영하는 건 금물. 그래서야 도촬과 다를 게 없다.

"이런, 안 되지. 우선은 할 일을 해야 해."

나는 냉장고의 스포츠 음료를 꺼내 린타로의 방으로 돌아갔다.

"린타로, 들어갈게."

"어……."

방 주인의 허락을 받은 뒤 문을 열었다.

내가 들어온 것에 맞춰서 린타로도 몸을 일으키려고 했다. 나른해 보이는 그가 일어나는 걸 도와준 뒤 뚜껑을 연 스포츠 음료를 건넸다.

"고마워, 살았어."

"이쯤이야 쉽지."

꿀꺽꿀꺽 목을 울리며 스포츠 음료를 마시는 린타로의 모습은 마치 어린아이 같았다. 보호본능을 마구 자극해댄다. 이 사람을 독점하고 싶은데 좋은 방법이 없을까.

"후우……."

"땀을 많이 흘린 모양이네. 옷 갈아입을래?"

"어, 그럴까."

"그럼 먼저 몸을 닦자."

"어…… 어? 뭐 하는 거야?"

이런, 성급했나.

내가 린타로의 옷 단추를 풀려고 하자 의심스러워하는 시선이 날아왔다. 자연스럽게 옷을 벗기는 작전은 실패다.

"린타로는 아무것도 안 해도 돼. 내가 전부 해줄게."

"어? 아니, 잠깐……."

자연스럽게 벗기는 건 실패. 그렇다면 다음은 강행 돌파다.

나는 불도저 같은 기세로 그의 단추를 다 풀어버렸다.

물론 이 행위에 다른 뜻은 없다. 애초에 린타로의 알몸은 몇 번 봤고, 이제 와서 이런 일로 동요하지는————.

"……미아?"

그의 가슴팍을 바라본 채 나는 움직임을 멈췄다.

뭐지. 이 감각.

내가 린타로의 옷을 일방적으로 벗기려고 하는 상황이 묘하게 부끄러워졌다. 같이 목욕했을 때는 오히려 이렇게 의식하지 않았 는데…….

"미, 미안해! 바로 닦을 테니까……."

“아니…… 그 정도는 혼자 할 수 있는데.”

“괜찮아. 몸을 닦는 것도 상당한 중노동이거든.”

“뭐……. 해준다면야 고맙지만.”

그런 변명을 주워섬기며 나는 쿨링 물티슈로 그의 몸을 닦았다. 목에서부터 가슴, 배. 그리고 옆구리와 등도.

몸을 닦는 사이에 나는 린타로의 냄새가 흐릿해진 걸 깨달았다. 나에게 그런 성벽은 없을 텐데 왜 이렇게 아쉬운 느낌이지.

“후우……. 고마워, 미아. 덕분에 개운해졌어.”

“그, 그래? 그렇다면 다행이야.”

나는 린타로가 입었던 잠옷을 들고 머리맡에서 이동했다.

“린타로, 갈아입을 옷은 이 옷장 안에 있어?”

“어, 거기야.”

“오케이. 적당히 티셔츠 꺼낼게.”

옷장을 열고 린타로가 입을 옷을 찾았다.

전부 내가 입는 옷보다 사이즈카 크다. 옆에 섰을 때 그리 키 차이가 크게 난다고 느끼지 않았는데, 이렇게 보면 역시 남자라는 걸 실감한다.

안 돼. 지금은 뭘 봐도 의식하잖아.

“이, 이거면 될까?”

하얀 티셔츠를 발견한 나는 그걸 린타로에게 가져갔다.

린타로가 받아서 입자 가슴께에 커다란 글씨로 ‘일하기 싫다’란 글자가 적혀 있었다. 뭐라고 해야 할까. 자기주장이 강렬한 티셔츠다.

“아, 바지는 어떡할래? 가져올까?”

“어……. 지금은 괜찮아. 밤이 되면 갈아입을게…….”

“알았어.”

그리고 나는 침대 옆에 앉았다.

“……저기.”

“응? 왜?”

“아니……. 딱히 내 옆에 있지 않아도 되는데.”

“내가 있으면 불편해?”

“그런 건 아니지만…… 미안하다고 해야 하나.”

“싫은 게 아니라면 네가 잠들 때까지 같이 있게 해줘.”

“……알았어.”

어쩔 수 없다는 듯 웃은 린타로는 다시 침대에 누웠다.

나는 그런 그에게 이불을 덮어주고 그 얼굴을 들여다보았다.

“괜찮아? 춥지 않아?”

“조금 오한이 들지만…… 아마 괜찮아.”

“오한이라……. 그래, 내가 이불속에 들어가서 데워줄까?”

“하하……. 그것참 따뜻하겠네.”

가볍게 웃은 린타로를 보고 내 가슴이 한층 크게 뛰었다.

지금이라면, 혹시 성공하는 거 아닐까?

이미 린타로는 심한 졸음이 밀려온 건지 꾸벅꾸벅 졸고 있었다.

정말로 이불속에 들어간다면 기회는 지금이다.

“……너는 아무것도 신경 쓰지 말고 푹 쉬면 돼.”

“그래…… 고마워, 미아.”

"널 위해서라면 뭐든 할 수 있어."

그렇게 말하며 나는 살며시 침대에 체중을 실었다.

신중하게 이불을 들치고 안으로 스윽.

————들어왔다.

심장이 뻐근할 정도로 크게 뛴다.

이불 속은 린타로의 진한 냄새로 가득했다. 전철에서 맡는 남자의 냄새는 거북했지만, 린타로의 냄새만큼은 어째서인지 조금 마음에 들었다.

"……."

린타로에게 살며시 몸을 붙였다.

그러자 찡그리고 있던 그의 표정이 살짝 풀어진 듯한 느낌이 들었다.

린타로의 몸은 열 때문에 나보다 뜨겁다. 그 열이 내 졸음을 유발했다.

————아차, 안 되지.

계속 여기에 있고 싶지만, 린타로가 푹 쉬지 못하는 건 본말전도다.

나는 몇 번 심호흡한 뒤 조용히 침대에서 나왔다.

"어땠어?"
"최고의 하루였지."

"그런 걸 물어본 게 아니거든!"

카논의 날카로운 태클이 미아를 찔렀다.

오늘 하루 린타로의 간병을 담당한 미아는 몽롱한 미소를 짓고 있었다.

자기의 지적에도 아랑곳하지 않는 미아를 보자 카논은 징그러운 것을 볼 때의 눈빛이 되었다.

"미아, 무슨 일이 있었는지 자세히 말해."

"어떡할까. 이건 나만의 비밀로 간직하고 싶은데."

"말해."

"……알았어."

미아는 오늘 있던 일을 두 사람에게 이야기했다.

두 사람이 주로 주목한 곳은 미아가 린타로의 침대에 들어갔다는 부분.

"린타로의…… 침대에."

"너…… 저질렀구나."

레이와 카논이 노려보아도 미아는 득의양양한 얼굴이었다.

"미안하지만 나는 제대로 린타로의 허락을 구하고 누운 거야. 비난받을 이유는 없어."

그걸 허락했다고 주장하는 건 상당히 무리가 있었지만, 상황을 모르는 두 사람은 지적할 수 없었다.

"어, 어차피 열 때문에 의식이 몽롱한 상태에서 구워삶은 거겠지! 반칙이야! 반칙!"

"너무하네. 반칙한 적 없어. 그 린타로가 열이 나는 정도로 호락호락해질 것 같아?”

“끄으윽…….”

실제로는 구워삶는 걸 넘어서 거의 의식이 없는 상태였지만 당연히 미아는 그 부분을 설명하지 않았다.

“……뭐 좋아. 내일 당번은 나니까……! 내 끝내주는 간병으로 린타로를 건강하게 만들겠어!”

카논은 힘차게 일어나더니 두 사람을 향해 선언했다.

또 밤이 밝았다.

문득 눈을 뜬 나는 어제와 마찬가지로 몸을 일으켰다.

시각은 아침 11시. 잠들었다가 깨기를 반복하다 보니 어느새 이런 시각이다.

몸은—— 아직 나른하군.

열은 37.5도. 어제와 별 차이는 없다. 이런, 하루 이틀 만에 회복해주길 바랐는데 이 추세라면 더 걸릴 모양이다.

“어제는…… 무슨 일이 있었더라.”

머리가 멍하다.

미아가 날 간병해줬던 것 같은데. 몸도 닦아주고, 마실 것과 약과 식사도 준비해주었다. 하나부터 열까지 다 해주는 바람에 미안했다.

다만 지금은 이 감정을 가슴속에 넣어두었다.

그 녀석들에게는 회복한 뒤에 보답하면 된다.

————그러니 지금은 아무튼 몸을 쉬어주자.

그렇게 스스로를 타일렀다.

나는 화장실에 가려고 방에서 나왔다.

"어라, 깼네."

"카논……."

방에서 나오자 카논과 마주쳤다.

그러고 보면 어제 미아가 다음 간병 담당은 카논이라고 말했던 것 같다.

오늘은 카논에게 신세 지는 모양이다.

"몸은 어때?"

"별로 달라진 게 없어……. 나빠지진 않았으니까 오늘도 계속해서 안정하려고."

"그게 좋겠네. 불러세워서 미안해."

나는 화장실에서 볼일을 보고 방으로 돌아왔다.

그러자 그곳에는 카논이 있었다.

"어……? 뭐야?"

"새 시트를 가져왔으니까 바꿔놓으려고. 썼던 시트는 빨아둘게. 이불도."

"오…… 고마워."

카논은 침대에서 시트를 척척 벗긴 뒤 새 시트를 씌웠다. 이불도 새 이불로 바꿔주었다.

"손끝이 야무지네……."

"동생들이 열이 났을 때는 내가 돌봐주기도 했으니까."

"아하."

"기다렸지? 자, 누워."

카논의 부축을 받으며 침대에 누웠다.

"벌써 점심 먹을 때니까 죽 만들어올게. 먹고 나면 약 먹고."

"아, 알았어."

"그럼 얌전히 있어."

카논은 내 가슴 부근을 토닥토닥 두드린 뒤 방에서 나갔다.

이런 식으로 동생을 간병했던 거겠지.

그 녀석들, 정말 좋은 누나를 뒀구나.

"후우……."

죽을 만들며 한숨을 쉬었다.

여기까지는 과할 정도로 순조롭다.

나한텐 두 사람 같은 배짱이 없다. 그렇다면 유일하게 앞서가는 가정적인 측면으로 승부에 임할 수밖에 없다.

나는 오늘 가족들과 함께 살면서 쌓은 경험을 활용해 린타로를 간병할 것이다.

꼼수는 버린다. 정직하게 대결한다.

"그렇게 하기로 정했으면 맛있는 죽을 만들어줘야지."

나는 인터넷으로 만드는 법을 확인하며 죽을 완성했다.

이건 내 기준이지만, 죽은 영 간이 심심해서 별로다.

제대로 간이 되지 않으면 목이 받아들여 주지 않는다.

린타로는 어쩌려나? 아무튼 간은 하는 게 당연히 좋을 것이다.

"매실장아찌는 싫어하진 않았었지."

닭가슴살 매실 차조기 튀김을 만들어준 적이 있으니까 괜찮을

거다.

나는 죽 위에 시판 매실장아찌를 두 개 올렸다. 이렇게 하면 간

도 충분하다.

"좋아⋯⋯!"

죽을 담은 그릇을 들고 린타로의 방으로 향했다.

"린타로, 죽 가져왔어."

노크한 뒤 방으로 들어갔다.

침대에 누워있던 린타로는 내가 들어오는 타이밍에 맞춰서 몸

을 일으켰다.

"미안, 고마워."

"됐어. 자, 뜨거우니까 조심―――."

"⋯⋯왜 그래?"

쟁반째로 죽을 건네던 도중 나는 손을 멈췄다.

좋은 생각이 났기 때문이다.

"떠, 떨어트리면 곤란하잖아? 내, 내가 먹여줄까?!"

이건 '후우, 후우, 아~'를 하기에 최적의 기회.

이 죽을 내 손으로 린타로에게 먹여주는 것이다.

"어? 아니, 어제도 그냥 먹었으니까 아마 괜찮⋯⋯."

"아니아니아니! 만에 하나라는 게 있잖아! 괜찮아! 살살 먹여줄 테니까!"

"살살 먹여……?"

린타로는 아직 건강한 상태가 아니다.

여느 때처럼 태클을 걸지 않는다는 건 구워삶을 기회다.

━━━━여기선 밀어붙이겠어……!

"자자, 아무튼. 너는 그대로 가만히 있어……! 알았지?!"

"어, 어어……. 뭐, 먹여준다면 고맙지만……."

좋아 성공.

나는 죽을 잘 식혀서 린타로의 입으로 가져갔다.

"자, 아……!"

"아…….."

내가 내민 죽을 린타로가 받아먹었다.

우와. 뭔가 행복하네.

"어, 어때?!"

"음…… 맛있어. 매실장아찌가 많아서 먹기 좋네."

"그렇지?! 다행이다……!"

"서비스해준 거야? 어쩐지 기쁜데."

"윽!"

린타로가 하도 부드러운 표정을 짓는 바람에 심장이 크게 뛰었다.

평소에는 심드렁한 표정이 많은 린타로이기 때문에 이런 반전미가 만들어지는 거겠지.

이거 강적이네. 내 매력으로 린타로를 사로잡을 생각이었는데 이대로는 내가 당하겠어.

"———맛있었어. 잘 먹었습니다."

"고, 고마워……."

"왜 그래?"

"아니…… 아무것도 아니야."

큭, 아무렇지도 않다니.

이쪽은 아까부터 계속 두근거리는 상태라고.

"배부르니까…… 또 졸려."

린타로의 눈이 몽롱해졌다.

아차, 해야 할 일은 똑바로 해야지.

"자기 전에 약은 먹고 자."

"어, 알았어……."

약을 먹은 린타로는 바로 이불을 덮었다.

"……카논이 시트를 갈아준 덕분에 아주 쾌적해. 정말 고마워."

"흐흥, 네가 기뻐해 줘서 다행이야. 지금은 푹 자."

"그렇게 할게……."

그렇게 린타로는 눈을 감았다.

"……."

푹신한 이불을 잘 덮고 누운 린타로.

그 얼굴을 보고 있으니 나도 어쩐지 졸렸다.

"린타로……. 나도 그쪽에 가도 돼?"

잠들어버린 린타로에게선 대답이 없다.

─────조금만이야.

그런 식으로 변명하며 나는 린타로의 침대에 누웠다.

"따뜻해……."

린타로 옆에 몸을 붙이며 나는 그렇게 중얼거렸다.

◇ ◆ ◇

"카논도 기회를 안 놓치고 린타로의 침대에 들어갔잖아."

"으……."

밤의 보고회.

미아의 단호한 말에 카논은 얼굴을 확 구겼다.

어제 그토록 미아에게 항의해놓고 자기도 똑같은 짓을 했다. 미아와 레이의 반감을 사는 건 필연이었다.

"어, 어쩔 수 없잖아! 린타로가 있는 침대가 하도 따뜻해 보여서……."

"……뭐, 나는 그 마음을 아니까 이 이상은 아무 말도 안 하지만."

"……그럼."

카논과 미아의 시선이 레이에게 모였다.

그녀는 눈을 가늘게 뜨고 누 사람을 번갈아 노려보았다.

"나는 두 사람처럼 침대에 들어가지 않아. 제대로 린타로를 쉬게 해주는 것에만 집중할 거야. 개인감정은 버리고."

"“…….”"

가능하겠냐? 그런 말이 들리는 듯한 표정인 미아와 카논.

하지만 레이는 두 사람이 그러거나 말거나 자리에서 일어나 당당히 선언했다.

"내가 반드시 린타로를 건강하게 만들겠어."

그런 레이를 앞에 두고 카논과 미아는 서로를 쳐다보았다.

"……그런 식으로 기합이 들어간 두 명이 마지막엔 사리사욕을 위해 움직였는데 말이지."

"분명 레이도 린타로의 침대에 들어가려고 할걸. 목숨도 걸 수 있어."

"동감. 애한테 그런 참을성은 없잖아."

신뢰가 있는 건지 없는 건지.

아무튼 두 사람의 의견이 대충 일치했다는 것만은 확실했다.

"카논, 미아. 나한테 너무해."

"진정하고……. 그나저나 웃을 수 없는 사태가 되었어."

미아의 한마디에 분위기가 확 바뀌었다.

"이러니저러니 해도 린타로의 몸 상태는 오늘쯤이면 나을 줄 알았거든. 하지만 막상 확인하니 어제와 비교해서 열이 별로 내리지 않았지."

린타로는 세 사람에게 2~3일이면 낫는다고 말했다.

그건 그의 경험에서 온 발언이었지만, 어디까지나 아마추어의 판단. 이번 상태가 사흘 내로 회복한다는 근거는 없다.

"확실히 만약 내일도 이대로라면 넷째 날에도 낫지 않을 가능성이 생겨."

"그럼 어떡하지? 모레는 다들 스케줄 있는데."

레이가 중얼거렸다.

넷째 날까지 상태가 안 좋으면 린타로는 이 집에 혼자 있게 된다.

린타로가 그래도 괜찮다고 주장하리라는 건 세 사람 모두 이해하고 있었다. 하지만 아무리 본인이 괜찮다고 하든 걱정되는 건 걱정된다.

"학교 끝나고 이나바에게 와 달라고…… 할 수밖에 없나. 지금은."

"그러네. 그게 최선이라고 봐."

"이나바가 일정이 안 된다고 하면 또 다른 수단을 생각하자. 오늘은 이미 늦었으니 우리도 자자."

미아의 제안에 카논과 레이는 고개를 끄덕였다.

이렇게 세 사람의 계획은 우선 정리되었다.

충돌하기도 하지만 마지막에는 이렇게 방향성이 하나로 모인다.

세 사람의 강한 결속력은 이런 대화에서 증명해주고 있었다.

————많이 편해진 것 같네.

몸을 일으킨 나는 바로 그렇게 느꼈다. 어제까지는 몽롱하던 의식이 오늘은 상당히 선명했다.

열을 재 보자 37도. 사람에 따라서는 평열의 범주이지만 원래 체온이 썩 높지 않은 나에게는 그럭저럭 힘든 정도. 밤이 되면 조금 더 올라갈 테니까 아직 방심할 수 없다.

하지만 이 감각은 알고 있다. 열이 완전히 내리기 전날은 항상 이랬다.

내일은 분명 평열로 돌아가겠지. 회복의 징조가 보이기 시작했다는 사실에 우선은 안심했다.

열이 다시 오르면 큰일이니 평열로 돌아간 뒤에도 하루는 쉴 생각이다. 안 그러면 유키오가 잔소리 폭탄을 쏟아낸다.

"린타로, 깼어?"

"어…… 레이."

"다행이다. 깨어 있었네."

문을 열고 레이가 들어왔다.

내 얼굴을 본 레이는 가슴을 쓸어내렸다.

"음, 안색 좋아졌어?"

"어, 덕분에. 뭐 아직 미열은 있지만."

"그렇구나. 그럼 오늘도 푹 쉬어야겠네."

그렇게 말하며 레이는 내 머리맡에 스포츠 음료를 놓았다.

감사히 그걸 마시려다가 레이가 빤히 바라보는 걸 깨달았다.

"……왜?"

"뭔가, 이미 건강해진 느낌."

"무, 문제 있어……?"

"문제는 없어. 하지만 이러면 침대에 못 들어갈지도."

"너 무슨 소리 하는 거야?"

무시무시한 말을 들은 것 같다.

"우선 시트하고 이불, 바꿀래?"

“어, 어어. 부탁할게.”

열이 내린 건 좋지만 땀을 많이 흘렸다.

레이의 제안대로 시트와 이불을 바꾸기로 했다.

“…….”

―――바꾼 것까진 좋지만, 레이가 빨래할 수 있나? 좀 걱정되는데.

“좋아. 빨고 올게.”

“어, 어어……. 아, 나도 화장실 가야겠다.”

레이를 따라 나도 방에서 나왔다.

그리고 화장실에 가는 척하며 세탁기로 향하는 레이의 뒤를 밟았다.

나는 레이를 못 믿는 게 아니다. 오히려 반대다. 나는 레이를 믿는다. 처절할 정도로 집안일을 못 한다는 레이의 특징을―――.

“어어…….”

세탁기에 시트를 넣은 레이는 주위를 두리번두리번 둘러보기 시작했다.

아마 세제를 찾는 거겠지. 잠시 지켜보자 생각났다는 듯 찬장을 열고 안에서 세제와 유연제를 꺼냈다.

정해진 분량의 세제와 유연제를 넣은 레이는 세탁기를 설정하기 시작했다.

어설픈 손길이었지만 조작에는 성공한 모양이었다. 아마도 카논이라거나 사용법을 가르쳐준 거겠지.

하지만 마지막 난관을 알아차릴까?

만약 눈치채지 못한다면 우연인 척하며 개입할 수밖에 없다.

"이제 시작을 누르면————."

————한계구나.

나는 숨어있던 곳에서 나와 레이에게 향했다.

"아, 맞다. 밸브 안 열었어."

"……!"

다급히 모습을 숨겼다.

그렇다. 세탁기를 쓸 때는 먼저 물이 빠질 수 있도록 밸브를 열어야 한다.

이게 의외로 골칫거리라 나도 가끔 여는 걸 잊어버리거나 반대로 잠그는 걸 잊기도 한다.

하지만 레이는 버튼을 누르기 전에 열지 않았다는 걸 깨달았다.

그녀를 잘 아는 사람의 눈에는 너무도 감동적인 위업이다. 이건 절대 과장된 표현이 아니다.

"됐다."

흡족한 듯 중얼거리는 레이를 보고 나도 모르게 박수를 보낼 뻔했다.

아니, 모처럼 기뻐하는데 찬물을 뿌리면 안 되지. 나는 들키지 않도록 조용히 방으로 돌아갔다.

"빨아 왔어."

"대단하네. 할 수 있게 된 거야?"

방으로 돌아온 레이에게 나는 시치미를 뚝 떼며 물었다.

"카논이 가르쳐줬으니까 어떻게든."

그렇게 대답하며 레이는 뿌듯하다는 듯 가슴을 폈다.

이거 카논에게 나이스 어시스트라고 칭찬해야겠는데.

"다음은 죽 만들어 보려고."

"요리라……."

죽은 만들려고 하면 의외로 귀찮은데, 레이가 할 수 있을까.

어머니인 리리아 씨의 도움이 있었다고 해도 라자냐를 만들었으니 문제는 없을 테지만——.

"맡겨줘. 맛있는 죽을 만들게."

"……알았어, 맡길게."

자신만만하게 고개를 끄덕인 레이가 방에서 나갔다.

————어떡할까.

빨래와 마찬가지로 따라가는 게 좋을지도 모른다.

"……아니."

잠깐, 이래서야 너무 과보호다.

레이도 제대로 혼자서 세탁기를 돌렸잖아? 내가 간섭해서 레이의 노력을 부정해버릴 가능성도 있다. 그것만큼은 피해야 한다.

————믿고 기다리자.

그게 지금 내가 할 수 있는 최선의 행동이다.

잠시 쉬고 있었더니 쟁반을 든 레이가 돌아왔다.

쟁반에 올린 그릇에서 김이 올라오고 있었다.

“매실장아찌가 두 개……. 서비스가 좋은데.”

죽 위에 놓인 매실장아찌를 보고 자연스럽게 웃음이 흘러나왔다.

그러고 보면 어제도 카논이 두 개 올려줬던가.

군데군데 흐릿해서 어제와 그제 일은 잘 기억나지 않지만. 두 사람 모두 정성스럽게 돌봐주었다는 것만은 안다. 그렇지 않았다면 이렇게 몸이 편해질 리가 없다.

“어제 카논에게 배우면서 셋이 함께 한 번 연습했어. 그러니까 아마 맛있어.”

“그래, 그래서 자신만만했구나.”

나는 죽을 한입 먹었다.

매실장아찌의 간간함과 새콤함, 그리고 쌀의 단맛이 입 안에서 부드럽게 퍼져나간다.

이 죽이라면 매일 먹으라고 해도 먹을 수 있을 것 같다.

“맛있어. 몸이 따뜻해지네.”

“다행이다……. 안심.”

힘이 빠진 듯 웃는 레이를 보고 그녀가 긴장했었다는 걸 깨달았다.

자기가 만든 걸 남에게 먹일 때는 항상 긴장된다.

나는 레이의 안심을 잘 이해할 수 있었다.

“……후우, 잘 먹었습니다.”

죽을 다 먹은 나는 한숨 돌렸다.

따뜻한 것을 먹어서 땀을 흘렸다. 어제부터 옷을 갈아입지 않았으니 슬슬 찜찜해졌다.

"레이, 옷 갈아입을 거니까 한번 밖에 나가줄래?"

"응, 도와줄게."

"아니……. 아무리 그래도 그건."

몸도 닦고 싶으니까 같은 방에 있으면 부끄러운데.

"미아도 린타로가 옷 갈아입는 거 도와주고, 몸도 닦았어. 그러니까 나도 할 거야."

"……! 아, 그랬었지……."

듣고 나니 생각났다.

확실히 그저께 미아가 옷을 갈아입는 걸 도와주고 몸도 닦아주었다. 열이 나서 몽롱한 상태였다고 하지만 설마 그렇게까지 응석 부렸다니…….

"괜찮아. 살살할게."

"어째 비슷한 말을 들은 것 같은 느낌……!"

나는 막무가내로 다가오려는 레이를 향해 손을 들어 제지했다.

"멈춰……! 알았어, 우선 옷 갈아입는 걸 도와줘. 옷장 안에서 티셔츠를 가져다줘."

"바지는?"

"바……."

"땀 흘렸잖아."

그렇긴 하다.

갈아입는 게 당연히 쾌적하다.

“……바지도 부탁할게.”

“좋았어.”

옷장을 뒤져 레이는 티셔츠와 바지를 꺼냈다. ……덤으로 팬티도.

이걸 갈아입기 전에 몸을 닦아야만 하는데————.

“……아래는 안 돼.”

“알아. 나도 거기까지는 좀 부끄러워.”

그런 부분에서는 감각이 멀쩡하구나…….

아니, 몸을 닦으려고 하는 시점에서 멀쩡하다고 하기에는 무리가 있나?

“그럼 부탁할게.”

무뚝뚝하게 말하며 나는 입고 있던 티셔츠를 벗고 레이에게 등을 보였다.

“간다.”

그런 말과 함께 쿨링 물티슈가 등에 닿았다.

서늘한 감촉에 무심코 몸을 부르르 떨었다.

“아, 차가웠어?”

“괜, 찮아……. 이젠 익숙해.”

“알았어. 계속할게.”

레이는 부드러운 손길로 내 등을 닦았다.

어쩐지 간질간질하고 묘하게 들떴다.

“린타로, 닭살 돋았어.”

“그런 건 일일이 말하지 않아도 돼…….”

나도 모르게 얼굴이 빨개졌다.

생각한 걸 바로 입에 담는 이 녀석의 성격은 참 곤란하다.

"앞도 닦을게. 이쪽 돌아봐."

"어, 어어……."

등은 그렇다 쳐도 앞은 내 손으로도 할 수 있다.

하지만 어느새 나는 거부하지 않고 몸을 내밀었다. 완전히 주도권을 붙잡힌 이 상황이 조금 분했다.

"……읏."

쿨링 물티슈가 문지를 때마다 의도치 않게 몸이 움찔거렸다.

부끄러워서 견딜 수 없다.

"옆구리 간지럼 타?"

"어? 아, 아니, 별로……."

"그럼 닦아줄게."

"아니, 그래도 갑자기 하면————."

옆구리로 손이 쑥 들어오는 바람에 반사적으로 몸을 비틀었다.

"린타로, 은근히 간지럼 잘 타네."

"갑자기 건드려서 놀란 것뿐이야……."

나를 가지고 놀다니.

하지만 덕분에 이상한 긴장도 풀렸다.

마지막으로 목둘레를 닦은 뒤 나는 새로 꺼낸 티셔츠를 입었다.

"……그럼 아래쪽 닦을 테니까."

"응, 밖에서 기다릴게."

그렇게 말하며 레이는 복도로 나갔다.

나는 서둘러 하반신을 닦은 뒤 바지를 입었다.

어떻게든 머리만이라도 제대로 씻고 싶었지만 열이 다시 오를지도 모른다는 생각에 지금은 미뤘다. 몸이 아픈 것도 힘들지만 목욕하지 못하는 것도 의외로 힘들단 말이지……

"다 됐어."

"수고."

내가 말을 걸자 레이는 바로 방으로 돌아왔다.

"미안한데 이 옷도 세탁기에 넣어줄래?"

"쉽지. 린타로는 계속해서 푹 쉬어."

"어, 그렇게 할게."

현재 몸 상태에 큰 변화는 없다. 하지만 여전히 권태감이 강해서 가능하면 움직이고 싶지 않다는 것도 마찬가지였다.

정성스럽게 간병받은 나에게는 몸을 쉬어줄 의무가 있다.

오늘은 마음껏 기대서 깔끔하게 떼어내야지.

"……저기, 린타로."

"응?"

"이따 같이 자도 돼?"

"어……?"

이 녀석은 갑자기 무슨 소릴 하는 거지.

"안 돼?"

"그건 아무래도 안 괜찮지……."

"하지만 미아와 카논은 같이 잤어. 나만 따돌리는 건 치사해."

"뭐?! 그럴 리가……."

─────아니, 잔 것 같다.

흐릿하긴 하지만 옆에 그 녀석들이 있었던 감각이 있다.

설마 내가 그 녀석들을 핫팩처럼 쓴 건가? 말도 안 된다고 주장하고 싶지만 약해졌을 때의 나는 무슨 짓을 할지 나도 모른다.

“나도 린타로와 같이 잘래. 그러면 공평해.”

“무슨 논리인데…….”

“…….”

레이의 애원하는 듯한 시선이 나를 찔렀다.

본래대로라면 바로 거절했을 것이다. 하지만 미아와 카논과 같이 잤었다는 사실이 있는 이상 자기만 못한 레이는 크게 실망할지도 모른다.

내가 레이의 정신상태에 악영향을 주는 건 언어도단이다. 따라서 이건 어쩔 수 없는 일이다. 절대 내가 원해서 하는 게 아니다.

“알았어……. 너 하고 싶은 대로 해.”

“진짜? 그럼 서둘러 돌아올게.”

“그래, 그래…….”

표정이 확 밝아진 레이는 민첩하게 내 방에서 나갔다.

이 녀석들 다 왜 굳이 내 침대에 눕고 싶어 하는 건지─────.

“다 끝났어.”

“응, 수고했어.”

돌아온 레이는 어째서인지 얌전한 태도로 침대 가장자리에 슬쩍 앉았다.

나는 한숨을 한 번 쉬고 이불을 들췄다.

"자, 와도 돼."

"고마워, 린타로."

"나 참……. 이게 뭐가 좋은 거야."

들어 올린 이불 사이로 레이가 서둘러 들어왔다.

그리 넓다고 할 수 없는 침대 위에 우리는 나란히 누웠다.

"응……. 린타로의 냄새. 무척 안심돼."

"안심이라니……."

나는 네게서 나는 달콤한 향기 때문에 이성이 위태롭거든요.

잠깐, 안 돼. 나는 아직 환자다. 너무 의식하면 열이 다시 치솟을지도 모른다. 나는 마음을 달래기 위해 크게 심호흡했다. 그러자 다시 레이의 냄새가 나서 본말전도라는 걸 이해했다.

"린타로, 조금 더 그쪽으로 가도 돼?"

"……하지만."

"안 돼?"

"……."

이미 상당히 아슬아슬한 거리다.

이 이상 다가왔다간 피부가 닿을지도 모른다.

하지만 이 파란 눈이 나를 들여다보면 통 거절할 수가 없다.

"그래…… 알았어."

레이는 그대로 다가와 내 가슴에 이마를 댔다.

"린타로, 심장 소리가 빨라졌어."

"그야 이렇게 가까이 오면 그렇게 되지."

"의식하는 거야?"

"……."

대답을 자중하고 고개를 돌렸다.

마음만 먹는다면 끌어안을 수 있는 거리.

나도 할 수 있다면 하고 싶다.

─────하지만 그것만큼은 절대 안 된다는 걸 안다.

"……린타로."

"응……?"

"지금은 아무도 안 봐."

"……!"

촉촉한 눈이 나를 꿰뚫는다. 심장이 한층 크게 뛴다.

여기는 침대. 레이의 말대로 여기서 무슨 일이 일어나도 아무도 그 사실을 알 수 없다. 설령 '레이'를 껴안는다고 해도─────.

"……아직 열이 좀 있어."

"응."

"몸도 무겁고."

"응."

"그러니까…… 응석 부려도, 괜찮을까?"

내가 그렇게 묻자 레이는 작게 웃었다.

변명이 너무 어설프다. 말하자마자 창피해졌다.

"응, 언제든지."

하지만 레이는 그런 나를 받아들여 주고자 몸을 조금 떨어트리

더니 손을 벌렸다.

"……고마워."

그렇게 나는 레이를 힘껏 끌어안았다.

그 부드러움이, 체온이, 냄새가 머릿속을 가득 채운다.

어디선가 느끼던 불안, 초조함. 그런 것들도 전부 어디론가 흘러가 버렸다.

아무것도 생각하지 않을 수 있게 되자마자 또 졸음이 쏟아졌다.

―――오늘은 이만 괜찮겠지.

나는 레이를 끌어안은 채 의식을 탁 놓아버렸다.

"―――그래서, 마지막 날은 어땠어?"

카논이 퉁명스러운 태도로 물었다.

그 태도의 이유는 단순명쾌했다. 표정 변화가 희미한 레이의 얼굴이 한눈에 봐도 알 수 있을 만큼 풀어져 있었기 때문이다.

"……그냥. 아무 일도 없었어."

"거짓말하네!"

카논이 소리쳤다.

어제까지는 어딘가 멍한 상태였던 린타로가 오늘은 상당히 회복한 모양인지 의식이 뚜렷했다. 그런 그와 레이가 이 집에서 단둘이. 무슨 일이 있었다고 의심하는 게 자연스럽다.

"레이, 들려줘. **그런 행위**가 있었는지. 아니면 없었는지."

“……있었다 없었다로 하면…… 없었어.”

미아와 카논은 안심한 듯 성대한 한숨을 쉬었다.

그런 행위가 있었다면 린타로를 둘러싼 전쟁은 시합 종료. 그렇게 인식하던 그녀들에게 레이의 말은 시합 속행을 의미했다.

두 사람의 안심과는 달리 레이는 쓸데없는 말을 하지 않도록 세심한 주의를 기울이고 있었다. 그 일은 린타로와 자신만의 비밀. 설령 동고동락한 전우라고 해도 이 비밀만큼은 공유할 수 없다.

“……뭐, 다행이네. 열 내려서.”

카논의 말에 레이와 미아도 동의했다.

조금 전 린타로가 열을 재자 36.9도였다. 밤이 되어도 열이 올라가지 않은 걸 보면 내일은 안정될 가능성이 크다.

지금도 린타로는 방에서 푹 쉬고 있다. 세 사람 덕분에 무리하지 않을 수 있었던 그는 어떻게든 회복에 성공했다.

“아팠던 사람에게 바로 무리시킬 수는 없지만…… 빨리 린타로의 밥을 먹고 싶어.”

“동감.”

미아의 말에 이어 레이가 고개를 끄덕였다.

지난 사흘 동안 가게에서 팔거나 대기실에 비치된 도시락으로 어떻게든 때웠던 세 사람.

린타로와 함께 산 뒤로 이렇게까지 오래 그의 요리를 먹지 못했던 적이 없었다.

“설마 그 녀석이 만드는 걸 먹지 못한다는 것만으로도 이렇게 힘들 줄이야…….”

카논은 린타로에 의존하는 자신에게 기가 막혔다.

그 마음은 레이와 미아도 뼈저리게 공감했다.

"언젠가 린타로가 누군가와 맺어지면…… 남은 사람은 이제 이런 생활을 보내지 못한다는 거잖아."

"그야…… 미아 말대로지. 맺어진 사람에게 미안하니까."

거실에 침묵이 퍼졌다.

세 사람의 고민은 갈 곳 없는 미궁이 되었다.

아무리 생각해봤자 모두가 행복해지는 답은 없다.

그래서 이렇게나 힘들다.

"……."

레이는 자신과 같은 갈등을 겪는 두 사람의 얼굴을 바라보았다.

이 상황을 만들어낸 계기는 레이 본인. 린타로에게 다가갔고, 린타로를 두 사람에게 소개했기에 지금이 만들어졌다.

————나에게는 책임이 있어.

레이는 마음속으로 그렇게 중얼거렸다.

이 상황을 바꾸는 건 자신이어야 한다. 거듭 그렇게 다독였다.

그리고 레이는 어떤 방법에 도달했다.

"……아."

"응? 왜 그래? 레이."

"아, 아니. 아무것도 아니야."

미아의 질문에 순간적으로 고개를 저었다.

이 방법을 실행할 수 있는 건 자신뿐이다. 아직 생각할 수 있는 시간은 남아있다. 지금 이곳에서 밝힐 게 아니라고 판단했다.

"아무튼, 린타로도 회복하기 시작했으니까 지금은 크리스마스 라이브에 집중하자! 자세한 건 전부 끝난 뒤에 진득하게 이야기하자고."

"……그래. 생각해봐도 소용없는 일에 의식을 할애할 여유는 없지."

"내 말이!"

크리스마스 라이브까지 앞으로 약 2주.

라이브를 성공시킨 뒤, 그 후에 기다리는 크리스마스 파티를 마음껏 즐기기 위해 세 사람은 마음을 다잡기로 했다.

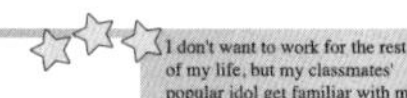

내 몸은 다음 날엔 완전히 회복되었다.

나른함은 조금 남았지만 움직이다 보면 사라지겠지.

인간은 건강이 최고다. 몸이 아플 때마다 그런 당연한 사실을 깨닫는다.

열이 내린 뒤에도 하루는 푹 쉬어준 뒤 그다음 날.

오늘은 세 사람이 등교할 수 있는 날이다. 저녁부터 크리스마스 라이브를 대비한 연습이 있으니 점심으로는 스태미나가 채워지는 메뉴를 준비해야지.

그런 관계로 나는 도시락을 만들기 위해 아침 일찍부터 부엌에서 있었다.

"～♪"

즐거운 기분으로 계란말이를 뒤집었다.

요리하는 습관이 뿌리박힌 나머지 하지 못하는 날이 이어지면 불안해진다. 그래서 이렇게 부엌에 설 수 있다는 게 참을 수 없이 기뻤다.

"안녕, 린타로."

어느새 미아가 거실에 있었다.

벌써 일어날 시간이었나. 요리에 너무 열중하느라 눈치채지 못했다.

"어, 안녕."

"컨디션이 꽤 좋아 보이네. 이제 다 나았어?"

"추가로 하루 더 쉬었으니까. 아주 좋아."

"다행이야."

"너희가 간병해준 덕분이지. 고마워."

"후후, 그 정도야 쉬운 일인걸."

나는 커피를 타서 미아에게 건넸다.

이미 한겨울이다. 아침이면 으슬으슬할 정도라 따뜻한 커피가 한층 맛있게 느껴지는 계절이 되었다. 추운 건 싫지만 겨울의 이런 점은 싫지 않다.

"······그러고 보면 깜빡 못 물어봤는데."

"응?"

"카논과 데이트한 건 어땠어? 재밌었어?"

"어······."

이래저래 하다 보니 말할 타이밍이 없었지.

딱히 재미있는 에피소드가 있었던 것도 아니라 할 말도 거의 없지만————.

"뭐, 평범했어. 그냥."

"흐음······? 그렇게 얼버무려야만 하는 일이 있었나?"

"그럴 리가 있겠냐."

"농담이야. 네가 우리에게 손을 대지 않는다는 건 잘 이해하고 있거든."

아침부터 할 이야기가 아니었기에 나는 쓰게 웃었다.

"아······ 린타로."

미아와 잡담하는 사이에 졸린 눈의 레이가 2층에서 내려왔다.

변함없이 잠버릇이 얌전하지 못한 건지 머리카락이 새집이 되었다.

"몸 괜찮아?"

"어, 덕분에. 그보다 빨리 세수하고 와."

"응……. 알았어."

터벅터벅 세면실로 걸어가는 레이를 배웅한 뒤 추가로 커피를 탔다.

여느 때와 같은 아침이 돌아왔다. 앓아누웠던 건 고작 며칠이었지만, 이 당연함이 어쩐지 무척 기쁘다.

"흐아암……. 조은 아침……."

"아, 카논도 일어났네."

휘청휘청 계단을 내려온 카논은 그대로 세면실로 사라졌다.

항상 걱정되지만, 어째서인지 한 번도 넘어지질 않는단 말이지…….

"린타로, 어제도 말했지만 오늘은 집에 돌아오는 게 많이 늦어질 거야."

"어, 기억해. 라이브를 앞두면 평소보다 더 고생이구나."

"뭐 그렇지……. 하지만 우리에게는 여러 번 중에 한 번이라고 해도 보러 오는 사람에게는 평생에 한 번뿐인 기회일지도 모르잖아? 그 한 번뿐인 추억을 최고의 기억으로 남겨주고 싶으니까……. 노력을 아낄 수 없지."

그렇게 말하며 미아는 자신만만하게 가슴을 폈다.

멋있는 녀석들이라니까. 정말로.

◇ ◆ ◇

세 사람에게 도시락을 들려준 뒤 시간을 조금 어긋나게 조절해서 학교로.

이 루틴도 많이 익숙해졌다.

"안녕, 린타로. 이제 건강해 보이네."

"어, 덕분에."

먼저 교실에 있던 유키오에게 인사한 다음 내 자리에 앉았다.

학교는 좋아하지도 싫어하지도 않지만, 며칠씩 쉬었다 오니까 어쩐지 신선한 느낌이다.

"쉬는 동안 했던 수업, 노트에 정리해왔어."

"고마워……. 고생시켰네."

"간병하러 가지 못했으니까 이 정도는 해야지."

받은 노트를 펼치고 변함없이 정리 솜씨가 대단하다며 감탄했다.

그냥 수업을 듣는 것보다 이 노트를 보며 공부하는 게 공부가 더 잘 될지도 모른다.

"오! 부활했어?! 린타로!"

"몸 좋아졌구나!"

교실에 들어온 류지와 유스케가 나에게 그렇게 말을 건넸다.

"걱정 끼쳐서 미안."

“진짜, 네가 열 나서 돌아갔을 때는 겁났다니까. 다행이야! 큰일이 아니라서!”

류지가 내 등을 철썩철썩 때렸다.

일단은 병결이 끝난 직후인데 가차 없구나.

“……응.”

문득 이쪽을 보는 레이와 눈이 마주쳤다.

내가 이 녀석들과 즐겁게 대화하는 걸 보고 레이는 안심했다는 듯한 표정을 지었다.

그날의 수업은 유키오가 정리해준 노트 덕분에 어떻게든 따라잡을 수 있었다.

점심시간. 빠르게 도시락을 해치운 나는 유키오에게 어떤 일을 상담했다.

“세 사람에게 크리스마스 선물?”

“어……. 폐를 끼쳤으니 그 보답 겸, 뭔가 주고 싶은데.”

“그렇구나…….”

나답지 않다는 건 알지만 무언가 돌려주지 않으면 개운하지 않다.

그 녀석들이 좋아하는 음식을 만들어준다——는 건 항상 하는 일이니까, 좀 더 선물다운 걸 마련하고 싶었다.

“글쎄……. 텀블러는 어때?”

“텀블러라…….”

그러고 보면 이미지 컬러별 머그잔은 있지만 텀블러는 아직 없었다. 따뜻한 음료든 차가운 음료든 편리하니까 찾아보는 것도 괜찮을지도 모른다.

"괜찮네, 텀블러. 찾아볼게. ……하지만 그것만으로는 좀 부족한 느낌이 든단 말이지."

나는 턱을 괴고 생각에 잠겼다.

텀블러 말고도 뭔가 하나 더 마련하고 싶은데, 아쉽게도 전혀 떠오르지 않는다.

"으음…… 아! 그럼 만드는 건 어때?"

"어떻냐니……. 요리는 매일 해주니까 이번에는 물건이 좋은데──."

"그게 아니라, 린타로가 직접 만든 선물이라는 뜻이야."

그렇게 말하며 유키오는 가방에서 하늘색 털실로 뜬 목도리를 꺼냈다.

그걸 보고 나는 유키오의 의도를 이해했다.

"그러고 보면 계속 쓰고 있었지, 그 목도리."

"물론이지. 린타로가 나를 위해 떠 준 목도리니까."

유키오의 말대로 이 목도리는 내가 유키오에게 선물한 목도리였다.

중학생 때. 괜찮은 목도리를 찾던 유키오에게 문득 떠올라 떠서 선물한 거였는데, 설마 이렇게 오래 사용해줄 줄은 몰랐다.

어지간히 마음에 들었다는 증거겠지. 조금 쑥스럽지만, 솔직히 기쁘다.

"사실 이거 엄마의 도움으로 올이 풀릴 때마다 고치고 있어."

"그렇게까지……?"

"그야 아끼는 거니까. ……이거라면 세 사람도 기뻐해 주지 않을까?"

"……흠."

직접 뜬 목도리는 생각도 못 했다.

하지만 유키오의 목도리를 떴을 때는 정말로 변덕이었고, 특별한 날도 뭣도 아니었다. 그래서 편한 마음으로 줄 수 있었다.

크리스마스 같은 이벤트를 위한 거라면 또 다르지 않을까.

"괜찮아, 린타로. 내가 보장할게. 네가 목도리를 뜨면 셋 다 틀림없이 기뻐할 거야."

"……네가 그렇게까지 말한다면, 해 볼까."

나는 항상 유키오를 가장 신뢰한다.

목도리 뜨기는 나에겐 어울리지 않을지도 모르지만, 해 보자고.

"그렇게 하기로 했으면 바로 수공예점에 갈 건데 같이 가 줄래? 시간도 없으니까 직접 뜨려면 빨리 재료를 준비해야 해."

"쉬운 부탁이지. 그 김에 텀블러도 보자."

"어, 그래."

정말로 든든한 친구를 뒀다.

다음에 유키오에게도 보답을 준비해야겠군.

유키오와 함께 둘러본 뒤 나는 목도리를 뜰 때 필요한 대량의 털실과 색이 다른 텀블러 세 개를 구매했다. 운 좋게 각각 이미지 컬러인 텀블러를 발견할 수 있었다.

"좋아, 바로 진행하자."

모든 집안일을 마치고 방에 틀어박힌 나는 책상 위에 놓은 털실을 집었다.

세 사람은 지금도 거실에서 크리스마스 라이브를 대비한 안무 연습 중이다. 내가 뭘 하는지 신경 쓸 여유는 없을 것이다.

본다고 해서 딱히 지장은 없지만, 뭔가 분위기가 무너져버린다고 해야 하나. 내가 뭘 하는지 숨겨두는 게 파티 날의 임팩트가 커질 것 같았다.

세 사람이 목도리가 필요하지 않을 때는—— 아니, 괜한 생각은 하지 말자. 그런 건 그때 가서 생각하면 된다.

대바늘을 들고 바로 노란색 목도리를 뜨기 시작했다.

일단 방법을 인터넷으로 조사하면서, 중간에 다시 뜨지 않아도 되도록 신중하게 바늘을 움직였다.

유키오의 목도리를 떴을 때는 하늘색과 하얀색이 번갈아 나오도록 했다. 이번에도 각각 이미지 컬러에 추가로 다른 색을 섞을 생각이다. 하지만 이렇게 하려면 중간에 털실을 바꿔야 하니 한 가지 색으로 뜨는 것보다 어렵다. 유키오 때도 털실을 바꿀 타이밍을 잘 몰라서 몇 번이나 풀었다 다시 떠야만 했다.

"……."

적당히 음악을 틀어놓고 묵묵히 작업을 진행했다.

원래 이런 단순 작업은 좋아한다. 몰두해있는 동안은 괜한 생각을 하지 않을 수 있고, 머리가 맑아진다.

단점이라면 너무 몰두해버린다는 점일까. 어느새 몇 시간이 지나있기도 하고, 잘 시간이 거의 사라져버린 적도 있었다.

그 후로 조심하고 있지만 좀처럼 마음대로 되지 않는 부분이기도 해서 고전하고 있다.

"린타로, 잠깐 괜찮아?"

"으억?!"

갑자기 뒤에서 날아온 목소리에 나는 순간적으로 뜨다 만 목도리를 덮었다.

"레, 레이……. 노크 정도는 해야지."

"아, 미안. 나갔다 다시 들어올까?"

"이미 늦었어……."

나는 내 몸 뒤로 목도리를 숨기며 방에 들어온 레이와 마주 보았다.

"그래서, 무슨 일이야?"

"하는 일이 없다면 커피 타 달라고 하려고……."

"어, 커피 말이지. 지금 탈게."

레이의 등을 밀어 방 안을 보지 못하도록 하면서 복도로 나왔다.

나 참, 방심할 수가 없다니까.

부탁받은 대로 커피를 준비했다.

나도 조금 더 작업하고 싶으니 내가 마실 것도 같이 탔다.

"자, 커피."

"응, 고마워."

"그럼 또 방에 있을 테니까 무슨 일 있으면 바로 말해."

세 사람이 고개를 끄덕인 걸 보고 나는 방으로 돌아가려고 했다.

"──린타로, 뭔가 몰래 하고 있어."

계단을 다 올라갔을 때 레이의 그런 목소리가 들렸다.

무심코 발을 멈추고 세 사람의 목소리가 아슬아슬하게 들리는 사각으로 돌아갔다.

설마 내가 뜨개질 중인 걸 눈치챘나?

"몰래? 그게 무슨 소리야?"

"책상 앞에 앉아서 뭔가 했어. 내가 방에 들어갔더니 서둘러 숨겼어."

"……또 노크도 안 하고 들어간 거 아니지? 너."

"윽."

"어휴, 조심하라고 했잖아?"

잘한다, 카논. 더 해줘.

"……그래서, 뭐지? 린타로가 몰래 해야만 하는 일이라니."

그쪽에는 관심이 있는 거냐.

젠장, 빨리 방으로 돌아가고 싶은데 저 녀석들의 대화가 묘하게 신경 쓰인다. 나는 쿵쿵 시끄럽게 뛰는 가슴을 누르며 귀를 기울였다.

"공부라면 그렇게 당황 안 해."

"우리에게는 알려주고 싶지 않은 무언가란 거겠지……. 아, 만화를 그린다거나?"

"만화 그리는 게 부끄러워?"

"아니, 그리는 것 자체는 부끄럽지 않은데……. 하지만 가족에게 보여주는 건 뭔가 민망하잖아? 민망하지?"

"그, 그럴지도……?"

카논의 저 민감한 반응, 분명 실제 경험담이겠군.

"……둘 다 아직 어리구나."

"뭐?! 동갑 주제에 무슨 소리야! 넌 린타로의 비밀이 뭔지 안다는 거야?!"

"후후, 당연하지."

목소리밖에 들리지 않지만, 미아가 거만한 표정을 짓고 있으리라는 건 보지 않아도 알 수 있었다. 미아는 눈치가 빠르다. 어쩌면 정말 내가 몰래 하는 이유를 눈치챘을지도 모른다.

너무 긴장해서 식은땀이 흘렀다.

"남자 고등학생이 다른 사람에게 보여주고 싶지 않은 것……. 그건 당연히 그거지."

"그거가 뭔데."

"그건…… 그 왜, 그거."

"그러니까 그게 뭐냐니까?"

"…………야한 거."

나도 모르게 머리를 부여잡았다.

목소리가 갈수록 조심스러워지는 걸 보면 미아의 얼굴이 빨개졌으리라는 걸 쉽게 상상할 수 있었다. 말하는 도중에 부끄러워질 정도라면 처음부터 하지 말지…….

"어, 어어……. 뭐, 그렇지. 린타로도 남자니까…….."

세 사람 사이에서 잠시 침묵이 퍼졌다.

멋대로 민망해하지 말라고.

민망한 건 나란 말이야.

"……린타로, 야한 영상 같은 거 볼까?"

레이, 스톱.

"보, 보지 않을까? 남자는 다들 그렇다고 들은 적이 있어."

"그렇구나……. 어떤 걸 볼까."

애초에 사실무근이라고.

"부…… 분명 슬렌더 배우가 나오는 거겠지!"

"흐음, 어째서 그렇게 생각해?"

"내가 옆에 있는걸? 나를 의식해서…… 안 그래?"

카논도 부끄러워할 바에야 이상한 소리 하지 마.

지적할 곳이 너무 많아서 피곤할 지경이란 말이다.

바로 방으로 돌아가고 싶었지만 묘하게 마음에 걸리는 바람에 여기에서 떠날 수가 없다.

"글쎄? 숏컷 배우만 볼지도 모르지? 그리고, 그래……. 가슴이 큰 사람?"

"뭐, 뭐라고?! 가슴 같은 건 그냥 지방 덩어리잖아! 그 녀석이 그런 거에 끌릴 리가—— 잠깐, 레이! 말없이 미아 쪽으로 가지 마!"

저 녀석들 아무도 안 봐도 개그맨처럼 노는구나…….

"그럼 린타로가 어떤 배우를 보는지 다음에 확인해 보자."

"하! 얼마든지! 그 녀석의 컴퓨터를 구석구석 뒤져서 너희에게 현실이라는 걸 보여주겠어!"

어째서 저 녀석들의 자존심을 위해 내 성벽이 폭로되어야만 하는 걸까. 확 검색 이력을 전부 연상 계열로 맞춰놓을까.

남자의 존엄을 지키기 위해서도 나는 싸울 각오가 되어있다고.

"하지만…… 컴퓨터까지 뒤지는 건, 불쌍해."

""……그건 그래.""

레이의 한마디에 두 사람 다 냉정을 되찾은 모양이다.

나는 세 사람의 대화가 멈춘 걸 확인한 뒤 천천히 계단을 올라갔다.

이 시간은 대체 뭐였던 걸까. 내 마음에는 아무것도 얻은 게 없었다는 허무함으로 가득 찼다.

평생 일하고 싶지 않은
내가, 같은 반
인기 아이돌의
눈에 들면

마침내 찾아온 크리스마스 라이브 당일.

세 사람 모두 완벽한 컨디션. 오늘도 기합을 맥스로 충전하고 집을 나섰다.

"좋아……. 나도 가야지."

라이브 시작은 오후 5시.

이번에도 관계자석을 확보해주었기 때문에 나는 특등석에서 세 사람의 활약을 볼 수 있다. 혹독한 추첨의 벽을 뚫고 자리를 확보한 사람들에게는 미안하지만, 지금은 특권이라는 걸로 치고 즐겨야지.

전철을 타고 회장으로.

이번 라이브 회장의 수용인원은 3만 명이 넘는다. 역에서 나오자마자 밀스타의 굿즈를 몸에 걸친 팬들이 일제히 회장으로 향하는 게 보였다.

─────역시 어마어마하구나. 밀피유 스타즈.

새삼 세 사람의 대단함을 실감하며 나도 회장으로 향하기로 했다.

회장에는 이미 사람으로 우글거렸다. 막대형의 LED 응원봉, 수건, 부채…… 그 외에도 수많은 굿즈를 팔고 있다. 그걸 사려고 줄을 선 팬들이 길게 이어져서 끝이 전혀 보이지 않았다.

들어보면 이 굿즈 판매 부스는 개장 시간보다 몇 시간도 더 전부터 줄을 선 사람이 있을 만큼 대인기라고 한다. 굿즈를 산다는 심리를 알지 못하는 나에게는 몇 시간이나 줄을 선다니 정신이 아득해진다.

그런 줄을 뒤로하며 나는 회장으로 직행했다.

중간에 직원을 발견해서 말을 걸려고 다가갔다.

"저기……."

"네, 무슨 일이십니까?"

"관계자인 시도입니다."

"확인할 테니 잠시 기다려주시겠습니까?"

직원이 어딘가로 무전을 연결했다.

잠시 후 대화를 마친 그가 나를 향해 웃었다.

"시도 님, 확인이 끝났으니 안내해드리겠습니다. 이쪽으로 오시죠."

"감사합니다."

직원의 안내로 나는 다른 관객에게선 보이지 않는 위치에 있는 관계자석에 도착했다. 거의 개별실 같은 구조라 일반 관객의 시선을 신경 쓰지 않고 편하게 즐길 수 있다. 시야도 양호하다. 이런 곳에서 밀피유 스타즈의 라이브를 볼 수 있다니, 정말 호화스럽다고 할 수 있다.

입장은 시작했지만, 라이브 시작까지 아직 더 남았다.

자리에 앉은 나는 느긋하게 스마트폰을 만지며 기다리기로 했다.

잠시 지나자 관계자석에도 드문드문 사람이 들어왔다. 아마도 사무소 쪽에서 부른 사람들이다.

이 사람들에게 나는 어떻게 보일까? 학교 친구? 아니면──.

"어라……? 어라라라?"

괜히 남의 시선을 의식하고 있었더니 들어본 적 있는 목소리가 다가왔다.

고개를 들자 그곳에는 악연으로 엮였던 미소녀들의 얼굴이 있었다.

"윽……."

"윽이라니! 우리 보고 그렇게 질색하는 사람은 전국을 린타로 씨뿐일걸?"

"네, 그것참 영광입니다."

"하아, 여전히 얄밉게 말한다니까."

그렇게 말하며 시로나는 웃었다.

그런 그녀의 뒤에는 지루한 듯 하품하는 쿠로메의 모습도 있었다.

이 두 사람은 초콜릿 트윈즈.

시로나와 쿠로메로 이루어진 이 그룹은 국내외를 불문하고 인기 급상승 중인 아이돌이다.

"너희가 왜 여기 있어?"

"밀스타의 사무소가 불러줬어. 지난번 온라인 라이브가 대성공을 거뒀으니까 그 보답이래."

"흐음, 그랬구나."

"배포가 참 큰 사무소라니까. 솔직히…… 올까 말까 고민했는

데, 흔치 않은 기회니까 일단 와 봤지.”

시로나가 쓰게 웃었다.

무사히 해결했다지만 밀스타와 트윈즈 사이에는 다소 응어리가 남았다. 서로 접점을 피할 정도로 크지는 않고, 그렇다고 무시할 수 있을 만큼 작은 것도 아니고. 어느 의미 적당한 거리감을 유지하고 있다고도 할 수 있다.

“뭐, 모처럼 왔으니 신나게 잘 즐기고 다양한 기술을 훔쳐주겠어. 그렇지? 쿠로.”

“아니……. 난 시로를 따라온 것뿐이니까 굳이…….”

“좀 더 의욕을 내란 말이야! 에잇!”

시로나가 쿠로메의 어깨를 찔렀다.

마치 만담이라도 하는 것 같은 대화에 나도 모르게 웃어버렸다.

“오, 지금 웃었어. 쿠로.”

“나는 만담할 생각은 없었는데…….”

“자자. 우선 옆자리 실례할게.”

시로나와 쿠로메가 좌석에 앉았다.

————어째서인지 나를 좌우에서 끼는 대형으로.

“……무슨 생각이야?”

“뭐 어때. 양손의 꽃이잖아?”

“하나도 안 좋아…….”

오히려 이 녀석들 사이에 끼면 묘하게 조마조마한 기분이다.

무슨 짓을 할지 모른단 말이지. 이 녀석들은.

“린타로. 나 또 네가 만든 닭튀김 먹고 싶어.”

"어…… 그 정도라면 또 만들어줄게."

"스튜디오 청소도 부탁하고 싶어."

"그럼 돈 받는다? 너."

쿠로메 녀석, 나를 부려 먹기 좋은 가정부 같은 걸로 생각하는 거 아니야?

"돈을 내면 린타로 씨가 와 주는 거야? 그런 거라면 얼마든지 낼 수 있어."

"……잘 버는 녀석들에게 할 말이 아니었네."

이 녀석들이라면 진짜로 돈을 낼지도 모른다.

그 부분은 밀스타 세 사람과 똑같다.

"참고로 얼마를 주면 우리에게 와 줄 거야?"

"아무리 많이 줘도 그 녀석들 말고 다른 곳엔 안가."

"너무해. 치사해."

"알면서 제안한 거잖아……."

"농담은 이쯤하고, 아이돌 서포트는 힘들기만 하지 않아? 용케 하네."

"편한 건 아니지만…… 딱히 힘들지도 않아."

내가 그렇게 말하자 시로나는 놀란 얼굴로 나를 보았다.

"분명 힘들걸. 밖에서는 깔끔하게 빼입었으면서 집에 돌아오자마자 게을러져서는 빈둥빈둥……. 보통은 질색한다고."

"그렇게 빈둥거리지 않아."

"와, 역시 밀스타는 모범생 집단이구나. 우리는 집에 돌아오면 거의 속옷 차림으로 돌아다니는데. 그렇지? 쿠로."

나를 사이에 끼고 시로나가 물어보자, 쿠로는 별것 아니라는 듯 고개를 끄덕였다.

"……확실히 너희를 서포트하는 건 힘들 것 같네."

"왜 우리만!"

즐겁게 웃으며 시로나가 태클을 걸었다.

그 모습을 보고 나는 내심 안도했다.

처음 만났을 때의 시로나에게서는 위험한 분위기가 느껴졌다. 바닥을 알 수 없는 악의와 갈 곳 없는 분노── 그대로 나아갔다면 분명 시로나는 쿠로메를 길동무 삼아 돌이킬 수 없는 파멸을 맞았을 것이다.

다른 누가 뭐라고 하든 나는 그렇게 확신한다.

그렇기에 지금 그녀가 구김살 없이 웃는 걸 보며 진심으로 안심했다.

"……고마워, 린타로 씨."

"갑자기 왜 그래?"

"린타로 씨 덕분에 우리는 지금 똑바로 나아갈 수 있게 됐어. 나도 쿠로도 너한테는 도저히 다 갚을 수 없는 은혜를 입은 거지."

"……."

그때까지 지루하다는 듯 이야기를 듣던 쿠로메도 시로나의 말에 동의하듯 고개를 끄덕였다.

나는 쑥스러워져서 무심코 머리를 긁었다.

"무슨 일 있으면 바로 우리에게 말해줘. 린타로 씨를 위해서라면 우리는 어디에 있든 달려갈 테니까."

"……그러냐. 그거 든든하네."

"흐흥, 마음껏 기대! 꽃구경 장소 잡기도, 완강한 점원 상대로 가격 깎는 것도, 불끈불끈할 때도 우릴 불러서 써먹어 줘!"

"그런 일에 쓸 리가 없잖냐……!"

"냐하하! 나이스 태클!"

그렇게 말하며 시로나는 다시 소리 내어 웃었다.

"아, 슬슬 시작한다!"

회장을 내려다보며 시로나가 그렇게 말한 순간, 소음이 천천히 잦아들었다.

그리고 회장에 설치된 무식하게 큰 모니터에 이번 크리스마스 라이브를 위해 만들어진 트레일러 영상이 나오기 시작했다.

"시로, 우리도 저런 영상 틀고 싶어."

"그러게……. 하지만 제작비가 얼마나 들어가려나."

옆에서 업계인 다운 대화가 들렸다.

아이돌 사이에서 아이돌의 라이브를 보다니, 팬이 알면 기절하겠지.

잠시 후 영상이 끝나자 다시 정적이 찾아왔다.

노란색, 빨간색, 파란색의 스포트라이트가 무대 위를 비췄다. 그리고 첫 번째 곡의 전주가 흐르더니 어디선가 세 사람의 노래가 들렸다.

그 순간 흥분으로 전신에 소름이 돋았다. 몇 번이나 들은 노래인데 막상 라이브에서 들으니 충격이 몇십 배나 커졌다.

"……노래하는 거 봐. 한층 더 늘었잖아."

옆에서는 시로나가 식은땀을 흘리고 있었다.

밀스타는 트윈즈와 공연했을 때보다 몇 단계나 수준이 올라 갔다.

라이벌로서는 조마조마할 것이다.

드디어 곡이 크게 치닫는 부분이 다가왔다. 그리고 무대에 한 층 강한 빛이 쏟아진 순간, 무대 아래에서 세 사람이 튀어 올랐 다. 그러자 회장은 귀를 찌를 듯한 환호성으로 뒤덮였다.

『모두들! 오늘은 와 줘서 고마워!』

『우리와 최고의 크리스마스 라이브를 보내자.』

『모두에게 오늘이 특별한 날이 되기를.』

카논, 미아, 레이 순으로 멘트를 친 뒤 본격적으로 노래가 시작 됐다.

완벽하게 호흡이 맞는 안무와 탁월한 가창력으로 뽑아내는 노래.

세 사람이 관객에게 손을 흔들 때마다 환호성이 터지고 회장의 열기가 하늘 높은 줄 모르고 치솟는다. 팬에게 밀피유 스타즈는 일종의 신이다.

『이브라고 해서 봐주지 않을 거야! 따라올 수 있겠어?』

""""오오오오오오오오오!""""

카논의 목소리에 친위대 쪽에서 우렁찬 외침이 돌아왔다.

아무튼 카논의 팬은 열광적이란 말이지.

『카논은 변함없이 터프하네……. 너희는 내가 에스코트할게.』

""""꺄아아아악——!""""

미아가 손 키스를 날리자 여성들이 환호성을 질렀다.

세 사람 중 여성 팬이 가장 많은 사람이 미아다. 말을 걸기만 했는데도 기절해버리는 사람이 있을 정도로 미아는 수많은 사람을 사로잡았다.

『더 많이 즐기고 싶어. 다들 크게 응원해줘.』

레이가 말하자 관객들은 여태까지보다 더 큰 환호성을 내질렀다.

그 후 단골 곡들과 최근 발매한 신곡을 부른 세 사람은 한 번 무대에서 내려갔다. 그리고 이날에 딱 맞는 크리스마스 송이 나오기 시작하자 관객들은 성대하게 달아올랐다.

『1년에 한 번뿐인 크리스마스!』

『매일 열심히 노력하는 착한 아이들에게.』

『우리가 최고의 선물을 줄게』

그런 멘트와 함께 나타난 세 사람은 빨간색과 하얀색을 베이스로 한, 딱 크리스마스에 어울리는 의상을 입고 있었다. 빨간색 상의와 미니스커트, 그리고 산타 모자에서 모티브를 딴 헤드드레스.

세 명의 아름다운 산타클로스가 우리에게 최고의 추억을 선물하러 왔다.

『아직이야! 전력을 다해 간다!』

카논의 외침과 동시에 회장은 한층 더 열광했다.

◇ ◆ ◇

앙코르도 포함해서 세 시간 넘게 이어진 크리스마스 라이브는 대성공으로 막을 내렸다. 라이브를 마친 세 사람의 얼굴이 후련해서, 나도 모르게 박수 시간이 길어졌다는 건 굳이 말할 필요도 없겠지.

끝난 건 아쉽지만 나는 바로 집에 돌아가기 위해 회장에서 나왔다.

"어휴, 어마어마했네. 밀스타 라이브."

어째서인지 나를 따라온 시로나가 크게 기지개를 켜며 말했다. 옆에 있는 쿠로메는 아무 말도 하지 않았지만 적어도 그 표정은 이제 지루해 보이지 않았다.

"우리도 질 수는 없지! 안 그래? 쿠로!"

"그래. 지고 있을 수 없어."

밀스타에게서 좋은 자극을 받은 건지 두 사람은 투지를 불태우고 있었다.

앞으로 트윈즈도 점점 더 주목받게 될 것이다.

뭐, 지금은 그런 건 중요하지 않고.

"너희…… 왜 날 따라오는 거야?"

"아니 뭐, 린타로 씨와 밥이라도 먹으러 갈까 해서."

"밥?"

"지금 시간 괜찮아? 우리와 밥 먹고 가지 않을래?"

"어…….."

어차피 오늘은 밀스타 세 사람도 뒤풀이가 있어서 바로 집에 돌아오진 않는다.

라이브를 보러 오기 전에 집안일은 한차례 끝내놓았으니, 밥 정도는 아무 문제도 없다.

"알았어, 가자."

"냐하하! 그래야지!"

"그래서, 어디 갈지는 정했고?"

"자주 가는 가게가 있어. 거기는 밥도 맛있지."

"……도?"

"자자, 렛츠 고합시다!"

"자, 잠깐……!"

시로나가 내 등을 밀며 택시 정류장으로 끌고 갔다.

"택시냐고……. 사치잖아."

"우리가 얼마나 번다고 생각하는 거야? 통장 잔고 보여줄까?"

"……사양할게."

보기만 해도 안색이 새파래질 자신이 있다.

"걱정하지 않아도 오늘은 우리가 전부 낼 거야. 린타로 씨는 아무것도 신경 쓰지 말고 따라오기만 하면 돼."

"아니, 그건 좀……."

"그렇게 마음에 걸리면, 밀스타 애들의 이야기라도 들려주지 않을래? 린타로 씨가 그 애들과 어떤 생활을 보내는지 궁금해."

"그런 거면 돼?"

"당연하지! 그럼 가자!"

그렇게 나는 강제로 택시에 탔다.

"신주쿠까지 부탁합니다."

시로나가 운전기사에게 그렇게 말하자 택시가 출발했다.

어째서인지 뒷좌석에 세 명이 탔기 때문에 상당히 비좁다. 심지어 회장에서 그랬던 것처럼 시로나와 쿠로메가 나를 사이에 끼고 앉는 바람에 떨어지려고 해도 다른 한 명과 붙게 된다.

"린타로 씨, 왜 그렇게 안절부절못해?"

"너…… 알면서 그러는 거지."

"우웅, 시로나는 잘 모르겠어요."

깔깔 웃으며 시로나가 내 무릎에 자기 무릎을 부딪쳐댔다.

아까부터 허벅지며 어깨가 마구 닿는 바람에 내 의식은 그쪽으로 많이 쏠려있었다. 그리고 어째서인지 장난과는 거리가 멀어 보이는 쿠로메도 자꾸 몸을 부딪쳐댔다.

"……린타로가 옆에 있을 때는 보란 듯이 몸을 부딪쳐대라고 시로가 시켰어."

"너 뭘 시키는 거야……!"

내가 노려보자 시로나는 딴청을 부리며 휘파람을 불기 시작했다.

이 자식, 언젠가 반드시 울려버리겠어.

"뭐 어때. 린타로라면 여자가 먼저 들이대는 것쯤은 익숙하지 않아?"

"그럴 리가 있겠냐……."

"그런 미소녀들을 옆에 끼고 있으면서?"

"누가 들으면 오해할라……!"

"하지만 이상하네. 꽤 오래 같이 살았잖아? 보통 조금은 익숙해지잖아."

"……."

——확실히. 이상한 건 난가?

아니, 이 문제는 생각하면 지는 거다.

"나는 포기 안 했어, 린타로 씨."

"무, 무슨 말이야?"

"그 가사 능력을 직접 겪어보고 우리는 꼭 널 손에 넣고 싶어졌거든. 상대가 밀스타든 상관없어. 린타로 씨가 자발적으로 우리 거 하고 싶다고 말할 때까지는 열심히 어필할 거야."

그렇게 말하며 시로나는 내 팔을 휘감았다.

그리고 그걸 따라 하듯 쿠로메도 팔을 감았다.

"나도 린타로의 닭튀김을 또 먹고 싶어."

"봐봐, 미소녀 두 명이 이렇게 들이대는데 지금 기분이 어때? 우리와 같이 살면 코피가 줄줄 흐르는 달콤한 생활이 기다린다?"

한층 밀착하는 두 사람.

나는 삿된 감정을 전부 쫓아내기 위해 택시 천장을 올려다보며 눈을 감았다.

"……어라? 린타로 씨, 좀 마른 것 같은데?"

택시에서 내린 나를 보고 시로나가 그렇게 물었다.

내가 보기에도 조금 전과 비교해 핼쑥해졌다는 자각이 있었다.

“누구 때문인데…….”

“글쎄~ 누구 때문일까~.”

노골적으로 딴청을 부리는 시로나를 보며 나는 핏대가 서는 걸 느꼈다. 하지만 이젠 대거리할 기력도 없다.

“……그래서, 어디에 가려는 거야?”

도착한 장소는 신쥬쿠 카부키쵸.

어딜 봐도 번쩍번쩍 빛나는 게 말 그대로 잠들지 않는 거리라고 부르기에 잘 어울리는 풍경이다.

도저히 이런 시각에 고등학생이 돌아다녀도 되는 곳으로는 보이지 않는데…….

“이쪽이야.”

그렇게 말하며 시로나와 쿠로메가 걸어갔다.

만약 놓쳤다간 망한다. 나는 바로 두 사람의 뒤를 쫓아갔다.

여기저기 호객꾼과 주정뱅이투성이. 저렇게 사람을 붙잡고 호객하는 행위는 조례로 금지되었다고 본 것 같은데, 붙잡히거나 하진 않으려나.

“남자가 있으니까 참 좋지? 쿠로.”

“응. 헌팅이 전혀 없어.”

두 사람이 나를 보았다.

변장했다지만 그래도 완전히 숨기지 못할 만큼 두 사람은 미소녀다. 그냥 걷기만 해도 접근하는 사람이 나타나는 건 필연인가.

생각해 보면 레이도 미아도 헌팅 당했었지.

"둘이 같이 다니다 보면 매번 이 근방에서 집요한 헌팅이 들어와. 그냥 걷기만 하는 것도 고생이라니까."

"그건 동정심이 드네……."

헌팅을 받아본 적은 없지만 그 마음을 전혀 이해하지 못하는 건 아니다.

모르는 사람이 말을 걸면서 흑심을 드러내며 따라다니면 귀찮고 기분 나쁠 게 뻔하다.

지금부터 가는 가게는 불쾌함을 겪으면서도 가고 싶어질 정도인 가게인 걸까. 썩 좋은 예감은 들지 않지만, 어느 의미 기대되기 시작했다.

"도착했어. 여기야."

"……BAR?"

그곳에는 'Bar 트윈즈'라고 적힌 간판이 있었다.

트윈즈. 설마 두 사람과 무언가 관계가 있는 걸까?

"자자, 우선 들어가자."

"일단 물어보는 건데, 미성년자도 들어가도 되는 곳이지?"

"……."

"야……. 뭐야 그 침묵."

내가 움츠러들며 그렇게 묻자 시로나는 웃음을 터트렸다.

"풉, 냐하하! 괜찮아. 이 가게는 미성년자도 들어갈 수 있는 곳이니까!"

"쫄았잖아……."

가슴을 쓸어내리며 한숨을 쉬었다.

의미심장한 반응이나 하고…….

"이래저래 신경 쓰일 테지만, 들어가 보면 다 알 수 있어. 들어 가자."

시로나에게 손을 잡혀 가게 안으로.

어둑한 입구에 설치된 문을 지나가자 안은 한층 컴컴했다.

바 카운터와 테이블석. 가게 안쪽에는 문이 설치되어 있는데 화장실인가?

"어서오세용."

우리를 향해 그렇게 인사한 사람은 바 카운터 안에 있는 근육 마초였다. 어깨 근육을 드러내기 위한 탱크톱에 딱 달라붙는 청 바지. 얼굴은 상당히 무서운 인상이라 악역 레슬링 선수라고 해 도 믿어버릴 정도다.

하지만 그가 낸 목소리는 마치 애교부리는 고양이 같았다.

"나 또 왔어, 유메~."

"어라라, 시로와 쿠로잖아."

시로나와 그 남성(?)은 서로 친근하게 인사를 나눴다.

바 마스터와 아는 사이라니, 이 녀석들의 교우 관계는 대체 어 떻게 된 거야……?

"어머나, 그쪽의 나이스한 보이는 누구래?"

"린타로 씨라고 하는데, 우리의 든든한 일행이야."

"아하~! 반가워, 카와사키 유메키치라고 해. 유메라고 불러 주렴."

끈적한 시선을 받고 반사적으로 부르르 몸이 떨렸다.

"리, 린타로입니다……. 실례합니다."

"어라~ 긴장한 거야? 귀여워라! ……확 잡아먹고 싶어."

"네?!"

이글거리는 시선을 받자마자 내 방어본능이 지금 당장 이곳을 떠나라고 호소했다. 도망치고 싶다. 당장 도망치고 싶다. 여기 있다간 여러 가지를 잃어버릴 것 같은 느낌이 든다.

"스톱, 유메. 이 사람은 우리 거야! 허락 없이 잡아먹으면 안 돼!"

"알았어, 시로~."

"나 참……. 방심할 수가 없다니까."

시로나가 사이에 개입해준 덕분에 나는 어떻게든 진정할 수 있었다. 설마 이 두 사람이 이렇게나 든든해 보일 줄이야. 인생은 무슨 일이 일어날지 알 수 없는 법이구나.

"그래서, 오늘은 무슨 일이야?"

"늘 먹던 걸로 먹고 싶은데, 가능해?"

"물론이야! 3인분이면 되지?"

"응, 그걸로 부탁해!"

"접수했습니당. 아, 안쪽 방 써도 돼."

"고마워~."

시로나와 쿠로메는 내 손을 잡고 가게 안쪽으로 끌고 갔다.

그리고 안쪽에 있던 수수께끼의 문을 열더니 주저 없이 안으로 들어갔다.

문 안은 마치 노래방 같은 실내 공간이었다. 소위 특별실인 건가? 문도 방음 처리가 된 건지 밖의 소리는 거의 들리지 않았다.

“비밀기지 같아서 좋지? 여기.”

“어……. 하지만 왜 이런 가게를 아는 거야?”

“사실 유메는 대충 반년 전까지는 우리 매니저였어. 바의 마스터가 되고 싶다고 그만뒀지만, 그 후에도 우릴 돌봐주고 있지.”

“아하…….”

“찾아오면 마음껏 먹게 해주고 전용룸도 빌려줘. 노래 연습도 할 수 있어.”

시로나가 가리킨 곳에는 노래방 기기가 놓여 있었다.

노래방 같다고 생각하긴 했는데, 설마 정말 노래방 기능이 있을 줄이야.

“대신 우리는 업계 사람들에게 이 가게를 홍보하고……. 덕분에 연예인도 자주 오는 가게라면서 장사가 잘된다더라.”

“그렇구나…….”

“유메의 요리 솜씨는 끝내줘. 특히 파스타가 맛있지!”

요리라고 하니 내가 관심이 안 생길 리가 없다.

“마스터는 뭐가 특기야?”

“나폴리탄!”

“나폴리탄이라…….”

무의식중에 눈을 빛냈다.

간단한 요리라고 생각하기 십상인 나폴리탄이지만, 사실 이것도 제법 심오한 요리다. 두 사람이 극찬하는 마스터의 나폴리탄. 꼭 먹어보고 싶다.

“기다리셨습니다~!”

잠시 잡담하며 기다리자 입맛을 돋우는 케첩 냄새와 함께 마스터가 방으로 들어왔다.

"특제 나폴리탄이야~! 자, 먹어보렴!"

"오오……!"

케첩으로 비빈 파스타는 보기만 해도 식욕을 자극했다. 건더기는 비엔나소시지, 피망, 양파 등 지극히 심플. 아주 맛있어 보이지만, 보기에는 특별한 건 느껴지지 않았다.

"고마워! 유메! 잘 먹겠습니다."

"잘 먹겠습니다."

먹기 시작한 두 사람을 따라잡듯 나도 나폴리탄을 먹었다.

케첩의 풍미가 상당히 진하고 굵은 파스타면에 골고루 비벼져 있다. 면을 볶으면서 고소함을 냈고 의외로 마늘 맛이 강했다. 확실히 파스타에는 마늘을 많이 넣곤 하지만, 이렇게 진한 건 처음인지도 모른다. 하지만 그게 위를 자극해서 빨리 다음 한 입을 먹고 싶어진다. 그 외 특징으로는 나폴리탄치고는 드물게도 매운맛이 느껴진다는 점. 아무래도 고추가 들어간 모양인데, 그래서 매콤한 맛이 났다. 이게 또 내 식욕을 자극했다.

"맛있어……!"

"어머나~! 기쁘기도 해라! 마음에 들었구나? 린타로~."

"앗, 네……."

이름을 불린 것뿐인데 등이 간질간질했다.

이 사람의 등 뒤로 무언가 무시무시한 아우라가 보인다.

"린타로 씨도 마음에 들었다니 다행이야. 이 강렬함이 참을 수 없다니까.”

“오늘도 맛있어……!”

시로나도 쿠로메도 열심히 먹고 있다.

나폴리탄은 케첩의 단조로운 맛 때문에 개인적으로는 먹다 보면 질리는 경향이 있었다. 하지만 마늘과 매운맛을 강조한 덕분에 질리지 않고 계속 먹을 수 있었다.

상당한 양이 나왔는데 우리는 순식간에 다 먹고 말았다.

“후우……. 잘 먹었습니다.”

──깜빡 너무 많이 먹었나?

나는 꽉 차버린 배를 문지르며 숨을 내쉬었다.

“우후후~ 천만에. 마실 거 가져올게.”

“정말 고마워, 유메.”

“신경 쓰지 마. 나도 두 사람에게는 항상 신세 지고 있으니까.”

그런 말을 남긴 뒤 마스터는 식기를 들고 방에서 나갔다.

“맛있었지?”

“어. 아주 맛있었어.”

나는 입가를 훔치고 만족스럽게 고개를 끄덕였다.

단조로운 맛의 나폴리탄을 살짝 어레인지해서 질리지 않게 만드는 발상……. 감탄이 나왔다.

그 녀석들에게도 꼭 먹여주고 싶다.

“밀담할 땐 이 방 써도 돼. 유메에게 말해둘게.”

“딱히 밀담이 필요해질 기회는 없는데…….”

“진짜? 있을 것 같은데. 데이트하다 ‘잠깐 단둘이 오붓할 수 있는 곳에 갈래?' 하면서, 노래방에서 그렇고 그런 거 하잖아."

"안 해!"

"냐하하!"

내 태클에 시로나는 즐겁게 웃었다.

"보아하니 그 애들과는 아직 안 사귀나 보네."

"사귈 리가 있겠냐……."

"뭐?! 왜?! 그 애들 다 린타로 씨를 좋아하잖아?!"

"그런 건 대놓고 말하지 마……."

지적받고 싶지 않은 부분을 지적당한 나는 식은땀을 흘렸다.

"어? 아무와도 안 사귀어?"

"신기하지? 쿠로. 그런 미소녀들과 같이 살면서 이런 일도 저런 일도 안 했다니."

"놀랐어. 영락없이 린타로가 밀스타로 하렘 차린 줄 알았는데."

그런 일에 관심이 없어 보이는 쿠로메까지 나를 그런 식으로 보고 있었던 모양이다. 이건 심각한 사태다. 이대로는 내 평판이 점점 나빠진다.

"설령 그 녀석들이 나를 좋게 보고 있다고 해도 누군가와 사귄다는 생각은 없거든."

"설마…… 그 애들의 마음을 가지고 노는 거야……?!"

"그럴 리가 없잖아! ……그 애들이 아이돌로서 활동하는 한 그런 관계가 되진 않겠다고 정해놓은 거야."

"……흐음, 인내심이 강하구나. 린타로 씨."

뭔가 기가 막힌다는 듯 시로나가 말했다.

“그 애들은 그래도 괜찮대?”

“글쎄……. 이 문제는 내 쪽에서 먼저 꺼내지 않도록 하고 있거든.”

“내가 할 말은 아니지만, 너희들 뒤틀린 관계로 보여.”

────알고 있다.

우리의 관계는 건전함을 가장하면서도 전혀 건전하지 않다.

이 관계가 이어질수록 분명 세 사람도 불안해진다.

그런 환경이 정신건강에 좋은 영향을 줄 리가 없다.

“……그래서 고민이야.”

나는 깊은 한숨을 쉬었다.

나중으로 미루려고 했던 문제를 파헤쳐내는 바람에 내 머리는 생각의 파도에 삼켜졌다.

“이대로는 안 된다는 건 잘 알지만……. 어떻게 해야 할지 모르겠어. 그 녀석들의 마음에 제대로 대답하고 싶은데, 그게 그 녀석들의 커리어를 위협해. 아무리 발버둥 쳐도 두 가지를 양립할 수 없어.”

아이돌인 이상 나는 누구의 마음에도 대답할 수 없다.

하지만 그래서는 우리 관계에 종양이 생긴다.

카논도 말했다. 빨리 선택해주면 마음이 편하다고. 이대로는 다들 괴로워하게 된다.

“정말 우직한 사람이구나, 린타로 씨. 아이돌을 벗겨 먹을 기회를 앞에 두고도 계속 참고 있다니.”

“벗겨 먹는다고 하지 마…….”

"냐하하! 미안해. 근데 어차피 누구와 사귀던 아무에게도 안 들키지 않겠어? 환경이 크게 바뀌는 것도 아니고……. 게다가——."

시로나는 망설이는 듯하면서도 그다음 말을 입에 담았다.

"사귀든 아니든 지금 너희 상황을 보면 스캔들은 피할 수 없을걸?"

"……."

확실히 듣고 보면 이쪽도 끝장이란 말이지.

"어차피 결과는 바뀌지 않는다면 사귀는 게 이득이라고 생각하는데…… 아, 오히려 다른 여자와 사귀는 건 어때? 나 지금 솔로인데!"

"아하하, 생각해 볼게."

"조금은 선택지에 넣어줘도 되잖아……!"

사족이 있었지만, 시로나의 의견도 영 틀린 건 아니다.

좋든 나쁘든 트윈즈는 본인의 욕망에 솔직하다. 그게 파격적인 행보를 낳고, 어떤 것에도 얽매이지 않는 삶의 방식을 동경한 사람들이 팬이 되어 지지해준다.

시로나의 생각은, 요컨대 들키지 않으면 된다는 뜻이다. 하지만 만에 하나라도 들켰을 때 나라는 존재에 모든 것을 잃는다는 위험 부담을 상쇄할 만한 가치가 있다는 생각은 들지 않는다.

"……나는 잘 모르겠지만, 그렇게 고민된다면 아무와도 사귀지 않겠다고 선언하면 되지 않아?"

"너는 참…… 쉽게 말하네."

쿠로메는 뭘 고민하는 건지 알 수 없다는 표정으로 고개를 갸웃거렸다.

이렇게까지 시원하게 말하면 오히려 감탄하게 된다.

"즉 지금 린타로 씨는 멈춰도 지옥이고 전진해도 지옥이라는 거지."

"……어, 맞아."

아무도 상처받지 않는 방법은 없는 건지도 모른다.

아무리 활로를 찾아내려고 해도 이 이상의 선택지는 안 나올지도 모른다.

"그렇다면 약간이라도 후회가 덜한 길을 고를 수밖에 없어."

————후회가 덜한 길…….

"뭐, 린타로 씨는 우릴 방패로라도 삼으면 돼. 무슨 일이 있으면 바로 우리에게 달려와."

"하하, 든든하네……. 매력 어필?"

"매력 어필이라니. 아니거든. 나는 원래 매력적이니까!"

그렇게 말하며 시로나가 가슴을 폈다.

두 사람 덕분에 정말 막연하지만, 광명이 보인 듯한 느낌이 들었다.

내가 후회하지 않을 수 있는 길은 하나밖에 없었다.

평생 일하고 싶지 않은

내가, 같은 반

인기 아이돌의

눈에 들면

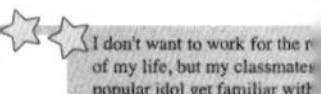

크리스마스 라이브 다음날.

아침 일찍 일어난 나는 바로 부엌으로 향했다.

어제 라이브 뒤풀이에서 돌아온 세 사람은 녹초가 되어 바닥에 주저앉았다.

그걸 보면 점심 먹을 때가 되어야 일어나겠지.

그사이 나는 크리스마스 파티 준비를 해두기로 했다.

"먼저 케이크부터……."

최고의 크리스마스 라이브를 만든 세 사람에게는 최고의 포상을 마련해주어야 한다.

이렇게까지 호화로운 요리를 또 모아둘 일은 아마 올해 안엔 없을 것이다.

내 집대성을 보여준다면 절호의 기회.

먼저 코코아파우더를 넣은 스펀지케이크를 구웠다.

다 구워질 때까지 필요한 시간은 대략 30분. 만약을 위해 레시피를 확인하고, 기다리는 동안 크림을 만들었다.

초콜릿케이크는 만들어 본 적이 없었기에 순서가 불안했다. 연습으로 만들 때는 나쁘지 않았으니 문제없을 테지만.

"시럽과 크림은 이 정도면 되나?"

시럽을 만들 때는 물과 그래뉴당, 그리고 럼주를 사용했다.

럼주는 비교적 비싼 걸 썼다. 이건 레이의 어머니인 리리아 씨가 보내줬다. 물론 절대 그대로 마시지 말고 요리에 쓴다고 약속했다.

한 번 끓이기 위해 냄비에 붓자 술 냄새가 물씬 풍겼다. 술을 마셔본 적도 없고 뭐가 좋은지 하나도 이해하지 못하지만, 이 럼주의 향기는 꽤 좋은 느낌이다. 빨리 술을 즐길 수 있는 나이가 되고 싶다.

시럽이 완성되면 다음은 전체에 바를 크림.

끓인 생크림에 스위트 초콜릿을 넣어서 잘 녹인다.

스위트 초콜릿이 뭐냐는 사람이 있을지도 모른다. 이건 유제품이 들어가지 않은 초콜릿인데, 레시피북에는 비터, 블랙, 다크 같은 명칭으로 적혀 있기도 하다.

스위트 초콜릿이 잘 녹은 걸 확인한 뒤 보울을 얼음물에 담고 믹서로 7분 정도 거품을 냈다.

"……음, 괜찮은 느낌."

다 구워진 케이크 시트는 만족스러운 완성도였다.

버터와 코코아의 냄새가 거실까지 퍼져나갔다.

순조롭다.

케이크 시트가 식자 3등분으로 자른 다음 사이사이에 시럽과 초콜릿 크림을 발랐다. 그리고 전체에 팔레트 나이프로 초콜릿 크림을 코팅했다.

이것으로 베이스는 대강 완성이다.

"역시 케이크엔 딸기지."

그렇게 말하며 케이크 중앙에 반으로 자른 딸기를 예쁘게 장식했다. 이건 카논과 먹은 프렌치토스트에서 아이디어를 얻었다. 단맛만 있으면 질릴지도 모르고, 딸기의 새콤함이 적절한 포인트가 되어줄 것이다.

마지막으로 잘게 부순 땅콩을 뿌려서 케이크는 완성.

이젠 냉장고에서 식히면 된다.

"다음은 로스트비프와 스튜인가……."

스튜는 끓이는 시간도 있으니 빨리 그 단계까지 진행해놓아야 한다.

닭고기, 마늘, 감자, 양파를 한입 크기로 썰고 버터를 두른 냄비에서 볶았다. 적절히 익었으면 밀가루를 넣고 더 볶은 다음 화이트 와인을 투입. 알코올이 날아가면 콩소메, 그리고 우유를 듬뿍 넣고 잠시 끓인다.

보글보글 끓어오르는 걸 확인하고 크림치즈를 넣었다. 또 한동안 끓인 다음 맛을 조절하면 스튜가 완성된다.

다만 이러면 평소 만드는 것과 다를 게 없다. 따라서 비밀병기를 마련했는데, 이건 먹기 직전에 공개해야지.

다음은 로스트비프.

이날을 위해 좋은 소 허벅지살을 샀다.

지나치게 비싼 건 사지 않는다는 게 내 신조지만, 이런 날은 예외다.

보울에 올리브유, 다진 마늘, 소금, 후추를 넣고 잘 섞어준다. 그걸 냉장고에서 막 꺼낸 소 허벅지살에 바른 다음 상온으로 돌아올 때까지 방치한다.

상온으로 돌아오면 기름을 두른 프라이팬에 넣고 표면이 노릇해질 때까지 굽는다.

여기까지 오면 일단 불을 끄고 120도로 설정한 오븐에 넣는다. 대략 25분에서 30분 정도 은근하게 굽는다. 이게 끝나면 잔열이 날아갈 때까지 방치.

로스트비프용 소스는 바로 만들 수 있으니 나중으로 미뤘다.

아직 해야 할 일이 끝나지 않았다.

다음에 만들 건 로스트 치킨이다. 크리스마스라고 하면 치킨. 이게 빠지면 의미가 없다.

뼈가 붙은 닭다리살을 준비.

소금후추, 간장, 다진 마늘, 꿀을 섞은 뒤 닭고기에 바르고 잠시 방치. 갓 구운 걸 먹으려면 파티가 시작하기 약 1시간 전에 굽기 시작하는 게 제일 좋을 것이다. 이것도 일단 여기서 끝이다.

메인 디시 준비는 끝났다.

이젠 곁들이로 빵을 만들면 요리는 일단락된다.

"안녕, 린타로."

빵 만들기에 들어가려던 차에 2층에서 미아가 내려왔다.

웬일로 머리카락이 부스스하다. 어지간히 피로가 쌓였던 모양이다. 그만큼 많은 사람 앞에서 온 힘을 다 쏟아냈으니 어쩔 수 없다.

──이런, 그러고 보면 점심을 잊고 있었네.

곧 12시인데 점심 메뉴를 준비하지 않았다.

파티 요리에 열중하는 바람에 완전히 잊어버리고 있었다.

“왜 그래? 그렇게 당황하다니.”

“미안……. 파티 요리 만드느라 너무 집중해서 점심 준비를 안 했어. 조금 더 기다려줄래?”

“나는 괜찮아. 이제 막 깬 거라 배도 별로 안 고프고. 요리에 집중하다 요리하는 걸 잊었다니, 린타로는 참 재미있다니까.”

그렇게 말하며 미아는 쿡쿡 웃었다.

창피해진 나는 무의식중에 뺨을 긁적였다.

“음, 그럼 커피는 어때? 지금 손이 비었으니까 바로 탈 수 있어.”

“그렇다면 부탁할까.”

“어, 맡겨줘.”

나는 바로 커피를 준비하기 시작했다.

보아하니 레이와 카논은 좀 더 나중에 일어나겠군.

점심을 만들 시간은 어떻게든 확보할 수 있을 것 같다.

“참고로 점심으로 먹고 싶은 거 있어? 1등 기상 특권으로 리퀘스트가 있다면 접수할게.”

“그렇다면 파스타는 어때? 나폴리탄 같은 거.”

“나폴리탄이라.”

나는 무심코 씩 웃었다.

나폴리탄이라면 마침 **달인**에게 레시피를 배워온 참이다.

“기대해. 끝내주게 맛있는 나폴리탄을 만들어줄 테니까.”

잠시 후 레이와 카논도 내려왔다.

두 사람 다 막 일어났을 때의 미아처럼 머리카락이 부스스했다. 아니, 미아보다 긴 만큼 훨씬 엉망이었다.

"저런……. 이거 빗질하기 힘들겠는데."

그렇게 말하며 미아가 두 사람의 머리카락을 빗겨주었다.

두 사람의 얼굴은 어딜 봐도 잠에 취한 상태다. 완전히 미아에게 맡기고 있다.

라이브가 끝난 다음 날은 항상 이렇다. 전력을 발휘해서 라이브에 임하다 보니 에너지를 모조리 써버리는 거겠지.

"완전히 깨려면 좀 더 걸릴 것 같네."

"나폴리탄 냄새를 맡게 해주면 일어나려나?"

"좋은 생각이야."

그래서 나는 바로 나폴리탄을 만들기로 했다.

빠르게 피망과 양파, 비엔나소시지를 썰고 가볍게 볶았다.

가르쳐준 대로 여기에 마늘을 조금 넉넉하게 넣고, 콩소메로 간을 조절했다.

그리고 케첩만이 아니라 토마토 페이스트도 넣어서 토마토 요소를 증강했다. 마지막으로 고추를 조금. 이건 빼먹을 수 없다.

"……이 냄새."

거실에 맛있는 냄새가 풍기기 시작하자 레이가 눈을 번쩍 떴다.

설마 정말 일어날 줄이야. 식탐이 도움이 될 때가 올 줄은 몰랐다.

"응……. 어쩐지 맛있는 냄새가 나."

나폴리탄의 냄새를 맡고 가장 잠에 약한 카논까지 깼다.

식탐이란 참 무시무시하구나.

"둘 다 깼어? 빨리 세수하고 와. 린타로가 나폴리탄을 만드는 중이니까."

"나폴리탄……. 기대된다."

그런 말을 끝으로 레이와 카논은 세면실로 사라졌다.

그동안 나는 나폴리탄을 완성했다. 수북하게 쌓은 파스타를 각각 접시에 나눠 담고, 마무리로 파슬리를 뿌렸다.

화사한 색상과 토마토의 풍미, 그리고 살짝 강한 마늘과 약간의 매운맛이 식욕을 자극한다. 내가 보기에도 상당한 재현도다.

"와……. 굉장해……!"

세수와 양치를 마치고 완전히 평소 모습으로 돌아온 카논이 테이블 위를 보고 눈을 빛냈다. 이어서 돌아온 레이도 비슷한 표정을 지었다.

"정말 맛있는 냄새야. 마늘을 꽤 많이 넣었나?"

"어, 우연히 배울 기회가 있었거든. 그리고 케첩만이 아니라 토마토 페이스트도 써 봤어. 맛에 깊이가 생겨서 목에서 잘 넘어갈 거야."

네 명 모두 식탁에 앉아 손을 모았다.

그리고 나는 세 사람이 바로 나폴리탄을 먹는 걸 긴장하며 지켜보았다.

"……! 맛있어."

"냄새는 세지만 실제로 먹어보면 마늘의 풍미도 딱 좋은 수준이야. 만족스러운 느낌이네."

“자세한 건 잘 모르겠지만…… 맛이 제대로 겹쳤다고 해야 하나. 감칠맛이 확 느껴져!”

아무래도 마음에 든 모양이다.

매번 그렇지만 새 요리를 내어올 때는 나답지 않게 가슴이 두근거린다.

이번에도 좋아해 줘서 정말 다행이다.

순식간에 나폴리탄을 먹어버린 우리는 식후 휴식 시간에 들어갔다.

“……아!”

갑자기 카논이 퍼뜩 생각났다는 표정을 짓고는 레이와 미아를 보았다.

“있잖아! 너희들!”

“왜 그래? 그렇게 시끄러운 얼굴로.”

“얼굴이 시끄럽다니 미아 너 그게 무슨 소리야?! 아니, 이건 중요하지 않고…… 아무튼! 그거 잊고 있었어!”

“그거? 뭐였더라.”

“그거! 크리스마스 라이브 때문에 잊고 있었지만, 장식 꾸미기도 하자고 그랬잖아!”

“……아! 그거구나!”

오가는 이야기를 듣고 나는 고개를 갸웃거렸다.

“린타로가 요리 만드는 동안 우리가 거실을 파티용으로 꾸미자고 했어. ……지금까지 잊고 있었지만.”

“그, 그랬구나…….”

그러고 보면 이 녀석들이 집에 없을 때 이런저런 택배가 왔었지.

내 앞으로 온 택배 말고는 열어보지 않으니까 뭐가 들어있는지 몰랐는데, 레이의 설명을 듣고 이해했다.

“자자, 빨리 안 하면 파티 시작에 못 맞춰!”

카논의 재촉과 함께 세 사람은 분주하게 움직이기 시작했다.

자세한 이야기를 듣지 못했던 나는 그 모습을 그냥 지켜볼 수밖에 없었다.

“크리스마스라면 우선 이거지!”

그렇게 말하며 카논이 질질 끌고 온 것은 장식용 크리스마스트리였다. 제법 키가 커서 넓은 거실에 놓아도 상당한 존재감을 발휘했다.

“나와 레이는 각종 장식품을 샀어.”

“이 색종이를 고리로 접어서 벽을 꾸밀 거야.”

미아의 손에는 종이며 일루미네이션용 전구가.

레이의 손에는 대량의 색종이가 있었다.

아하, 이런 걸 꾸미면 확실히 한층 크리스마스 파티처럼 보일 것이다.

“린타로는 쉬고 있어. 아직 해야 할 일도 남았잖아?”

“어, 미안하지만 빵을 만들어야 하니까 바로는 못 도와줘.”

“괜찮아. 우리끼리 잘해놓을게.”

그렇게 말해준다면, 여기는 미아와 다른 두 명에게 맡기기로 할까.

세 사람 모두 즐거워 보이니 오히려 자유롭게 꾸미게 두는 게 좋을 것 같다.

그러는 동안 파티용 빵을 만들기 위해 나는 다시 부엌에 섰다.

바게트 재료는 지극히 단순하다. 강력분, 드라이이스트, 소금, 물. 처음 만들었을 때는 재료 종류가 적어서 상당히 놀랐었지. 다만 그 대신이라고 할 건 아니지만, 발효에 상당한 시간이 필요하다. 지금부터 했다간 늦는다. 따라서 나는 이미 어젯밤에 반죽을 만들어 냉장고에서 발효시켜놓았다. 그걸 꺼내 보자 제법 괜찮은 느낌이었다.

둥근빵은 바게트처럼 시간이 걸리지 않는다. 재료는 강력분, 설탕, 소금, 무염 버터, 우유, 달걀, 드라이이스트.

바게트는 굽기만 하면 완성되니까 일단 나중에.

지금은 둥근빵에 집중하자. 재료를 보울에 넣고 섞은 뒤 반죽이 뭉치면 보울에서 꺼내 한층 더 치댄다. 대략 10분 넘게 쳐주는 게 좋다. 만약 지쳤어도 손을 멈추지 않고 계속한다.

다 끝나면 한 덩어리로 다듬은 반죽을 보울에 돌려놓고 오븐으로. 40도에서 1차 발효. 이게 끝나면 반죽이 상당히 부풀어 오른다.

보울에서 반죽을 꺼내 적당한 사이즈로 등분한다.

그리고 적신 키친타올을 위에 올리고 15분에서 20분 정도 쉬어준다. 이 시간을 벤치 타임이라고 부른다는 모양이다.

벤치 타임이 끝나면 다시 조금 주물러준 뒤 반죽을 평평하게 펴준다.

그리고 중앙을 감싸듯 반죽을 하나하나 둥글게 뭉친다. 공기를 반죽으로 감싸는 듯한 느낌이다.

그 후 다시 40도로 설정한 오븐에서 2차 발효.

시간은 1차 발효와 마찬가지로 30분에서 40분 정도.

그리고 굽기 전에 표면에 달걀물을 바른다. 이젠 180도 전후로 예열한 오븐에서 20분 정도 구우면 폭신한 둥근빵 완성이다.

"좋아, 이 느낌대로 바게트도…… 으억?!"

어느새 세 사람이 부엌을 들여다보고 있었다.

그 시선은 버터와 밀 냄새가 나는 갓 구운 빵을 향하고 있다. 내가 보기에도 먹음직스럽게 구워졌으니 저 마음도 잘 이해할 수 있지만, 지금 먹으면 파티에 내어놓을 빵이 부족해진다.

"……너희 꾸미기는 끝났어?"

내가 그렇게 묻자 세 사람은 어깨를 축 떨구고 각자 맡은 구역으로 돌아갔다.

잘 보니 꾸미기가 끝난 구역이 하나도 없었다.

빵 냄새에 홀려서 계속 이쪽을 쳐다봤나 보군.

바게트도 다 구웠으니 요리 사전 준비는 거의 끝났다.

그 녀석들이 하도 힐끔힐끔 쳐다보는 바람에 한 번 간을 보겠냐고 제안했는데, 밤에 먹을 걸 기대하겠다고 주장해서 결국 하나도 손을 대지 않았다.

기준이 확고한 녀석들이다. 그런 사람은 나쁘지 않지.

그런 관계로 나는 밤까지 심심해졌다.

할 일이 없어져서 세 사람의 꾸미기를 도왔다.

크리스마스트리에 장식을 달고, 색종이로 고리를 접고, 거실 주변을 꾸몄다. 점점 거실 전체가 크리스마스 분위기로 바뀌었다.

"오오……! 괜찮은 느낌인데?"

완성된 파티장을 보고 카논이 신이 난 목소리로 외쳤다.

확실히 급조한 것치고는 그럴싸해 보였다. 치울 때를 생각하면 조금 우울해지지만, 지금은 무시하자. 부정적인 생각만 했다가는 지금을 즐기지 못하게 된다.

"……어떡할래? 이제 파티 시작할까?"

미아가 그런 말을 꺼냈다.

시각은 오후 4시가 조금 지난 상태. 저녁을 먹기에는 상당히 빠른 시간대다.

하지만 평소 저녁과 다르게 오늘은 아무튼 파티다.

정해진 시각에 밥을 먹을 필요는 없다. 언제든 좋아하는 걸 자유롭게 먹을 수 있는 형식도 재미있을지도 모른다.

"참고로 너희 배는 꺼졌어? 나폴리탄 꽤 많이 만들었는데……."

"""꺼졌어."""

"만장일치냐."

알고 있던 사실이지만, 이 녀석들의 위는 변함없이 수치가 고장 났다.

어제 라이브에서 칼로리를 무지막지 소모했을 테니 어쩔 수 없다면 어쩔 수 없지.

나도 출출하다…… 기보다는, 빨리 이 녀석들의 반응을 보고
싶다. 파티를 시작할 준비는 대충 끝난 상태다.

"그러면 마지막 마무리를 해야겠네."

"마지막 마무리?"

"자자, 앉아서 커피라도 마시며 기다려."

그렇게 말하며 나는 득의양양한 미소를 지었다.

부엌으로 이동한 나는 잘 식힌 스튜를 내열 그릇에 담았다.

여기서부터 마무리 작업이다. 내열 그릇을 덮듯이 냉동 파이
시트를 올렸다. 내 방침과는 조금 어긋나지만, 집에서 파이 반죽
을 쓰고 싶을 때는 직접 만들지 않고 냉동 파이 시트를 사용하는
게 가성비 측면에서 제일 좋다고 생각한다.

이대로 200도로 설정한 오븐에서 예쁘게 노릇해질 때까지 굽는
다. 그러면 파이 반죽이 부풀어서 근사한 파이 스튜가 완성된다.

돔 형태로 잘 부풀리는 요령은 따뜻한 스튜를 쓰지 않는 것. 스
튜가 따뜻하면 열 때문에 파이 시트가 녹아서 부풀지 않는 원인
이 된다. 걸핏 손이 많이 가는 요리로 보이는 파이 스튜지만 주의
사항만 잘 지킨다면 이렇게 쉽게 만들 수 있다.

오븐으로 파이 스튜를 굽는 동안 로스트비프 덩어리를 얇게 썰
었다. 위에 뿌리는 소스도 이때 재빨리 만들었다. 로스트 치킨은
한 명당 하나씩 그대로 접시에 떡하니 올렸다. 정말 호쾌한 플레
이팅이다. 먹는 게 기대된다.

케이크는…… 다른 음식을 먹고 후식으로 먹을 테지만, 공개만 먼저 할까. 가능하면 한시라도 빨리 그 완성도를 보여주고 싶다.

"좋아! 다 됐다!"

그렇게 나는 완성한 요리들을 식탁으로 날랐다.

"""오오……!"""

테이블 위에 푸짐하게 올라간 요리를 보고 세 사람은 입을 모아 감탄을 흘렸다.

세 사람의 눈이 반짝반짝 빛난다. 이렇게까지 대놓고 기뻐해 주니 정말 만들기 잘했다는 생각이 든다.

"이, 이거…… 파이 스튜?!"

"맞아. 크리스마스엔 이런 특별한 요리라는 생각에. 평범한 스튜면 평소랑 똑같아지니까 살짝 변형해봤지."

"굉장해……! 사실 아직 먹어본 적이 없었거든! 이런 거!"

카논은 어린아이처럼 기뻐했다.

확실히 파이 스튜는 의외로 먹을 기회가 없긴 하지.

"로스트비프도 단면이 아주 훌륭해……. 보기만 해도 본격적이야."

보기 좋게 플레이팅한 로스트비프를 바라보며 미아가 중얼거렸다.

이번에 로스트비프도 상당히 잘 됐다. 잘 구워진 껍질 색과 대비되는 안쪽의 선명한 빨간색이 참으로 식욕을 자극했다.

전부 오븐의 힘이다. 그게 없었다면 오늘의 요리는 하나도 완성하지 못했다. 역시 고성능 오븐을 가져야 한다.

"치킨도 아주 커……. 빵도 맛있겠다."

이미 레이의 입에서는 침이 흐를 기세였다.

항상 그랬지만 도저히 팬에게 보여줄 수 없는 얼굴이었다.

"이게 다가 아니지."

나는 냉장고에서 수제 초콜릿 케이크를 가져왔다.

그걸 보여주자 세 사람은 잠시 말문이 막혔다.

"그, 그거…… 네가 만들었어?"

"어. 자신작이야."

"정말로 진짜……? 가게에서 산 거 아니지?!"

"어, 확실하게 내가 직접 만든 거야."

반응이 흡족해서 나는 더 주목해달라는 마음을 담아 테이블 중앙에 케이크를 내려놓았다.

"지, 집에서 이렇게 예쁜 케이크를 만들 수 있다고……?!"

"대단해……. 정말 가게에서 파는 케이크 같아……."

미아의 경악과 레이의 감탄.

겉보기만으로 이렇게까지 칭찬해줄 줄은 몰랐다.

남은 건 맛인데, 그건 또 나중에 즐겨달라고 하고.

"케이크는 일단 넣어둘게. 나중에 잘라서 먹자."

고개를 끄덕이는 것 외에 다른 반응을 하지 못하게 된 세 사람을 보고 나는 무심코 웃음을 터트리고 말았다.

케이크를 다시 냉장고에 돌려놓은 나는 세 사람과 함께 식탁에 앉았다.

레이가 사 놓은 주스를 잔에 따르고 모두와 얼굴을 마주 보았다.

"레이, 선창해."

카논의 말에 레이는 고개를 한 번 끄덕였다.

"그럼 건배."

"""건배!"""

잔을 부딪쳐 건배했다.

탄산이 약하게 들어간 머스캣 주스는 생긴 것만 보면 샴페인처럼 보이기도 했다.

그런 생김새에 은근히 흥분하는 건 내가 아직 애라서 그런 걸까.

"린타로, 스튜 먹어도 돼?"

"어, 마음대로 먹어."

"……어쩐지 자르는 게 아까워."

레이는 숟가락을 들고 굳어버렸다.

다른 두 사람도 마찬가지로 파이 스튜를 그저 바라보고 있다.

"안 먹으면 식는다. 과감하게 푹 찔러."

"……알았어."

결심한 표정을 지은 레이가 파이로 신중하게 숟가락을 가져갔다.

그리고 마침내 힘을 줘서 파이를 찔렀다.

"와……!"

갈라진 파이 틈새로 스튜의 김이 물씬 올라왔다.

안쪽까지 뜨겁게 잘 데워진 모양이라 안심했다.

"후우, 후우……."

레이는 파이 조각과 함께 스튜를 떠서 후후 불어 최대한 식힌 다음 입으로 가져갔다. 그 순간 깜짝 놀라며 나를 바라보았다.

"맛있어……!"

"하하, 그거 다행이네."

내심 가슴을 쓸어내렸다.

그러는 사이에 카논과 미아도 파이 스튜를 입으로 가져갔다.

"와……! 굉장히 진해!"

"파이와 같이 먹으니 바삭바삭한 맛이 포인트가 되어서 좋네. 입에서 자꾸 당기는데?"

스튜를 열심히 먹는 세 사람을 보며 나는 무엇과도 바꿀 수 없는 기쁨을 느꼈다.

나도 파이 스튜를 먹어보았다.

바삭바삭한 파이와 스튜가 하나로 어우러져 입 안 가득 진한 맛이 퍼졌다. 내가 보기에도 맛있게 잘 됐다. 성급할지도 모르지만, 내년에도 또 만들어줘야겠다고 결심했다.

내가 그런 생각에 잠긴 사이 이미 세 사람은 다음 요리로 손을 뻗었다.

"크으……. 크기 봐."

로스트 치킨을 든 카논이 말했다.

"카논, 어쩐지 아빠 같아."

"뭐?! 솔직한 감상을 말한 것뿐이거든요?!"

미안하지만 솔직히 나도 레이와 같은 감상이다.

"이건 역시 이대로 물어뜯는 게 좋을까?"

"일단 그렇게 먹을 수 있도록 했는데, 나이프와 포크로 먹어도 돼."

잡고 먹는 걸 상정해서 손잡이가 되는 뼈 부분에는 알루미늄 포일을 감았다.

하지만 먹는 방법에 일일이 간섭할 정도로 나는 깐깐하지 않다.

"그렇구나. 하지만 모처럼이니 이대로 호쾌하게 먹어볼게."

그렇게 말하며 미아가 로스트 치킨을 깨물었다.

그리고 바로 놀란 표정을 지었다.

"부드러워……! 게다가 놀라울 만큼 육즙이 풍부해."

쉽게 뜯어먹을 수 있도록 부드러운 살점에, 안에서 가득 흘러나오는 육즙.

씹을수록 치킨의 감칠맛과 진득하게 구워서 더해진 풍미가 입을 기쁘게 해준다.

이것도 대성공. 아직까지 순조롭다.

"린타로, 이 로스트비프 아주 부드러워."

"오, 다행이다. 그쪽도 성공했나 보네."

레이의 말에 나도 로스트비프를 먹어보았다.

부드럽고 맛이 진한 소고기와 다진 양파 소스가 멋지게 조화를 이뤄 고급스러운 맛이 퍼진다. 이것도 어마어마하게 맛있다. 하얀 쌀밥 위에 올려서 로스트비프 덮밥을 만들어도 맛있을지도 모른다. 다음에 해 봐야지.

"이 빵, 무한으로 먹을 수 있겠어."

카논은 내가 구운 빵을 열심히 먹고 있었다.

그 모습으로 보아 빈말이 아닌 건 확실했다.

나는 둥근빵을 잡고 둘로 찢었다. 안은 아주 보드랍고 밀과 버터의 냄새가 식욕을 자극했다.

손으로 뜯어서 입으로 가져갔다. 음, 의심할 여지 없이 맛있다.

이대로도 이미 맛있지만 역시 정석은——.

"아, 역시 그거구나."

"어, 결국 이게 제일 맛있어."

뜯은 빵을 스튜에 찍는다.

진한 스튜를 머금은 빵은 그냥 먹을 때보다 몇 배는 더 빛나 보였다.

이것이야말로 하모니겠지.

이윽고 식탁 위에 있던 요리는 깨끗하게 사라졌다.

솔직히 놀랐다. 너무 많이 만들었다고 생각했는데. 스튜는 그야 남아있지만, 이제 한 그릇씩 더 돌리면 사라진다. 내일 아침에 먹을 생각이었는데 과연 양이 충분할까…….

"후우, 기분 좋게 배부르다."

"많이 먹었어. 이젠 케이크밖에 안 들어가."

레이가 내 쪽을 힐끗 쳐다봤다.

반대로 나는 아직 들어간다는 게 놀랍다.

“그럼 케이크 자를까.”

“기다렸습니다!”

나는 냉장고에서 케이크를 꺼내 8등분으로 잘랐다.

이럴 때 네 명이면 나누기 쉬워서 편하단 말이지.

참고로 나는 이미 배가 상당히 차서 한 조각을 다 먹을 수 있을 지조차 의심스럽다.

“자, 다 잘랐어.”

작은 접시에 나눠 담아 세 사람 앞에 놓았다.

일단 단면도 완벽하다. 이제 맛이 세 사람의 마음에 들어야 할 텐데——.

“이걸 집에서 만들었다니, 도저히 믿기지 않아…….”

“린타로는 항상 그런 요리를 해줬잖아, 카논. 새삼스럽지.”

“뭐, 그렇긴 한데…….”

세 사람이 동시에 케이크를 먹었다.

““맛있어…….”””

“휴……. 그거 다행이네.”

반응을 보고 몸에서 절로 힘이 빠졌다.

이것으로 오늘 내가 만든 요리를 전부 ‘맛있다’는 말을 들었다.

해냈다는 뿌듯함이 내 마음을 채워주었다.

“고마워, 린타로. 전부 맛있었어.”

“어, 전해졌어.”

레이의 행복해하는 미소를 보고 나도 자연스럽게 웃었다.

그녀가 맛있다고 해주는 게 나에게는 세상에서 가장 중요한 일이다.

　세 사람은 케이크조차 싹싹 다 먹었다.
　이것으로 식사가 일단락되고 거실에 여유로운 시간이 흐르기 시작했다.
　이미 설거지도 끝났으니 오늘 할 일은 이제 없다. 남은 건 느긋하게 이 시간을 즐기는 것뿐이다.
　“……아니, 늘어져 있을 때가 아니야!”
　갑자기 카논이 당황한 듯 소리쳤다.
　의아해하며 시선을 던지자 그녀는 어마어마한 속도로 2층을 향해 달려갔다.
　“왜 저래? 쟤.”
　“아……. 기다리면 알 수 있어.”
　“뭐 알아?”
　“응, 뭐.”
　미아가 얼버무리자 나는 얌전히 기다리기로 했다.
　잠시 후 무언가 종이봉투를 든 카논이 거실로 돌아왔다.
　그리고 어째서인지 미아와 레이가 카논 옆으로 가더니 무언가를 상의하기 시작했다.
　“가져온 건 좋은데……. 어, 어떻게 주지? 다 같이 들고 내밀어?!”
　“응, 그렇게 하자.”

잘 모르겠지만 상의는 바로 끝난 모양이다.

세 사람은 사태를 제대로 파악하지 못한 나에게 다가오더니 종이봉투를 쑥 내밀었다.

"린타로, 이건 나와 카논, 레이가 함께 주는 크리스마스 선물이야."

"열심히 골랐으니까 고마워해!"

"아껴주면 좋겠어."

나도 모르게 입을 떡 벌렸다.

세 사람과 종이봉투를 여러 번 번갈아 본 뒤 조심스레 그걸 받았다.

"고, 고마워……."

"바로 열어봐."

"어어……."

종이봉투 안에 있던 걸 꺼내 보았다.

나무상자였다.

물음표를 띄우며 뚜껑을 열었다.

그러자 거기에는 카논과 갔던 부엌칼 가게에서 본 그 우도가 들어있었다.

"이거……!"

"네가 하도 갖고 싶어 하는 것 같길래, 셋이 갹출해서 선물하기로 했어. 어때? 마음에 들어?"

"어……! 이거 진짜 갖고 싶었던 거야!"

아름다운 칼날은 그 예리함이 심상치 않다는 걸 주장하고 있었다.

 살며시 손잡이를 쥐어보자 목제의 따뜻함과 손에 착 달라붙는 감각이 느껴졌다.

 역시 훌륭하고 좋은 부엌칼이다.

 "기억하고 있었구나, 카논."

 "당연하지! 너에 대한 건 거의…… 아, 아니, 아니야. 취소."

 중간에 말을 멈춘 그녀는 새빨개진 얼굴을 팩 돌렸다.

 그 귀여운 반응에 나도 모르게 웃음이 나왔다.

 "응, 기뻐해 줘서 다행이야."

 "카논의 공적이라는 부분이 아쉽긴 하지만, 린타로가 웃는 걸 봤으니 나도 만족스러워."

 누군가에게 무언가를 받고 이렇게 기쁜 건 처음인지도 모른다. 물론 좋은 물건이라는 점도 크지만, 무엇보다 세 사람이 나를 생각해서 선물을 마련해주었다는 게 무척 기뻤다.

 "고마워…… 정말. 이걸로 또 맛있는 걸 만들어줄게."

 "……사실 선물이 하나 더 있어."

 "어?"

 "봉투 안에 있으니까 한 번 더 봐봐."

 확인해 보자 정말 무언가가 하나 더 들어있었다.

 포장지를 열어보자 검은색 앞치마가 나왔다. 그 앞치마 끄트머리에는 노란색, 빨간색, 파란색의 작은 별 모양 와펜이 붙어있었다.

 "하하하, 되게 귀여운 앞치마네."

“린타로 앞치마, 많이 낡았으니까. 그래서 새로 주려고.”

“하긴, 벌써 꽤 오래 입긴 했지……. 고맙게 쓸게.”

이렇게 좋은 걸 받아버렸는데 내가 준비한 선물이 여기에 걸맞다는 자신이 없다. 하지만 여기까지 왔는데 주지 않는다는 것도 이상하다.

“잠깐 기다려. 나도 준비한 게 있어.”

나는 세 사람을 위해 준비한 선물을 가지러 갔다.

이 선물을 받고 정말 기뻐해 줄까.

완성한 목도리를 챙기며 나는 불안을 억눌렀다.

미안해하며 선물을 줬다간 기뻐할 만한 것이었어도 기뻐할 수 없을지도 모른다.

하다못해 나만큼은 당당하게 굴어야지.

“기다렸지?”

선물을 들고 거실로 돌아왔다.

내가 가져온 것에 흥미진진한 세 사람을 향해 나는 직접 뜬 목도리를 보여주었다.

“린타로…… 이거.”

레이의 말을 받아 설명했다.

“내가 뜬 목도리야. 평소 고마움을 담아서 뜬 건데……. 받아주면 좋겠어.”

세 사람을 향해 목도리를 내밀자 저마다 자신의 이미지 컬러에 맞는 목도리를 가져갔다. 그렇게 뚫어지게 살펴보면 나는 상당히 민망한데.

"이거…… 진짜 네가 뜬 거야?"

"어, 맞아."

"……뜨개질까지 할 줄 알아?"

카논이 기가 막힌다는 듯 그렇게 중얼거렸다.

"할 줄 안다고 해도 간단한 것밖에 못 뜨지만."

"어딜 봐도 충분하잖아! 잘 쓸게!"

"어, 어어……."

어째서인지 버럭 소리친 카논은 힘차게 목도리를 둘렀다.

그녀의 빨간 머리카락에 빨간 목도리가 잘 어울렸다.

"이거 좋은데?! 되게 귀여워!"

카논이 거울을 향해 달려갔다.

아무래도 상당히 마음에 든 모양이다.

"린타로, 이거 아주 따뜻해."

그렇게 말하며 레이도 카논처럼 목에 목도리를 감았다.

그리고 입가를 목도리로 가리더니 기쁘다는 듯 눈을 휘었다.

"이거, 오래오래 아낄게."

"그렇게 칭찬해주면 좀 간지럽다고 해야 하나……. 재료도 평범한 털실이고, 특별한 건 해주지 못했다고 할까……."

"직접 떠준 것만으로도 나에게는 아주 특별해. ……고마워, 린타로."

"……천만에."

너무 민망해서 나는 어설프게 웃는 게 고작이었다.

아무튼 기뻐해 줘서 다행이다. 나는 안도하며 가슴을 쓸어내렸다.

"······린타로."

"응?"

지금까지 조용하던 미아가 갑자기 이름을 불렀다.

그리고 어딘가 긴장한 듯 자기 목을 쓰다듬었다.

"네가 직접 내 목에 목도리를 둘러주지 않을래? 네게 부탁하고 싶어."

"어? 뭐, 그래."

잘 이해할 수 없는 요구다.

거절할 이유도 딱히 없었기에 나는 미아의 목에 목도리를 감기 시작했다.

"뭐야······ 가깝잖아!"

"끙. ······이런 방법이 있었나."

거울 앞에서 돌아온 카논과 레이가 분하다는 얼굴로 이쪽을 보고 있다.

그렇게 중요한 거야? 이거.

"웃차······. 이러면 됐나."

"··········고, 고마워."

잘 둘러주자 어째서인지 미아의 얼굴이 새빨개져 있었다.

그렇게 쑥스러워할 요소가 있었나? 이거.

"정말 고마워, 린타로. 이 목도리, 나도 소중히 쓸게."

"어, 그래 주면 고맙지."

세 사람은 서로 목도리를 자랑하기 시작했다.

색만 다르고 다 똑같은 목도리인데……. 이상한 녀석들.

————이 녀석들과 만난 건 행운이다.

이 공간은 나를 긍정해준다. 여기에 있어도 된다는 생각이 든다.

나와 세 사람 사이에는 항상 명확한 선이 그어져 있다. 그 선이 있으므로 우리는 이렇게 넷이 함께 지낼 수 있다.

하지만 그 선이 점점 흐릿해지기 시작했다는 걸 느낀다. 우리가 같이 있을 수 있는 시간이 시시각각 줄어드는 것 같다.

이렇게나 가슴이 충만한데, 어딘가 쓸쓸하다.

"……린타로?"

"응?"

"왜 그래? 어디 아파?"

"어, 어어, 괜찮아. 좀 과식해서 속이 더부룩한 것뿐이야."

"……그렇구나."

어느새 얼굴이 어두워졌던 건지 레이에게 지적당했다.

나는 바로 입꼬리를 올리며 세 사람에게 걸어갔다.

내 안에 있는 고민은 적어도 지금 이 자리에서 생각할 일이 아니다.

지금은 그냥 이 시간을 즐기자.

◇ ◆ ◇

"으응……."

눈을 뜨자 그곳은 거실이었다.

잠에 취한 눈으로 주위를 둘러보자 크리스마스 장식이 시야에 들어왔다.

아, 그래. 생각났다. 어제는 그 후 TV 게임도 하고 영화도 보면서 밤늦은 시각까지 넷이 함께 왁자지껄 놀았다. 하지만 중간에 배터리가 나가 최종적으로는 넷 모두 여기에서 잠들어버렸다.

————제대로 침대에서 잘걸.

카펫 위에서 자는 바람에 몸이 뻐근하다.

특히 등이 아프다. 아픈 걸 참으며 어떻게든 몸을 움직여 자리에서 일어났다.

먼저 안심한 건 주스를 엎질렀거나 음식을 떨어트린 흔적이 없다는 점.

마지막엔 새벽이라 기분이 잔뜩 업된 상태였기 때문에 기억나는 게 거의 없다.

어쩌면 코가 삐뚤어지도록 술을 마신 다음 날은 이런 감각인 건지도 모른다.

"응……?"

시선을 내리자 레이가 바닥에 널브러져 있는 게 보였다.

이 집엔 아이돌이 굴러다닙니다——같은 말을 하고 있을 때가 아닌가.

내 옆에서 잠든 이유는 알 수 없지만, 이대로는 레이도 뻐근한 몸으로 일어나게 된다. 그건 좀 불쌍하다.

"……자는 얼굴 한번 행복해 보이네."

평온한 숨소리를 내는 레이를 안아 들었다.

이 가벼운 몸 어디에 그만한 퍼포먼스를 만들어내는 힘이 있는 건지.

그리고 먹은 음식은 어디로 가는 걸까. 진짜 진지하게 궁금하다.

이대로 본인의 방으로 데려갈까 고민하고 있었더니 소파의 상태가 눈에 들어왔다.

소파에서는 미아와 카논이 자고 있었다. 바닥에 누워있던 레이와 마찬가지로 새근새근 자는 중이다. 잠에서 깰 때까지 한동안 걸릴 모양이었다.

"……."

나는 문득 생각나 레이를 소파로 데려갔다.

그리고 미아와 카논 사이에 살며시 내려놓았다.

그러자 좌우에 있던 두 사람이 레이 쪽으로 몸을 기대기 시작했다. 그냥 뒤척거리는 게 우연히 그렇게 된 건지, 아니면 의식이 없어도 본능적으로 몸을 움직이는 건지 그건 알 수 없다. 서로 기대어 잠든 세 사람은 마치 자매처럼 보이기도 했다. 우리 집의 자랑스러운 미인 세 자매다.

"……무슨 헛소리래. 세수라도 할까."

내 이상한 생각에 무심코 쓰게 웃었다.

나는 담요를 셋 가져와 각각 덮어주었다.

지금 미리 스튜를 데워둘까. 어차피 일어나자마자 배고프다고 할 게 뻔하다.

나는 세수한 뒤 세 사람에게 받은 별 마크 앞치마를 걸치고 부엌에 섰다.

평생 일하고 싶지 않은
내가, 같은 반
인기 아이돌의
눈에 들면

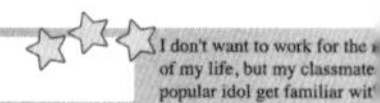

27일 오전———.

나는 역 앞에서 사람을 기다리고 있다.

언젠가와 같은 시추에이션이라고?

그 감상은 딱히 틀린 말이 아니다.

"린타로, 기다렸지?"

"어."

약속 장소에 나타난 사람은 레이였다.

나는 오늘 레이와 외출하기로 약속했다.

나와 일루미네이션을 보고 싶다는 레이의 요구를 들어주기 위해서다. 본인 왈 크리스마스 당일에 가고 싶었다고 하지만, 그건 아무래도 어려웠기에 오늘이 되었다.

일루미네이션을 보고 싶은 것뿐이라면 밤에 만나면 된다. 하지만 그건 아쉽다고 해서 아침부터 외출하기로 했다.

"매번 생각하는 건데, 왜 굳이 역 앞에서 만나는 거야?"

"그게 기분이 좋으니까."

"카논은 그게 덜 위험하기 때문이라던데……."

"그건 변명. 약속하고 따로 만나는 게 데이트 같아."

"……아하."

아무래도 그냥 취향이었던 모양이다.

반대로 이렇게 대놓고 말해주는 게 속이 시원해서 좋다.

"……린타로."

"응?"

"지난번 카논과 데이트할 땐 손 잡고 걸었지?"

"……네가 왜 그걸."

"카논이 자랑했어."

왜 그런 걸 자랑한 거냐, 그 녀석은.

"그러니까 나도 잡을래."

"야……. 변장했다지만 일단 주변을 경계하면서——."

"항의는 안 받아."

"……."

레이는 이렇게 되면 완강하단 말이지.

이 녀석의 변장은 자기가 다니는 고등학교의 문화제에 와도 들키지 않았을 정도로는 완벽하다.

그걸 생각하면 내가 지나치게 조심하는 건지도 모른다.

아니, 어차피 굽혀줄 리가 없으니까 따를 수밖에 없다.

"그럼…… 옜다."

"응."

레이는 기쁘다는 듯 내 손을 잡았다.

나와 그녀의 손바닥 온도가 천천히 뒤엉킨다.

"어디 가?"

"……아무것도 정한 게 없단 말이지."

아득한 눈빛으로 하늘을 올려다보았다.

만난 건 좋지만, 정말로 할 게 없다.

"적당히 돌아다닐까?"

"응, 그런 날도 좋아."

그렇게 우리는 느긋하게 걷기 시작했다.

겨울바람을 느끼며 거리를 걸었다.

사실은 오늘 미아와 카논도 함께 일루미네이션을 보러 가려고 했는데 미아는 일본에 돌아온 부모님과 외식하러, 카논은 동생들의 숙제를 봐주기 위해 본가로 돌아가 버렸다. ……이런 경위로 결국 나와 레이만 가게 되었다.

"아…… 커피 냄새."

길을 걷던 레이가 문득 그런 말을 흘렸다.

주위를 둘러보자 푸드트럭 스타일의 카페가 보였다. 냄새의 출처는 저기인 모양이다.

"향 좋네."

"커피 마시고 싶어져."

"그럼 살까?"

나도 마침 마시고 싶었다.

인기가 많은지 푸드트럭 앞에는 여러 팀이 줄을 서 있었다.

줄에 서서 잠시 기다리자 우리 차례가 왔다.

"어느 걸로 주문하시겠어요?"

털털해 보이는 남성이 몸을 내밀고 우리에게 물었다.

"블렌드 핫으로 두 잔이요."

"핫 블렌드 커피 말씀이시죠? 알겠습니다."
돈을 받은 남성이 바로 우리의 커피를 내리기 시작했다.
그 뒷모습이 하도 즐거워 보여서 나는 웃었다.
"왜 그래?"
"어, 아주 즐거워 보여서."
그렇게 말하며 시선으로 유도하자 레이는 이해했다는 듯 고개를 끄덕였다.
"커피를 정말 좋아하는 거겠지. 마음은 이해해."
"이 가게도 취미일까?"
"뭐, 그런 사람도 있지."
세상에는 부자가 세금 대책으로 가게를 열기도 하는 모양이다.
나는 상상도 할 수 없는 세계의 이야기지만, 어쩌면 저 남자도 그쪽 사람인 건지도 모른다.
커피 애호가가 내려주는 커피라. 기대된다.
"기다리셨습니다. 핫 블렌드 두 잔입니다."
"감사합니다."
두 잔 모두 받은 뒤 레이에게 하나를 건넸다.
물론 크림과 설탕도 같이.
근처 벤치에 앉은 뒤 나는 커피를 마셔보았다.
"……음, 맛있네."
원두는 중배전인가. 쓰쓸한 맛과 산미의 균형이 딱 좋았다.
원두 자체도 아주 정성스럽게 고집한 건지 입에서 조금도 걸리는 게 없었다.

이건 커피 애호가를 넘어서 커피 전문가일지도 모른다. 어떤 맛을 내면 많은 손님이 좋아해 줄지 다양하게 연구한 게 아닐까.

나도 매일 같이 커피를 타지만 매번 이렇게 맛있게 되지 않는다.

"……잘 먹겠습니다."

그렇게 말하며 레이가 커피를 입으로 가져갔다.

하지만 나는 그녀가 크림도 설탕도 넣지 않았다는 걸 깨닫고 서둘러 어깨를 두드렸다.

"잠깐, 그거 블랙이라고…… 괜찮아?"

"응. 린타로가 맛있다고 한 커피, 먼저 그대로 먹어보고 싶어."

"……아하, 그런 거였군."

깜빡 잊었던 게 아니라는 걸 안 나는 안심했다.

과연 이 커피는 레이의 입에 맞을까.

"……맛, 있어?"

레이는 고개를 갸웃거렸다.

참으로 미묘한 반응이다.

"왜 그래? 뭔가 이상해?"

"응…… 쓰지만 먹을 수 있어. 어쩐지 잘 넘어가는 느낌?"

"아, 주인이 신경 쓴 부분이겠지. 모두에게 먹히는 맛으로 만든 것 같아."

"이거라면 다 마실 수 있을지도."

레이는 기뻐하며 커피를 마셨다.

이걸 보면 집에서도 원두에 따라서는 레이가 마실 수 있는 블랙커피를 추출할 수 있을지도 모른다. 이 맛을 최대한 재현하기 위해 앞으로는 드립 연습을 더 많이 해야겠다.

"그러고 보면…… 린타로는 왜 커피 좋아해?"

"어…… 말한 적 없던가?"

"못 들은 것 같아."

확실히 말한 기억도 없다.

"유즈키 선생님 밑에서 알바를 시작했을 때, 작업 파트너로 삼으라고 스태프분이 타준 게 계기였어. 처음에는 나도 써서 못 마셨지."

"……상상도 안 가."

"그렇겠지. 블랙을 마실 수 있게 된 것도 스태프분들 영향이야."

그 작업실에서 크림과 설탕을 넣고 마시는 건 나뿐이었다.

그게 어쩐지 부끄러워서, 어린아이니까 어쩔 수 없다고 생각할 게 싫어서 억지로 블랙을 마시게 되었다.

처음에는 그냥 허세였단 뜻이다.

"어느새 블랙으로 마시게 되었더라……. 언제부터였는지 구체적으로는 모르겠지만."

"나도 계속 마시다 보면 언젠가는 좋아하게 될까?"

"그렇지 않을까? 나도 네가 마시기 좋도록 더 잘 타도록 노력할게."

"응……. 그건 고마워."

레이는 안심한 듯 웃었다.

지금 생각해 보면 이 녀석도 잘 웃게 되었단 말이지.

처음에는 무슨 생각을 하는 건지 알 수 없을 만큼 표정이 빈약

했다. 지금도 주변 사람들과 비교하면 이 녀석의 분위기는 상당히 독특하다. 하지만 나는 착실하게 그녀의 심리 변화를 민감하게 감지할 수 있게 되었다.

　……꼬르륵.

　"응……?"
공복을 알리는 소리에 나는 레이 쪽을 보았다.
"……배고파."
"하하, 평소랑 똑같네."
시각은 아직 11시지만, 뭐 점심시간이라고 해도 지장은 없다.
"어디서 들어가서 먹기로 할까! 뭐 먹고 싶은 거 있어?"
"아, 그런 거라면 가고 싶은 곳 있어."
"오오, 어딘데?"
"아부라소바."
───오, 상당히 헤비한 메뉴가 왔는데.

　레이가 원하는 대로 우리는 아부라소바 가게로 향했다.
　이 근방에만도 가게가 여럿 있었지만, 어디가 맛있는지 잘 모르는 우리는 가장 별점이 좋아 보이는 가게를 골랐다.
　"오, 여기도 줄이 좀 있네."
가게 앞에 도착하자 조금 전 카페와 마찬가지로 줄이 있었다.

상당한 인기 가게인 모양이다. 바깥 간판에는 TV에서 취재가 왔다거나, 유명 미튜버가 방문했다 같은 홍보 멘트가 으리으리하게 적혀 있었다.

"좀 기다려야 하는데, 괜찮아?"

"응, 여기까지 왔으니 꼭 먹고 싶어."

"그래, 알았어. 그럼 줄 서자."

그렇게 우리는 아부라소바 줄에 섰다.

"린타로는 아부라소바 먹은 적 있어?"

"어, 몇 번 정도."

유스케와 류지가 가자고 해서 몇 번 간 적이 있다.

특히 류지는 얼굴에서 보이는 인상대로 라멘을 좋아해서, 다양한 가게를 직접 돌아본다고 했다. 연속으로 세 곳까지 방문한 적이 있다고 했는데 염분을 상상하고 살짝 기겁했다.

하지만 본인의 혀로 확인했기 때문에 류지가 가고 싶다는 가게는 다들 아주 맛있었다. 그 열정을 공부에도 돌리라고 말해주고 싶었는데, 요즘은 엄청 열심히 공부하니까 더는 할 말이 없다.

"국물이 없대."

"어, 국물이 아니라 기름과 소스를 면에 비벼서 먹는 거야."

"오……!"

레이는 기대하는 표정으로 작게 몸을 흔들었다.

무척 설레는 상태라는 게 전신에서 전해졌다.

"빨리 우리 차례 안 오려나."

"하하, 그러게."

어린아이처럼 눈을 빛내는 레이를 보고 나는 자연스럽게 웃었다.

잠시 후 우리는 각에 들어갈 수 있게 되었다.

먼저 식권을 사고 카운터석으로. 레이는 식권 시스템 자체는 처음은 아니지만 전혀 익숙하지 않아서 내 도움으로 간신히 구매에 성공했다.

―――그나저나 곱곱빼기에 토핑 전부라니…….

레이가 산 식권을 보고 나는 식은땀을 흘렸다.

참고로 나는 곱빼기에 차슈 추가. 아무리 배가 고프다고 해도 곱곱빼기에 풀토핑은 다 먹지 못할 것이다.

"이걸 점원에게 주는 거지?"

"어. 그때 맛 진하기를 물어볼 테니까 연한 맛, 보통, 진한 맛 세 단계에서 골라."

"추천하는 거 있어?"

"처음 온 가게니까 보통이 좋지 않을까?"

"응, 알았어. 그럼 보통."

카운터 너머로 점원에게 식권을 줬다.

"맛 단계는 어떻게 되시죠?"

"보통이요."

"네 보통! 알겠습니다! 이쪽은……."

활발한 점원이 레이의 식권을 보고 눈을 부릅떴다.

"어…… 저기, 이거 곱곱빼기인데 괜찮으세요?"

"괜찮아요. 다 먹을 수 있어요."

“그, 그렇군요…….”

의심하기보다는 당황한 느낌이다.

그야 그렇겠지. 딱 봤을 때는 도저히 대식가로 보이지 않으니까.

“마, 맛 단계는요?!”

“보통이요.”

“보통! 알겠습니다!”

당황하면서도 점원은 본인의 사명을 완수하며 주문을 받았다.

이제는 기다리기만 하면 된다.

“가게 안에 맛있는 냄새……. 더 배고파.”

“그러게.”

주위를 둘러보면 다들 열심히 먹고 있었다.

그 모습이 아무튼 맛있어 보여서 우리의 공복이 한층 강렬해졌다.

“네, 기다리셨습니다! 곱빼기에 차슈 추가와 곱곱빼기에 풀토핑입니다!”

잠시 후 우리 앞에 아부라소바가 나왔다.

번들번들 노리끼리한 면 위에 멘마, 파, 김, 차슈가 왕창 올라갔다. 아무튼 맛있어 보인다.

“맛있겠다……!”

레이가 자기 앞에 놓인 그릇을 보고 눈을 빛냈다.

내 그릇과 비교하면 1.5배 정도 더 큰 것 같다. 그릇 안에는 면이 수북하게 담겼고, 그 위에 대량의 토핑이 올라가 있었다.

먼저 평범한 토핑이 전부 두 배고, 그 외에도 반숙 달걀, 숙주나물, 김치 마요네즈, 치즈 등이 대량으로 추가되어 있었다.

이건 도저히 다 먹을 수 없다. 조금 전 점원도 걱정하는 얼굴로 레이를 힐긋힐긋 쳐다보고 있다. 그 마음은 이해가 갔다.

"잘 먹겠습니다……!"

"……잘 먹겠습니다."

그릇 크기에 당황하긴 했지만, 어차피 레이라면 다 먹을 수 있다.

지금 내가 해야 할 일은 눈앞에 있는 내 몫에 집중하는 것이다.

"맞아, 먼저 잘 섞어서 비벼줘. 바닥 쪽에 기름과 소스가 고여 있으니까 면을 거기에 적시는 거야."

"알았어……!"

레이는 즐겁게 면을 비비기 시작했다.

나도 옆에서 마찬가지로 비볐는데, 규모가 전혀 다르다 보니 어째 이상하게도 초라해지는 기분이 들었다. 이래 봬도 일단 곱빼기이긴 한데. 왜 조촐해 보이는 걸까.

"이제 됐으려나."

"어, 전체적으로 잘 섞였네. 괜찮은데?"

내가 그렇게 말하자 레이는 바로 면을 후루룩 들이마셨다.

그리고 눈을 빛내며 바로 나를 보았다.

"맛있어!"

"그거 다행이네."

나도 레이를 본받아 힘차게 후루룩 마셨다.

아, 이거 확실히 줄을 서서 먹을 만한 맛이네. 간장 베이스의 묵직한 소스와 기름에서 느껴지는 단맛이 뛰어난 수준으로 조화를 이루었다. 먹을수록 더 먹고 싶어져서 젓가락이 멈추지 않는다.

옆에서는 레이도 정신없이 젓가락을 움직였다. 배고픈 상태에서 이런 고칼로리의 맛이니…… 그야 참을 수 없겠지.

"고추기름을 넣으면 더 맛있겠는데……."

그렇게 중얼거리며 탁자에 있던 고추기름을 면에 둘렀다.

고추기름의 매운맛과 풍미가 면과 섞이며 한층 내 취향의 맛이 되었다.

이럴 때 문득 생각하는 게 이걸 집에서 만들 수 있는가 하는 의문이다. 소스 만드는 법만 알면 어떻게든 될 것 같지만, 분명 가게에서 먹을 때와는 또 다른 느낌이 될 것이다. 식사에선 상황도 상당히 중요한 요소다.

"린타로, 나도 고추기름."

"응? 어, 자."

레이에게 고추기름을 주자 나와 마찬가지로 면에 뿌렸다.

그리고 다시 한 젓갈 먹고는 흐뭇한 얼굴이 되었다.

"맛있어. 이 가게에 오기 잘했어."

"그래, 동감이야."

우리는 열심히 면을 먹었다.

도중에 속이 갑자기 묵직해지는 바람에 내 먹는 속도가 확 느려졌다.

──곱빼기여도 상당히 많구나…….

거슬리긴 했지만 다 먹지 못할 정도는 아니다.

그런 나와 달리 레이의 속도는 전혀 느려지지 않았다.

이미 전체의 3분의 2가 그녀의 배 속으로 사라졌고, 나머지도 지금 막 그릇 바닥에서 올라오는 중이었다.

질 수 없다. 나도 경쟁적으로 속도를 올렸다.

……뭐, 처음 양이 달랐던 시점에서 승부조차 되지 않지만.

"후우……. 잘 먹었습니다."

그렇게 결국 레이는 그 곱곱빼기 아부라소바를 깔끔하게 비웠다.

이래 놓고 전혀 힘들어 보이지 않는다는 게 이 녀석의 무시무시한 점이다.

————오히려 더 먹을 수 있다는 얼굴이고.

나는 위가 꽉 차는데.

"대…… 대단하시네요. 그걸 다 먹다니."

"네, 맛있었습니다. 잘 먹었습니다."

"어유, 감사합니다…….""

점원과 그런 대화를 나눈 뒤 우리는 가게를 나섰다.

가게를 떠날 때 그 점원이 레이에게 박수를 보내는 게 보였다.

……배가 꽉 차서 힘들다.

하지만 움직이지 못할 정도는 아니다.

"린타로, 괜찮아?"

"어, 괜찮아. 하지만 좀 천천히 걸어도 돼?"

"응. 느긋하게 가자."

레이가 그렇게 말해줘서 다행이다.

계속 걷다 보면 분명 이 불편함도 흐릿해질 것이다.

"코미디쇼 합니다! 코미디쇼 어떠세요?"

"응?"

잠시 걷다가 길거리에서 그렇게 소리치는 사람을 발견했다.

"코미디쇼래. 관심 있어?"

"가본 적이 없어서 좀 궁금해."

"나도."

쇠뿔도 단김에 빼라지.

나와 레이는 안내에 따라 코미디쇼를 보러 가기로 했다.

도착한 곳에는 지하로 내려가는 계단이 있었다. 첫인상으로는 수상함이 넘쳐났지만, 벽에 코미디쇼 포스터가 붙어있었다. 아무래도 여러 팀이 합동으로 여는 공연인 모양이다.

입장료를 내고 회장 안으로.

회장은 생각했던 것보다 좁았고 좌석은 기껏해야 30개 전후 정도였다.

"전체적으로 어둡네……."

"지하 회장은 대체로 이럴걸."

"아하……."

"아마 평소엔 밴드 공연에 쓰는 곳 같아. 무대 구석에 장비가 있어."

"어, 진짜다."

자세히 보니 드럼이며 앰프가 숨겨져 있었다.

저걸 보자 문화제에서 밴드를 결성했을 때가 생각났다. 오랜만에 베이스 연습 좀 할까. 아직 한 곡밖에 연주하지 못하는데, 기왕 악기를 받았으니 조금 더 잘 치고 싶다.

"그러고 보면 너희에게도 라이브 연습을 도움받았었지."

"응, 그리운 과거."

"아직 반년도 안 지났지만 말이야."

그렇게 지적하며 나는 내 말에 놀랐다.

문화제가 9월이었으니 아직 석 달밖에 지나지 않았다. 말도 안 돼. 감각만으로는 벌써 1년 전인 느낌이 드는데. 그만큼 하루하루 굵고 강렬했었다는 건가?

"재밌으면 좋겠다."

"어? 어, 어어. 그러게."

레이의 말에 나는 어색하게 웃었다.

분명 그녀에게 악의는 없었겠지. 험담이나 비아냥을 던지는 성격이 아니라는 건 잘 알고 있고. 지금 한 말도 순수하게 이 쇼를 즐기고 싶다는 마음에서 나왔을 것이다. 하지만 이 발언을 출연자가 들었다면 상당한 압박감이 되었을 게 틀림없다.

"아, 슬슬 시작하나 봐."

자리에 앉아 기다리자 흥겨운 음악이 들리기 시작했다.

그리고 첫 출연자가 무대 위에 나타났다.

""안녕하십니까! 얼룩 멜론입니다!""

─────그 팀명은 좀 별로라고 봐.

"……."

"……."

그로부터 한 시간 정도 개그맨들의 코미디쇼를 본 우리는 말 없이 회장을 뒤로했다. 이 분위기를 보면 알아차렸겠지만, 응……. 뭐, 좋지도 나쁘지도 않았다. 개그맨 쪽에선 재미없다는 말보다 더 듣고 싶지 않은 말일지도 모르지만, 그렇게 말할 수밖에 없었다.

"……재미있는 부분도 있었지."

"어……."

레이 말대로 재미있는 부분도 있었다.

재미있는 부분과 재미없는 부분이 있었다.

완급이 참으로 절묘해서 재미있다고 느낀 직후에 흥이 깨지는 바람에 계속 격차를 느껴야만 했다.

"개그맨도 힘들구나……. 객석의 반응이 안 좋아도 끝까지 보여줘야만 하니까."

생각한 걸 그대로 중얼거렸다.

우리는 아마 좋은 관객이라고 할 수 없을 것이다. 나도 레이도 크게 폭소하는 타입이 아니고, 회장 분위기에 일절 공헌하지 못했다. 그래도 개그맨들은 끝까지 자신들의 개그를 보여주었다.

재미와는 별개로 어딘가 감동적이었다.

"방송국에서 만난 개그맨들도 저런 시절이 있었던 걸까."

"아, 넌 인기 많은 사람들과도 만났지."

예능 프로그램에 출연할 때는 레이도 일류 개그맨들과 함께 촬영한다.

TV에서 활약하는 사람들은 역시 그런 곳에 나올 만한 기술과 강한 정신력을 지닌 거겠지.

조금 전 출연자들은 다들 경력이 짧은 신인이었다. 아직 한창 발전하는 중인 셈이다. 언젠가 그 사람들을 지상파에서 보게 될지도 모른다.

"TV에서 만나는 개그맨들은 다들 재밌어. 카메라가 돌지 않을 때도 웃기려고 해."

"오…… 역시 개그맨은 대단하네."

"하지만 위험한 사람도 있어."

그렇게 말하며 레이는 어딘가 불만이라는 표정을 지었다.

"개그맨만 그런 건 아니지만, 연락처를 끈질기게 물어보는 사람은 좀 위험해. 우리는 거리를 두려고 해."

"뭐야……. 미성년자에게 추근대는 녀석이 있는 거야?"

"가끔. 무슨 의도인지는 모르지만."

무슨 의도긴, 그런 건 뻔하잖아.

나는 내가 화가 났다는 걸 깨달았다.

"……조심해, 진짜로. 레이가 타깃이 되는 건 당연한 거니까."

"왜?"

"왜냐니…… 그야 네가 예쁘―――."

대놓고 말해버릴 뻔해서 나는 황급히 입을 다물었다.

조심조심 옆을 보자 레이는 눈을 가늘게 휘며 놀리듯이 웃었다.

"그렇구나. 린타로는 날 예쁘다고 생각하는구나."

"……말이 헛나왔어. 잊어버려."

"싫어. 안 잊을래."

레이는 혀를 메롱 내밀며 나를 도발했다.

이건 이미 돌이킬 수 없는 사태다. 그렇다면 뻔뻔해질 수밖에 없다.

"……너는 항상 예뻤어. 오래전부터."

그 말은 스스로도 믿어지지 않을 만큼 선뜻 튀어나왔다.

어릴 적 나는 레이를 만났었다. 내가 요리를 좋아하게 된 건 레이의 영향이었다.

그 시절부터 레이는 항상 매력적이었다. 그 매력은 지금도 더 강렬해지고 있다. 그리고 내 가슴속에 숨긴 이 마음도 모조리 무시하지 못할 만큼 커졌다.

"네가 내 세상을 바꿔줬어. 그러니까, 그…… 고마워."

갑자기 민망해져서 마지막에는 흐지부지 말을 흘렸다.

실수했다는 느낌이 강하지만, 어쩐지 묘하게 개운해졌다.

"쪽팔리니까…… 너무 이런 말 하게 하지는 말고—— 어? 왜 그래?"

"……린타로, 그거 반칙."

레이는 새빨개진 얼굴로 이쪽을 바라보고 있었다.

아무래도 내 말에 그녀가 부끄러워진 모양이었다.

여기서부터는 형세 역전. 나의 턴이 온 셈이다.

"오, 저런. 레이 씨……? 부끄러워지셨습니까?"

"린타로에게 그런 말 들으면 당연히 부끄럽지."

"그래, 그렇구나."

만족스럽게 고개를 주억거리는 나를 보고 레이는 울컥한 모양이었다.

갑자기 내 손을 잡고 몸을 바싹 붙였다.

"무슨……."

"오늘은 손잡고 걷기로 했잖아."

"그렇다고 해서 이렇게 달라붙을 필요는……."

"안 돼?"

"으……."

여전히 이 녀석의 눈빛 조르기는 최강이다.

역시 누구도 이 내력에는 당해낼 수 없다.

"……알았어. 하아, 결국 네 뜻대로 되는 거냐."

"아직 젊은이에겐 질 수 없지."

"동갑이거든."

어딘가 맞물리지 않는 듯하면서도 평소와 같은 대화를 나누며 우리는 걸어갔다.

아직 시간은 많이 남았다.

다음 목적지를 생각하며 걷다가 문득 재미있어 보이는 간판이 눈에 들어왔다.

"린타로, 저기 재밌어 보여."

"어, 나도 같은 생각 했어."

우리의 시선 끝에 있는 간판에는 '고양이 카페'라고 적혀 있었다.

"이러니저러니 해도 가본 적이 없었단 말이지…… 고양이 카페."

엘리베이터를 타고 고양이 카페가 있는 층으로 올라가며 중얼거렸다.

딱히 고양이가 싫다거나 그런 게 아니라, 단순히 갈 기회가 없었던 것뿐이다.

"린타로, 고양이 좋아해?"

"으음, 뭐 좋아…… 하나?"

"미묘?"

"아니, 뭐라고 하지……. 녀석들이 다가오더라고."

이유는 모르겠지만 밖을 걷다 보면 길고양이들이 다가온다.

먹이를 주는 것도 아닌데 다가오는 걸 보면서 나도 신기해했었다.

"부러워. 고양이는 좋아하지만 별로 쓰다듬은 경험이 없어."

"뭐 집에서 키우는 게 아닌 한 기회가 잘 없지."

"응, 그래서 기대돼."

그런 대화를 하는 사이에 우리가 내릴 층에 도착했다.

엘리베이터에서 내려 고양이 카페라고 적힌 문을 열었다.

"어서 오세요! 몇 분이신가요?"

"두 명입니다."

"알겠습니다! 이쪽으로 오세요!"

키가 작고 귀여운 인상의 점원이 우리를 맞아주었다.

그녀가 안내한 자리는 여러 명이 앉을 수 있는 소파였는데, 여유롭게 쉬기에는 아주 좋았다.

"우와……. 진짜 고양이가 가득하네."

소파에 앉으며 주위를 둘러보자 여기저기에서 고양이의 모습을 발견할 수 있었다. 아무래도 16마리의 고양이가 있는 모양인데, 저마다 가게 안에서 자유롭게 지내는 듯했다.

약간이지만 먹이를 주는 체험도 할 수 있다고 했다. 아마 그걸 미끼로 다가오게 하는 거겠지.

1인 1음료였기 때문에 적당히 마실 걸 주문한 다음 일단 먹이도 사 봤다.

그러자 적힌 대로 정말 약간의 먹이를 가져다주었다. 너무 많이 주면 고양이들의 건강에 좋지 않을 테니 분명 이것도 계산된 양일 것이다.

"우와, 굉장해……."

레이가 그렇게 말하자 갑자기 고양이 한 마리가 내 허벅지 위로 폴짝 올라왔다.

무슨 일이냐며 혼란에 빠진 나를 고양이가 물끄러미 응시했다.

"정말로 모여들었어."

"……왜 그럴까."

그 후에도 한 마리, 또 한 마리, 점점 내 옆으로 고양이가 모여들었다.

다들 어째서인지 내 주위에서 골골대기 시작했다.

적어도 싫어하는 건 아닌 모양이다. 하지만 신기하게도 날 좋아한다는 느낌도 아니다.

"어쩌면 린타로를 동료라고 생각하는 건지도."

"동료?"

"린타로, 조금 고양이 같으니까."

그야 강아지과는 아니긴 한데…….

"설마 너희, 날 동족이라고 생각하는 거야?"

내 허벅지 위에서 뒹구는 고양이게 말을 걸어보았다.

그러자 그 고양이가 몸을 움찔한 뒤 나에게서 거리를 벌렸다.

'이 녀석 인간의 말을 했잖아?!'라는 듯한 얼굴이었다.

"……진짜 동족이라고 생각했나?"

"그런가 봐."

레이는 웃고 있지만 나는 상당히 충격이었다.

길고양이가 모여들었던 것도 날 동족으로 알고?

"뭔가 이상했었단 말이지……. 처음부터 전혀 경계하지도 않으니까."

"부러워. 나도 고양이에게 포위당하고 싶어."

"먹이 써 볼래?"

"음…… 할래."

레이는 근처에 있던 고양이에게 먹이를 보여주었다.

먹이에 반응한 고양이가 신중하게 레이에게 다가오더니 그 허벅지 위로 뛰어 올라왔다.

"……! 와 줬어."

"어, 축하해."

레이에게서 먹이를 받은 고양이는 놀랍게도 그대로 허벅지 위에서 둥글게 몸을 말았다.

───좀 부럽네. 고양이가.

"……너희도 내가 아니라 저 녀석에게 가지 그래?"

주위에서 골골대는 세 마리의 고양이에게 그렇게 말해보았다.

고양이들은 이쪽을 일별한 뒤 아무 일도 없었다는 듯 다시 골골거리기 시작했다.

————이 녀석들, 어째 밀스타 같네.

굳이 내 주변에 모이는 것도 그렇고, 자유분방한 것도 그렇고. 그런 생각을 하면서 봤더니 한층 귀여워 보였다.

"린타로, 새 고양이가 왔어."

허벅지 위에 있던 고양이와 교대하듯 검은 고양이가 사뿐사뿐 걸어왔다.

검은 고양이는 레이와 나를 번갈아 본 뒤 레이에게 다가갔다.

"얘 린타로 같아."

"……그래?"

레이와 검은 고양이는 잠시 서로를 응시했다.

나 같은 고양이란 말을 들어도 전혀 와 닿지 않았다. 하지만 레이 안에서는 무언가가 딱 들어맞은 모양이었다.

"이리 와."

레이가 부르자 검은 고양이는 그 허벅지 위로 뛰어 올라갔다.

그리고 몸을 쭈우욱 늘려 레이의 뺨을 부드럽게 핥았다.

"아, 간지러워."

"네가 엄청 마음에 들었나 봐."

"날 좋아하는 것도 분명 이 아이가 린타로를 닮았기 때문이야."

"……창피한 소리 하지 말고."

그렇게 말하자 어째서인지 검은 고양이가 나에게 시선을 던졌다.

그러고는 어째서인지 마치 나에게 보여주기라도 하는 것처럼 이번에는 레이의 가슴에 발을 올리고 꾹꾹이를 밟기 시작했다.

"……린타로 엉큼해."

"내가 하는 게 아니잖아……!"

날 흘겨보지 마라.

"와……! **린**이 꾹꾹이라니 별일이네!"

근처를 지나가던 점원이 레이와 검은 고양이를 보고 불쑥 감탄했다.

"앗…… 갑자기 말 걸어서 죄송합니다."

"아니에요. ……이 애, 이름이 린인가요?"

"네, 맞습니다. 5살 남자아이예요."

"……린."

그렇게 중얼거리며 레이가 다시 이쪽을 보았다.

공통점을 발견했다고 외치는 듯한 눈빛이다.

"이 아이는 태어나고 바로 엄마에게 버림받은 모양이었는데…… 아주 약해져 있던 걸 이 카페에서 거뒀답니다."

"".""

————민망해라.

그런 부분까지 닮지 않아도 되잖냐.

내가 이래저래 털어낸 뒤라서 다행이다.

"그래서 그런지는 모르지만, 꾹꾹이를 통 안 하더라고요…….

아, 알고 계세요? 고양이의 꾹꾹이는 엄마 고양이의 가슴을 눌러서 젖이 잘 나오게 한다는 의미가 있다고 하거든요.”

“아하…….”

“이 아이는 엄마가 없으니까 꾹꾹이도 안 하는 거라고 생각했는데……. 손님에게서는 자연스럽게 그렇게 하고 싶어지는 아우라가 나왔던 걸까요?”

점원은 흐뭇해하며 고양이—— 린을 바라보았다.

자기 이야기를 한다는 걸 아는지 모르는지 린은 여전히 레이의 가슴을 꾹꾹 누르는 중이다.

……좀 오래 하네.

“……귀엽다, 린.”

“야……. 이제 슬슬 된 거 아니야?”

“하지만 떼어놓는 건 불쌍해.”

우리 대화를 듣고 있던 점원이 린을 살며시 안아 들었다.

나는 전혀 상관없는데도 아쉽다는 듯 레이를 향해 앞발을 뻗는 그 모습을 보면 어째서인지 아주 민망해졌다.

“이 이상은 남자친구가 질투하니까 여기까지 하자, 린.”

야옹 하고 한 번 울음소리를 낸 뒤 린은 점원에게 끌려갔다.

남은 우리 사이에 묘한 분위기가 흘렀다.

“……질투했어?”

“안 했—— 아니…… 했을지도.”

인정하는 것도 분하지만, 새삼 아닌 척해봤자 이미 얼굴에 나와버렸다.

인생사 포기하는 것도 중요하다.
"응, 우리 '린'도 참 귀여워."
"하지 마……!"
젠장. 굴욕적이다.

적당한 시간이 되자 우리는 고양이 카페에서 나왔다.
너무 편안해서 상당히 오래 머무르고 말았다.
밖은 이미 저녁놀이 지고 있었다. 곧 완전히 해가 저물어버린다.
"좋아. ……가자, 일루미네이션."
"응."
우리는 자연스럽게 손을 잡고 마지막 목적지로 향했다.

전철을 타고 이동해서 역에 도착했다.
역사 밖으로 나오자 그곳은 빛의 바다였다.
"와……!"
레이가 감탄을 흘렸다.
덤으로 따라온 셈이었던 나도 그 광경에는 숨을 삼켰다.
역에서 똑바르게 뻗은 메인스트리트. 그곳의 가로수가 샴페인 골드색 빛으로 치장되어 있었다. 환상적인 분위기와 우아한 색의 빛이 만들어주는 고급스러운 느낌이 멋들어지게 조화를 이뤄서 여기에 있는 내가 '특별'한 것 같다는 생각이 들게 했다.

"굉장해……. 예뻐."

"어, 사진으로 보는 것과는 전혀 다르네……."

레이가 보여준 사진과 비교하면 박력이 차원이 다르다.

이 일루미네이션은 1킬로미터 넘게 이어지는 메인스트리트 전체에 꾸며져 있다.

시야에 들어오는 모든 게 반짝반짝 빛나서 밤인데도 대낮처럼 밝다.

"이건…… 직접 보지 않으면 알 수 없는 감동이 있구나."

"응, 내 생각도 그래."

"걸을까?"

"천천히 가자."

둘이 함께 메인스트리트를 걸었다.

크리스마스는 이미 끝났지만, 사람 수는 그리 줄어들지 않은 모양이었다. 지금도 이만큼 북적북적한 걸 보면 크리스마스 당일은 걷지 못할 정도로 많았지 않았을까.

크리스마스라는 특별한 날의 추억으로는 최고일 테지만, 나라면 아마 즐기지 못했을 것이다. 이 정도로 여유롭게 걸을 수 있는 게 더 기분이 좋다.

"곧 올해도 끝나니까…… 새해가 오기 전에 린타로와 보러 와서 다행이야."

"……그러고 보면 벌써 연말이지."

올해도 앞으로 나흘밖에 안 남았다.

너무 많은 일이 일어나서 순식간인 느낌도, 아주 길었던 느낌도 든다.

"너희 스케줄은 연말 음악 방송뿐이던가?"

"맞아. 생방송이라 긴장돼."

"레이라도 긴장하는구나."

"우리 라이브라면 별로 긴장 안 해. 하지만 음방은 다른 출연자도 있으니까 폐를 끼치지 않을지 걱정이야."

"아하……."

"하지만 작년 첫 출연 때보다는 나아. 나도 자신감이 생겼어."

"나는 아직 두 번째 출연이라는 부분에 놀랐어."

중학생 때 데뷔한 밀스타는 고작 1, 2년 만에 대스타가 되었다.

벌써 몇 년이나 제1선에서 달리고 있는 느낌인데 실제로는 그렇지 않구나.

"아이돌은 막 데뷔했을 땐 어떤 걸 해?"

"우리는 처음부터 노래와 안무 연습을 시켰어. 사무소는 반년 내로 지상파에서 주목받는 걸 목표로 잡았던 모양이야."

지금 생각해 보면 확실히 밀스타는 데뷔하고 대충 반년 뒤에는 그 이름을 들을 수 있게 되었다. 지상파 음악 방송에 나와 갑자기 인기가 폭발했었지.

"반년이라……. 아주 힘들었겠네."

"힘들었지만, 좋아하는 일이니까 열심히 할 수 있었어. 지금도 그래. 좋아하지 않으면 분명 마음이 꺾였을 거야."

"……그랬겠지."

이 녀석들의 가혹한 스케줄을 아는 나로서는 역시 부러운 생활이라고 할 수 없었다. 아무리 돈을 잘 번다고 해도 아이돌 활동 자체를 좋아하지 않으면 도저히 버티지 못할 것이다.

"너는 정말 열심히 하고 있어…… 진심으로 존경해."

"갑자기 그런 말을 들으면 쑥스러워."

"진심을 말하고 싶어져서. 아마 내가 너희를 가장 잘 보고 있으니까."

스케줄에는 전혀 관여하지 않지만, 세 사람의 사생활을 가장 잘 아는 사람은 나다. 그렇기에 알 수 있다. 이 녀석들이 어중간한 각오로 사는 게 아니라는 걸. 그걸 진심으로 칭찬할 수 있는 건 나뿐이다.

"————레이."

"응?"

"나는 네가 아이돌을 그만두지 않았으면 해."

레이에게 시선을 똑바로 맞추며 선언했다.

고민하고, 고민하고, 고민하고 고민하고 또 고민한 끝에 나는 이 솔직한 감정을 레이에게 말하기로 했다.

레이와 애인이 되고 싶다. 하지만 그러면 레이가 아이돌을 그만두게 된다.

레이가 아이돌로 활동하길 바란다. 하지만 그러면 레이와 애인이 될 수 없다.

이 두 가지를 천칭에 올려놓았을 때, 결국 나는 누군가의 일등성을 빼앗으면서까지 행복해질 수 없었다.

"너는 역시 타고난 아이돌이야. 그러니까 나는 네가 팬을 울리는 걸 보고 싶지 않아.”

이미 레이는 꿈을 이루기 직전까지 왔다.

하지만 레이는 이제 다른 누군가의 ‘꿈’이 되었다.

레이가 돌아봐 줬으면 좋겠어.

레이를 응원하고 싶어.

레이가 되고 싶어.

그녀가 빛나는 걸 멈추면 그런 많은 꿈이 사라진다.

나는 그걸 도저히 참을 수 없었다.

“……린타로는 역시 대단해. 내가 가장 듣고 싶은 말을 가장 듣고 싶은 타이밍에 해줘.”

레이의 눈이 촉촉하게 젖었다.

“나도 아이돌을 그만두고 싶지 않아.”

레이는 내 손을 놓고 살짝 앞서 걸었다.

“부도칸 라이브를 성공시킨 뒤에 아이돌을 그만둘지 계속 고민했어. ……린타로의 여자친구가 되고 싶으니까.”

서로 애매모호하게 흘렸던 단어를 레이가 지금 분명하게 입에 담았다.

그건 즉, 그 선택지가 사라졌다는 걸 의미한다.

“하지만…… 서둘러 린타로의 여자친구가 되어도 행복할 수 없다는 걸 깨달았어. 팬도, 돈도, 미아와 카논도 무시하고 행복해질 수 있을 리가 없어.”

레이가 그 자리에서 빙글 몸을 돌렸다.

그곳에는 '레이'가 있었다. 일루미네이션이라는 빛을 받으며, 결연한 얼굴로 당당히 선 그녀는 무대 위에서 빛나는 아이돌이었다.

"그러니까 그만두지 않을 거야. 두 사람처럼 제대로 하고 싶은 일을 찾아내서 미래를 똑바로 생각할 거야."

"……그렇구나."

"그러니까 린타로…… 앞으로도 계속 우리를 지지해줘. 우리가 아이돌로서 끝까지 달릴 수 있도록."

그렇게 말하며 레이는 나에게 손을 내밀었다.

그 손을 주저 없이 잡았다.

"그래, 당연하지. 그만두라고 해도 그만두지 않을 거다."

"바라는 바야."

다시 레이가 스윽 손을 놓았다.

그리고 반대로 나에게 한 걸음 다가오더니 얼굴을 바짝 들이댔다.

"후회 없이 은퇴한 다음에는 각오해. 내가 평생 널 일 하지 않도록 해줄 거니까."

"……하하, 이런 고백이 다 있네."

"하지만 제일 기쁘지?"

"어, 최고야."

샴페인 골드로 반짝이는 세상 속에서 나는 한 번 더 레이의 손을 잡았다.

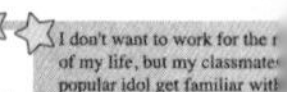

12월 29일.

마침내 올해도 앞으로 사흘 남았다.

모레는 올해의 마지막 날.

밀피유 스타즈는 31일의 생방송 음악 방송에 출연한다.

네 명이 모두 모여 식사할 기회는 오늘을 포함하면 앞으로 이틀밖에 없다.

그런 관계로 오늘과 내일은 상당히 호화로운 저녁밥을 차리기로 했다.

"역시 겨울은 전골이지……!"

눈앞에서 부글부글 끓는 냄비를 보고 카논이 말했다.

우리는 지금 거실에서 김치 전골을 놓고 모여앉았다.

누가 말을 꺼낸 건지는 잊어버렸지만, 어느새 오늘은 전골로 만장일치 합의를 봤다.

김치 전골이 된 건 카논의 아이디어였다.

몸을 따뜻하게 해주는 건 맵고 뜨거운 게 최고다.

"이제 슬슬 먹을 수 있어."

나는 돼지고기가 잘 익은 걸 확인한 뒤 그렇게 말했다.

""""잘 먹겠습니다.""""

손을 모아 합장한 뒤 각자 앞접시에 먹고 싶은 건더기를 가져갔다.

─────순식간에 사라졌네.

처음부터 꽤 많은 건더기를 넣었는데 벌써 거의 없어졌다.

하지만 이렇게 될 걸 예상하고 대량의 건더기 제2탄, 제3탄을 준비해놓았다.

상식적으로 생각하면 무시무시한 양이지만 이 녀석들이라면 껌이다.

"앗뜨……! 그리고 매워!"

말과는 달리 미아는 기뻐하는 표정이었다.

김치 전골은 매워야 제맛이다. 시판 전골 스톡에 매운맛을 살짝 추가했는데, 아무래도 그게 정답이었던 모양이다.

"으으음! 최고! 얼마든지 먹을 수 있어!"

"맛있어."

그렇게 제2탄도 바로 세 사람의 위로 사라졌다.

나는 서둘러 제3탄을 투입했다.

"앗, 미아! 그거 내가 먹으려던 두부거든?!"

"아쉬워라. 빠른 사람이 임자야."

"큭…… 린타로! 두부 더 없어?!"

나는 쓰게 웃으며 새 두부를 가져왔다.

"여기 있으니까 진정해……."

"잘했어!"

이 녀석 이렇게 두부를 좋아했던가.

큼직하게 자른 두부를 냄비에 넣고, 만약을 위해 준비한 제4탄도 넣었다.

제3탄으로 끝나지 않은 건 내 예상이 안이했다고밖에 할 말이 없다.

배추, 부추, 숙주나물, 돼지고기. 커다란 냄비에 건더기를 수북하게 쏟았는데, 역시 이것도 순식간에 사라졌다.

————이제 빈털터리라고.

준비한 재료는 거의 다 없어졌다.

남은 건 마무리용 재료뿐.

"린타로, 마무리는 당연히 우동이지?"

미아가 그렇게 말하더니 카논과 레이가 벌떡 일어났다.

"무슨 소리야! 마무리는 리조또라고!"

"마무리는 라멘. 양보 못 해."

노려보는 세 사람 사이에 불꽃이 튀었다.

마무리로 뭘 먹는가. 그건 마치 전쟁의 도화선도 될 수 있는 위험한 화제다.

하지만 이런 곳에서 전쟁이 일어나는 건 간과할 수 없다.

————그래서.

"이렇게 될 줄 알고 전부 다 준비했어. 그러니까 좋아하는 걸로 골라."

""""어?""""

나는 세 개의 냄비를 가져왔다.

원래 이 집에 있었던 것과 이전 맨션에서 가져온 것까지 다 합쳐서 세 개.

냄비마다 김치 전골 스톡과 소량의 재료가 들어있다.

이걸 마무리라고 불러도 되는 걸까……. 솔직히 나는 판단하기 어려운 부분이다.

다만 이렇게 하면 전원의 요구를 충족할 수 있다.

고육지책이지만 전쟁을 회피하기 위해서는 이것밖에 방법이 없다.

"예상치 못한 방법……. 존경해."

"그러네……. 우리는 전쟁을 일으키려고 혈안이었는데."

"이래서야 우리가 싸울 의미가 없네."

레이, 카논, 미아 순으로 항복하고는 세 사람은 눈앞에 놓인 냄비를 바라보았다.

―――어? 어째 아쉬워하는 느낌?

"설마…… 너네 싸우고 싶었던 건 아니지?"

"아, 아니거든! 그럴 리가 없잖아! 그야 마무리 전쟁까지 포함해서 전골 파티라고 생각하긴 했지만?! 그런 야만적인 걸 우리가 원할 것 같아?!"

"거의 다 고백했거든……."

이런. 아무래도 지나친 배려였던 모양이다.

"미안하다, 내가 너무 유능한 바람에."

"아니, 응……. 넌 딱히 잘못한 게 없지만 어째 기분이 복잡하네."

뭐, 그런 건 넘기고.

"먹을 거지?"

""“당연하지.”""

“좋아.”

나는 각 냄비를 데우며 마무리 메뉴를 만들었다.

우동, 라멘, 리조또.

세 사람은 그걸 순식간에 싹싹 비웠다.

““”잘 먹었습니다.”””

“오냐.”

아무튼 이번 전골 파티에는 만족해준 모양이다.

“후우…….”

느긋하게 설거지를 마친 나는 세 사람에게 돌아왔다.

“린타로, 고생했어.”

“어.”

레이의 인사를 받으며 나도 소파에 앉았다.

TV에는 예능 프로그램의 연말 스페셜 회차가 나오는 중이었다.

출연자 중에는 잘 아는 얼굴이 있었다.

『밀피유 스타즈는 올해 ‘연말 가합전(歌合戰)’은 두 번째 출연이었지? 긴장되고 그래? 레이 씨.』

『음……. 확실히 긴장되죠. 하지만 계속 나가고 싶던 방송이기도 하니 출연할 수 있게 된 게 기쁩니다.』

『오! 그런 거라면 마음가짐이 남다르겠네! 이거 팬들도 기대하겠는걸!』

화면 속에서 박수가 터졌다.

대체 얼마나 큰 중압감이 이 녀석들을 짓누르고 있는 걸까.

이렇게 보면 세 사람은 평소처럼 아무렇지도 않은 얼굴이다.

왜 이렇게 당당할까. 아무리 오래 같이 지내도 그것만큼은 평생 이해하지 못할 것 같다.

"……레이."

문득 카논이 레이를 불렀다.

그 표정은 전에 없이 진지했다.

"부도칸 라이브가 끝나면…… 너 어떡할 거야?"

카논의 질문에 레이보다 먼저 미아가 말했다.

"카논, 그거 지금 할 이야기야? 기회를 봐서 이야기하자고 우리 둘이 정했잖아."

"미안해, 미아. 하지만…… 나는 지금 물어봐야 한다고 생각했어."

"……"

미아가 침묵했다.

아무래도 카논의 주장을 받아들인 모양이다.

"레이, 너 린타로와 뭔가 대화했지."

"……어떻게 알았어?"

"네가 유난히 후련한 얼굴이니까. 분명 린타로와 상의한 거라고 눈치챘지."

설마 그런 것까지 간파했을 줄이야.

변함없이 주변을 자세히 보는 녀석이다.

"이미 답은 나온 거지? 들려줘. 나와 미아에게도."

“……알았어.”

레이는 두 사람을 순서대로 바라보았다.

그리고 결의에 찬 얼굴로 입을 열었다.

“아이돌, 은퇴 안 하기로 했어. 언젠가 우리의 빛이 흐릿해지는 그 날까지…….”

“……진심인 거지? 그 말.”

“진심이야. 이제 망설일 생각 없어.”

레이가 그렇게 단언하자 거실에 잠시 침묵이 찾아왔다.

그리고 그때까지 조용한 얼굴을 유지하던 카논이 성대한 한숨을 쉬었다.

“흐아아아아, 다행이다.”

힘없이 늘어지는 카논을 보고 나는 쓰게 웃었다.

본인이 먼저 핵심을 파고들었으면서 어지간히 긴장했던 모양이다.

뭐, 밀스타의 존속 여부를 가르는 중요한 이야기니까 당연하다.

“영락없이 이대로 은퇴할 생각인 줄 알았는데…….”

“카논과 앞으로 어떻게 할지 상의했었는데……. 아무래도 헛고생이었던 모양이야.”

“헛고생이라 다행이지……. 레이가 빠진 밀스타라니, 생각하고 싶지도 않았으니까.”

그런 두 사람을 향해 레이는 머리를 숙였다.

“미안해, 둘 다. 걱정 끼쳐서.”

“그러게나 말이다……. 진짜 엄청 걱정했다고.”

카논이 안도한 표정으로 레이의 어깨를 쿡 찔렀다.

이로써 세 사람은 아무런 근심 없이 부도칸 라이브에 임할 수 있을 것이다.

우선 한 건 해결했다고 봐도 되겠지.

"그래서, 린타로와는 무슨 이야기를 한 거야?"

해결된 셈이네, 마지막에 가서 미아가 폭탄을 던졌다.

뭐라고 대답하지.

그런 낯간지러운 대화를 두 사람에게 공유할 수는——.

"아이돌을 은퇴하면 결혼해달라고 부탁했어."

"컥……?!"

입에 있던 커피를 뿜을 뻔하는 바람에 순간적으로 입을 눌렀다.

"자, 잠깐…… 레이?"

"미안, 린타로. 하지만 두 사람에게는 제대로 말해두고 싶어."

"아니, 그렇다고 해도……."

조심조심 두 사람을 보았다.

둘 다 어안이 벙벙한 얼굴로 레이를 보고 있었다.

"저기, 얘들아. 이건 그…… 사정이 있었어."

"……놀랍네. 설마 레이가 우리에게 기회를 남기다니."

"……뭐?"

미아가 한 말의 의도를 파악하지 못하고 나는 고개를 갸웃거렸다.

"즉…… 아이돌을 은퇴할 때까지는 우리에게도 기회가 있다는 거잖아?"

씩 웃는 미아를 보며 어째서인지 레이는 득의양양한 표정을 지었다.

"역시. 눈치가 빠르네."

"고마워. 이건 즉 레이의 선전포고…… 라고 보면 되나?"

"그렇게 받아들여도 돼."

"……설마 네가 먼저 도발하는 날이 올 줄은 몰랐는데."

아니, 저기요……. 뭘 신나서 노려보고 있는 거냐.

모처럼 이런저런 것들이 자리를 잡을 것 같았는데 이래서야 또 한바탕 파란이 일어나게 생겼다.

"오오, 어째 여유로운 표정이잖아. 반드시 후회할걸?"

"후회 안 해. 나는 안 져."

"……좋아. 나도 봐주지 않을 거니까."

"응, 바라는 바야."

여기에 카논도 참전.

──완전히 소외당했다…….

당사자인데 상황을 도무지 따라갈 수 없다.

"……그렇다고 하니 각오해줘야겠어, 린타로."

"앞으로는 나도 더 강하게 들이댈 거니까 잘 부탁해!"

미아와 카논이 나를 향해 바싹 달라붙었다.

질세라 레이도 끼어들었다.

"린타로는 절대 양보 안 해."

"……으윽! 에잇! 떨어져, 다 떨어져! 쪽팔려 죽겠다!"

나는 세 사람에게서 거리를 벌렸다.

그러자 세 사람은 재미있어하며 나를 쫓아왔다.

──내 인생은 왜 이렇게 극단적인 거야…….

분에 넘치는 고민이라는 건 잘 안다.

하지만 욕을 들을 각오로 말하겠다.

대인기 아이돌들이 사귀자고 들이댄다? 환장하겠네. 부담스럽다고.

머리가 어질어질했던 전골 파티 다음 날.

"좋아……. 다 덤비라고."

기합을 넣기 위해 나는 머리에 수건을 감았다.

그리고 준비해둔 청소도구를 보며 흥 코웃음을 흘렸다.

오늘은 대청소의 날. 내가 쌓아온 청소 능력을 마음껏 발휘할 수 있는 날이다.

올해의 묵은 때는 티끌 하나조차 내년으로 가져가지 않겠다.

"자, 먼저 그 녀석들의 방부터 가자."

구석구석 청소해야 하니 그 녀석들에게는 각자 방에서 대기하라고 했다.

처분해도 되는 건지 판단하려면 그렇게 할 수밖에 없기 때문이다.

먼저 가장 가까운 미아의 방부터.

"미아, 들어간다."

『들어와.』

방으로 들어가자 미아가 소박한 침대에 앉아있었다.

"하루밖에 안 지났는데 널 방에 들이다니…… 어쩐지 속이 술렁거려."

"하지 마라……."

나는 넌더리를 내며 방 안쪽으로 걸어갔다.

좋아해 주는 건 고맙지만, 솔직히 상당히 당혹스럽다.

나는 이 녀석이 왜 좋아하는 건지 도통 감이 안 오니까.

그걸 모르기 때문에 의도치 않은 순간 배신해버릴 것 같아서 무섭다.

"……어제는 그렇게 말하긴 했지만, 네가 평소처럼 행동한다면 나는 그걸로 충분해."

나의 당혹스러운 마음을 아는지 모르는지 미아가 그렇게 말을 건넸다.

"우리는 우리 나름대로 네게 대시할 거야. 너는 너 나름대로 당당하게 지냈으면 좋겠어."

"……이 상황에서 당당할 수 있는 놈이 있다면 데려와 봐."

어차피 멀쩡한 인간이 아닐 테니까.

"후후, 그게 너다운 반응이지."

"뭐, 새삼 너희 상대로 긴장해봤자 별수 없긴 해……."

레이의 결심으로 밀피유 스타즈의 은퇴는 한참 나중 일이 되었다.

내가 할 수 있는 일은 딱히 없으니 조급해해도 의미가 없다.

"……그럼 네 말대로 최대한 신경 쓰지 않도록 해 보마."

"그렇게 해주면 좋지. ……그나저나 최고란 생각은 안 들어?"

"뭐가."

"자기에게 이성적 호감이 있는 인기 아이돌들과 공동생활……. 완전히 꿈 같은 나날이잖아."

"신경 쓰지 말라고 해놓고 신경 쓰게 만드는 소리 하지 말고……."

또다시 넌더리를 내는 날 보고 미아는 즐겁게 웃었다.

"미안해. 하지만 이렇게 의식하게 하지 않으면 널 돌아보게 할 수 없잖아?"

"야 인마……."

나는 어떤 감정으로 이걸 받아들여야 하는 걸까.

이거 상상했던 것보다 더 험난한 생활이다.

"……그럼 청소 시작한다."

"응, 잘 부탁해."

호감이니 대시니 하는 건 치워놓고, 지금은 아무튼 청소다.

방을 슥 둘러본 바로는 딱히 눈에 띄는 쓰레기는 없어 보였다.

원래 미아의 방은 물건이 많지 않다.

침대, 책상, 노트북, 책꽂이. 별다른 취미도 없어서 오락거리와 관련된 건 보이지 않는다. 굳이 꼽으라면 책정도.

"이거, 전에 네가 나왔던 드라마 원작이야?"

"맞아. 내가 출연한 드라마를 기억하고 있었구나. 이것도 사랑인가?"

"너 즐기고 있지……?"

"글쎄?"

내가 눈을 가늘게 뜨며 노려보자 미아는 휘파람을 불며 시선을 회피했다.

"그나저나……."

나는 이 방의 상태에 위화감을 느꼈다.

옷이 전혀 보이지 않는다.

평소에는 사복을 난잡하게 널어놓고 있는데.

"……처분할 거 있어?"

"…….".

미아의 시선이 조용히 옷장으로 향했다.

나는 불길한 예감을 느끼며 옷장을 열었다.

"우와……."

옷장 문을 연 순간, 미아의 옷이 눈사태처럼 쏟아졌다.

"어쩐지 깔끔하더라……. 여기에 전부 쑤셔놓았잖아."

"미안해……. 어쩐지 어지럽혀놓는 게 갑자기 부끄러워져서."

뜻밖의 심경 변화로군.

이렇게 된 이상 별로 의미는 없지만.

"그래서…… 필요 없는 거 있어?"

"으음…… 글쎄. 올이 나갔거나 하는 건 처분하기로 하고……."

미아와 함께 옷을 정리하기 시작했다.

새삼 이렇게 보니 양이 많다.

가장 옷이 많은 사람은 카논이지만, 일반인과 비교하면 미아도 상당히 많이 갖고 있다.

이걸 꼼꼼히 조사하는 건 지극히 어렵다.

"아, 이건 전부 필요 없겠어."

그렇게 말하며 미아는 나에게 종이봉투를 건넸다.

뭔가 궁금해서 안을 들여다보자 거기에는 대량의 속옷이——.

"야! 이런 걸 나에게 주지 마!"

"어? 어차피 마지막엔 린타로가 모아서 처분할 거잖아? 나중에 보든 지금 보든 똑같아."

"그, 그건 그럴지도 모르지만……."

빨래할 때 본 적도 있으니 딱히 이게 처음인 건 아니지만, 조금 더 부끄러움이라는 걸 느껴주길 바라는 건 나뿐이냐?

잔소리를 해 봤자 어쩔 수 없는 건 어쩔 수 없다.

나는 최대한 보지 않으려고 노력하며 미아의 불용품을 회수했다.

"……버리지 않고 소장해도 상관없지만, 나에게 들키지는 말아줘."

"누가 갖는다고!"

불용품을 회수하고 한차례 청소한 나는 미아의 방을 뒤로했다.

아직 첫 번째 방인데 이 모양이라니. 앞날이 걱정된다.

"하아…… 카논, 들어간다."

『그래～.』

카논의 느긋한 대답을 들으며 나는 방에 들어갔다.

"시간이 꽤 오래 걸렸네."

"어, 많은 일이 있었어……."

편한 차림새인 카논이 나를 맞았다.

카논의 방은 다른 두 명과 비교하면 압도적으로 깔끔하다.

기껏해야 화장품 상자가 굴러다니거나 옷을 몇 벌 던져두는 정도다.

────잠깐? 이게 깔끔한 건가?

다른 두 명이 제법 처참한 탓에 감각이 마비된 느낌이 든다.

"뭐야……. 너무 빤히 뜯어보지 말라고. 창피하잖아."

"어, 미안."

놀랐다. 아직 부끄러움이 남아있었구나.

"먼저 불용품부터 회수할 건데, 뭐 있어?"

"오래된 옷이나, 잘못 산 화장품 같은 거?"

"화장품을 잘못 산다고? 그럴 수도 있어?"

"잘못 샀다고 해야 하나…… 좋아 보여서 샀는데 막상 써 봤더니 발색이 다르다거나 피부에 안 맞는 등 예상치 못한 일이 일어나거든."

그렇게 말하며 카논은 서랍에서 이런저런 화장품을 꺼냈다.

뭐가 뭔지 나는 하나도 모르겠다.

다만 하나같이 사용한 흔적이 거의 없었다는 건 알아볼 수 있었다.

"아까우니까 평소에는 갖고 싶어 하는 친구나 다른 멤버 두 명에게 주곤 하는데…… 립 제품은 한 번 사용하면 남에게 주기는 좀 그렇잖아?"

"아하……. 그렇지."

아무리 나라도 이해할 수 있다.

입술에 직접 댔던 거니까. 설령 상대가 신경 쓰지 않는다고 해도 주는 쪽에서는 신경 쓰인다.

"그래서 이렇게 됐어."

"꽤 귀여운 디자인도 있는데……. 정말 괜찮아?"

몇 개는 인테리어 소품으로도 쓸 수 있을 법했다.

아무리 자기가 쓰지도 못하고 남에게 주지도 못한다지만 버리는 건 아까운 느낌이다.

"디자인은 귀여우니까 보관하는 것도 괜찮은데…… 화장품은 일단 사용기한이 있거든."

"어? 그래……?"

"미개봉이면 몇 년은 버티지만 애들은 다 한 번은 썼던 거니까……. 수중에 남겨두고 싶지 않아."

"그건 어쩔 수 없지."

나도 하루라도 기한을 넘긴 식품은 처분한다.

애초에 그런 일이 일어나지 않도록 조심하지만, 누구든 깜빡 잊어버리곤 하는 법이니까.

특히 아팠다가 회복한 직후에는 상당한 쓰라림을 겪었다.

꼬박 나흘 동안 앓아눕는 바람에 사 놓았던 재료를 대부분 못 쓰게 되었다.

그런 경험은 다시 겪고 싶지 않다.

———아니, 내 사정은 지금은 중요하지 않고.

"그렇다면 이건 회수한다."

"응, 부탁할게."

그 후 나는 오래된 옷을 몇 벌 회수했다.

다행히 속옷을 받는 일은 없었다.

무사히 일을 마친 나는 그대로 방을 나서려고 했다.

"……아, 그 립 몰래 쓰거나 하진 마."

"안 쓴다고……!"

혹시 유행하는 거야? 이 당부 멘트.

기합을 넣고 임했는데 벌써 녹초가 되었다.

하지만 이제 레이의 방만 남았다.

그다음엔 집 전체를 청소하는 작업이 기다리고 있다는 건 치워두고, 레이의 방을 정리하면 오늘의 난관은 전부 클리어다.

——마지막이 가장 고난도지만 말이야…….

레이의 방은 미아와 카논과 비교하면 차원이 다르게 지저분하다.

집안일에 거의 적성이 없는 레이지만 특히 정리 정돈, 청소 분야는 파멸적이라고 할 수 있다.

빨래도 요리도 익혔으니 청소도 언젠가 할 수 있게 될 가능성은 있다. 언제가 될지는 짐작도 가지 않지만.

“후우…… 레이, 지금 들어가도 돼?”

그렇게 말을 걸었는데 대답이 없다.

“……레이?”

노크해봐도 방 주인으로부터 대답은 돌아오지 않았다.

방 안에 있는 건 확실한데——.

“……설마.”

나는 살며시 문을 열어 안으로 들어갔다.

아니나 다를까, 기분 좋게 새근새근 잠든 레이의 모습이 있었다.

“꽤 오래 기다렸으니…….”

먼저 간 두 방에서 생각보다 더 오래 걸리는 바람에 지루해서 잠들어버린 거겠지.

놀랍게도 평소에는 어지럽게 던져놓았을 옷이며 쓰레기에 정리하려고 한 흔적이 있었다. 기다리는 동안 조금이라도 직접 하려고 한 모양이다.

너무 싸고돈다는 소릴 듣는다 해도 나는 그런 레이의 의식 변화를 칭찬하고 싶었다.

아무튼. 가혹한 짓이지만 이대로 레이가 자게 둘 수는 없다.

미니멀라이프를 위해 지금은 깨워야지.

“레이, 일어나.”

“으응…….”

레이가 몸을 뒤척이며 눈을 떴다.

눈에 졸음이 꽉 낀 레이는 무슨 생각을 한 건지 갑자기 내 손을 잡고 뺨을 비비기 시작했다.

"으응…… 린타로…….”

"야야……!”

얼굴이 뜨겁다.

이런 상황에서 두근거리지 않는 남자가 있을까?

"레, 레이! 일어나……!”

"……어? 린타로.”

의식이 또렷해진 건지 레이는 몸을 일으키고 주변을 둘러보았다.

"아, 잤구나.”

"아니…… 그건 뭐 괜찮은데.”

"미아와 카논 방 끝났어?”

"어. 기다리게 해서 미안.”

"괜찮아. 좀 치우고 기다렸어.”

"어, 잘했어.”

내 칭찬에 레이는 뿌듯해하며 가슴을 폈다.

쿨쿨 잘 자고 있었지만 말이다.

"……그럼 시작할까.”

"응, 잘 부탁해.”

어느 정도 본인이 치웠다지만 방 안은 아직 어지럽혀져 있었다.

먼저 눈에 띄는 건 역시 아무렇게나 벗어둔 옷들.

외출하기 전에 몇 벌씩 입어 보고는 대충 던져놓고 방치한다고 했다.

입고 나간 건 아니니까 빨래로 내놓지 않고 그대로 둔다나.

원리는 알겠지만, 그래도 역시 치우는 게 낫다고 하고 싶다.

뭐, 그걸 도와주기 위해 내가 있는 거니까.

"필요 없는 옷 있어?"

"중학생 때 옷이나…… 그런 건 이제 안 입을 것 같아."

"그럼 그게 어떤 옷인지 가르쳐줘."

"응."

레이에게 판단을 구하며 옷을 분류했다.

필요 없다고 한 옷들은 확실히 지금 레이가 입는 옷과 비교하면 사이즈가 작다.

새것이나 다름없는 옷도 있었지만 이젠 입지 못할 것이다.

"아, 여기 있는 브라 전부 필요 없어."

"브라……."

레이가 호쾌하게 서랍장을 열자 그곳에는 색색의 속옷으로 가득했다.

"왜 너희는 그렇게 쉽게 속옷을 보여주는 거야……!"

"요즘 입는 건 부끄러워. 하지만 이건 이제 못 입는 거니까 그냥 잡동사니."

"이해할 수 없는 논리야……."

지금은 입지 않는다고 해도 속옷은 속옷 아닐까.

"이쪽은 전부 1학년 때야. 가슴이 커져서 입지 못하게 되었어."

"그런 이야기는 됐다고……!"

오늘은 아침부터 내내 민망하다.

"이 체육복도 지금 입으면 아마 대참사일 거야."

그렇게 말하며 레이는 중학생 때 입었던 것 같은 체육복을 꺼냈다.

가슴팍에 오토사키라는 글자로 실을 꿰매놓았다.

"하지만 개중에는 그런 걸 좋아하는 남자도 있다고, 미아가 그랬어."

"그 녀석 진짜 글러 먹은 것만 가르치잖아……."

"린타로는 체육복 코스튬, 좋아해?"

"아, 아니…… 별로……."

"그래……."

"왜 아쉬워하는데."

"린타로에게 '심쿵'을 주고 싶었어."

"그래서 뭐가 된다고……."

사실 관심이 없다면 거짓말이다.

나도 건전한 남자 고등학생. 관심이 있는 건 자연의 섭리다.

하지만 그렇기에 솔직해지지 못하는 부분이 있다는 걸 이해해줬으면 한다.

"뭔가 린타로가 좋아할 법한 옷…… 또 뭐 있었나?"

"안 찾아도 돼……."

이젠 태클 거는 것도 지친다.

빨리 할 일을 끝내버리자.

묵묵히 옷을 정리하자 그것만으로도 레이의 방은 상당히 깨끗해졌다. 이만큼 불필요한 물건을 쌓아두는 것도 어느 의미 재능이 아닐까.

“후우……. 한결 깔끔해졌네.”

“응……. 좀 허전해.”

“……이해는 해.”

버리는 게 더 깨끗하다는 건 알지만 미련을 끊어내지 못하는 부분이 있다.

다른 사람이 보기엔 가치가 없어도 본인에게는 많은 추억이 담긴 보물일지도 모른다.

그래서 나도 명백하게 필요 없는 것조차 주인에게 확인한 다음 버린다.

이렇게 한데 모은 불용품 안에는 레이가 아직 아이돌이 아니었던 시절의 물건도 있었다.

그녀에게 무언가 느끼는 바가 있어도 이상하지 않다.

“미안, 시간 잡아먹어서.”

“아니야. 내 거니까.”

“이젠 쓰레기를 치운 다음 청소기를 돌리고 걸레질하면 끝이야.”

“응, 부탁할게.”

“오케이.”

그렇게 나는 바로 레이의 방 청소를 마쳤다.

“그럼 다른 곳 청소하러 갈 테니까.”

“고마워, 린타로. 덕분에 깨끗해졌어.”

“오냐.”

웃으며 대답한 나는 레이의 방을 뒤로했다.

상당히 긴 시간이 지났지만, 이걸로 오늘의 난관은 끝났다.

이젠 평소 청소하는 곳들만 남았다.

귀찮다면 귀찮지만, 하다 보면 끝난다.

"응?"

내 스마트폰으로 전화가 왔다.

발신자는―― 아버지군.

"별일이네……."

나는 그렇게 중얼거리며 전화를 받았다.

"여보세요?"

『갑자기 걸어서 미안하다, 린타로.』

"어, 상관없어."

설마 내가 아버지와 이렇게 대화할 수 있게 되었다니.

인생은 정말 무슨 일이 일어날지 알 수 없다.

"무슨 일이야?"

『음, 연초에 시간이 조금 날 것 같다. 흔치 않은 기회이니 너와 같이 사는 아이들에게 인사하게 해줄 수 있을까?』

"뭐야…… 아버지답지 않게."

『사회인으로서 인사하는 건 당연한 거다.』

그건 뭐, 그렇지.

오히려 지금까지 집주인과 인사하지 않았다는 게 훨씬 더 문제인가.

"……알았어. 말은 해둘게. 하지만 꽤 바쁜 애들이니까 만나지 못할 가능성도 꽤 커."

『최대한 맞춰보지. 그날은 너희를 데려올 차를 준비할 테니 지정한 가게에서 만나자.』

"굳이 밖에서 만나지 않아도 이 집에서 인사하면 되는 거 아니야?"

『민망하지 않냐. 생각 좀 해봐라.』

"으엑……."

저 나이 먹고 무슨 소릴 하는 거야…….

아니, 이렇게 웃긴 사람이었나?

"일단 물어보는 건데…… 아버지가 사는 거지?"

『당연하지.』

"그런 거라면 알았어."

『돈에 민감하군.』

"당신 아들이잖아."

내가 그렇게 대꾸하자 스마트폰 너머에서 여자가 픕 웃음을 터트리는 소리가 들렸다.

소피아 씨의 목소리다. 스피커 모드로 통화하고 있었냐.

『크흠……. 아무튼, 일정을 확인해다오. 부탁한다.』

"알았어."

그렇게 말한 뒤 나는 통화를 끊었다.

그 녀석들과 같이 아버지와 인사라……. 어쩐지 갑자기 긴장되는데.

우선 지금은 청소다. 그 녀석들에게 자세한 이야기를 하는 건 할 일을 다 끝낸 뒤에 해야지.

후기

　같반돌 6권을 구매해주셔서 감사합니다. 작가인 키시모토 카즈하입니다.

　이번에는 작가로서 계속 쓰고 싶었던 간병 에피소드가 들어갔습니다.

　마침내 코앞으로 다가온 부도칸 라이브를 위해 네 사람의 단결력도 한층 더 단단해졌다고 생각합니다. 그에 따라 세 사람의 히로인 싸움도 한층 더 치열해졌지만…… 뭐, 그건 그거고 이건 이거죠.

　후기가 짧아졌지만, 이번에도 멋진 일러스트를 그려주신 미와베 선생님, 작품을 받쳐주고 계시는 담당 편집자님, 그 외 관계자분들, 그리고 구매해주신 독자 여러분에게 크나큰 감사를 바칩니다.

　그럼 또 다음 권에서 만나요.

평생 일하고 싶지 않은
내가, 같은 반
인기 아이돌의
눈에 들면

평생 일하고 싶지 않은 내가, 같은 반 인기 아이돌의 눈에 들면 6

2025년 5월 15일 1판 1쇄 발행

저   자 키시모토 카즈하
일 러 스 트 미와베 사쿠라
옮 긴 이 현노을
발 행 인 유재옥
담 당 편 집 정영길

이   사 조병권
출판본부장 박광운
편 집 1 팀 박광운
편 집 2 팀 정영길 조찬희 박치우
편 집 3 팀 오준영 이소의 권진영 정지원
디자인랩팀 김보라 전세연
디지털사업팀 김지연 윤희진
콘텐츠기획팀 강선화
라이츠사업팀 김정미 유아현
영업마케팅팀 최원석 윤아림
물 류 팀 백철기
경영지원팀 최정연
인쇄제작처 ㈜코리아피엔피
발 행 처 ㈜소미미디어
등   록 제2015-000008호
주   소 서울시 마포구 토정로222, 502호 (신수동, 한국출판콘텐츠센터)
판매 및 마케팅 (070) 8822-2301

ISBN 979-11-384-3755-4 04830
ISBN 979-11-384-1683-2 (세트)

1
키시모토 카즈하
일러스트 미아베 사쿠라
평생 일하고 싶지 않은
내가, 같은 반
인기 아이돌의
눈에 들면
배고픈
미소녀와
반 동거
생활
을 시작했습니다.

『상큼한 민트 향기로 여름을 산뜻하게』

화면 너머에 있는 대인기 아이돌————밀피유 스타즈의 레이는 새로 발매되는 탈취 스프레이를 들고 광고 멘트를 입에 올렸다.

아름다운 금발이 투명해 보이는 하얀 피부에 잘 어울리며, 다들 넋을 잃고 바라보게 되는 그 외모가 어우러져 광고 효과는 탁월할 것이다.

"이런 상품은 실제로 광고에 나왔던 본인이 나중에 쓰기도 해?"

나는 문득 떠오른 의문을 옆에 앉은 오토사키 레이에게 던졌다.

"마음에 든 건 써. 이 광고에서 내가 든 탈취 스프레이는 아주 마음에 들었어. 그래서 평소에도 쓰는 중."

"아하……."

그렇게 말하며 레이는 가방에서 광고에서 들고 있던 것과 똑같은 탈취 스프레이를 꺼냈다.

"연습 끝난 뒤에 이 상큼한 냄새를 맡으면 아주 개운해. 린타로에게도 추천."

"네가 그렇게까지 말한다면 써 볼까. 나중에 사야지."

"내 거 쓰면 돼. 방에 하나 두고 갈게."

"두고 간다니, 너……."

너무 태연하게 말하는 바람에 반응하기 난감했다.

새삼스럽지만 TV 여기저기에 나오는 인간이 같은 방에 있다니 참 굉장한 상황이다.

아니, 지금은 아예 같은 맨션 같은 층에 살고 있지만…….

"맞다, 냄새 맡아볼래? 실물 있으니까."

"아, 확실히 그게 빠르겠네. 부탁해도 돼?"

"응. 괜찮아."

나는 내 손목에 뿌려달라는 뜻으로 손을 내밀었다.

하지만 레이는 그런 내 의도를 완전히 무시하고 자기 목 주변에 탈취 스프레이를 칙 뿌렸다.

"저기…… 레이 씨? 뭘 하시는 겁니까."

"냄새 맡는다며."

레이는 나에게 등을 돌리고 목덜미가 보이도록 머리카락을 넘겼다.

잡티 하나 없이 깨끗한 목덜미.

너무 섹시한 나머지 무심코 군침을 삼켰다.

"왜 그래?"

"아니, 너…… 하아, 됐어."

몇 번을 말해도 이 무방비함은 변하지 않는단 말이지.

밖에서는 조심한다고 하고, 카논이나 미아도 단속하고 있을 테니까 내가 뭐라 잔소리할 일은 아니지만.

그리고 여기서 맡기 싫다고 하는 것도 뭔가 실례가 될 것 같다.

난감하다. 아주 난감하다.

"……알았어. 맡는다?"

“응, 빨리.”
그러니까 그런 식으로 말하지 말라고.
“…….”
레이의 목덜미에 얼굴을 가져가서 냄새를 맡았다.
코가 화해지는 민트 향기.
레이의 말대로 속이 개운해지는 것 같은 상큼함이었다.
여름에 이걸 한 번 뿌리면 기분이 시원해질 게 틀림없다.
그리고 그 냄새에 이어 은은한 단내가 풍겼다.
이건 레이가 평소 쓰는 샴푸 냄새————.
“냄새 좋지? 이 스프레이.”
“————어, 어어! 확실히 좋네…….”
“왜 그래? 당황하는 것 같아.”
“아, 아니! 괜찮아. 문제없어. 아무것도.”
위험하다.
까딱 의식을 빼앗길 뻔했다.
“……너 말이야, 다른 사람에겐 이런 거 절대 허락하지 마.”
“응, 린타로에게만 허락하는 거니까 괜찮아.”
레이는 살포시 웃으며 그렇게 대답했다.
이런 점이 치사하단 말이지, 이 녀석은.
진짜 못 당하겠다.

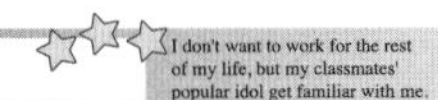

“레이~ 들어간다.”

열쇠로 현관문을 연 나는 집 안을 향해 그렇게 외쳤다.

국민 아이돌의 집 열쇠를 갖고 있다는 이해할 수 없는 상황에 처음에는 당황했지만, 지금은 퍽 익숙해졌다.

“응…… 괜찮아.”

“잤어?”

“깼다가 또 잤어.”

“미안, 나중에 다시 올까?”

“괜찮아. 일어날래.”

침실 쪽에서 레이가 움직이는 소리가 났다.

일단 이 시각에 간다고 미리 연락했으니까 나에게 잘못은 없지만, 자는 사람을 깨워버렸다는 건 묘한 죄책감이 든다.

내 목적은 집 청소.

레이가 꼭 일어나있어야 하는 것도 아니고, 상황에 따라서는 조금 더 자도————.

“……너 그 꼴이 뭐야.”

“어?”

침실에서 나온 레이는 앞을 풀어헤친 와이셔츠 차림이었다.

바지로 보이는 건 입지 않았는데, 오버사이즈 와이셔츠 덕분에 어떻게든 위험한 곳은 가려졌다.

아마도 팬티는 입었겠지.

눈에 힘을 주면 속이 비칠 것 같아서 나는 당황하며 의식을 돌렸다.

"……애초에 그 셔츠 내 거잖아?"

"아, 응. 전에 빌리고 깜빡했어. 미안."

"아니, 그건 상관없지만……. 왜 그걸 입고 자는데?"

"이게 제일 편해. 린타로 냄새가 나."

"너……! 또 그런 민망한 소릴 태연하게……."

이러면 돌려달라고 하기도 힘들잖아.

"……바로 청소할 거니까, 버리기 싫은 게 있으면 구석에 치워놔."

"알았어."

나는 셔츠 소매를 걷으며 청소 모드 스위치를 눌렀다.

집안일을 치명적으로 못하는 레이의 집은 조금만 방치해도 상당히 더러워진다.

옷을 벗어서 던져놓거나, 무언가를 개봉하고 방치한 박스와 포장지.

과자 봉투, 마시다 만 페트병.

쓰레기집 제조자의 전형적인 패턴이다.

일단 변명하자면, 레이에게는 이걸 청소할만한 시간이 없다.

매일 연습이며 촬영이며 여기저기 불려 가는 그녀는 설명하기도 귀찮을 만큼 바쁜 인간이다.

너무 오냐오냐한다는 말을 들을지도 모르지만, 평소 노력하는 모습을 보는 이상 그리 잔소리할 마음은 들지 않았다.

남에게 맡길 수 있는 부분은 남에게 맡기는 게 좋지.

"응? 레이, 이건 뭐야?"

나는 거실 소파 위에 놓여있던 팔랑팔랑한 의상을 들고 레이에게 보여주었다.

"그건 작년 광고 촬영 때 입은 의상. 마음에 들었다고 했더니 그대로 줬어."

"흐음, 그렇게 주기도 하는구나."

"TV에서 입은 의상은 기본적으로 살 수 있어. 라이브에서 입은 무대 의상은 또 입을 기회가 있을지도 모르니까 받을 수 없지만."

"아하."

다시 의상을 살펴보자 평상복으로 입기에는 너무 요란하지만 아주 예쁘긴 했다.

잘 꾸며두면 인테리어로도 나쁘지 않은 느낌이다.

"이따 벽에 걸어둘까?"

"응, 부탁해도 돼?"

"맡겨봐. 그 외에도 이런 의상이 있다면 같이 걸어놓고……."

"아, 그거라면 부탁할게."

레이는 침실 옷장을 열었다.

그 안에서 꺼내는, 명백하게 평상복이 아닌 의상들.

침대 위에 늘어놓은 그 의상들을 보고 나는 눈썹을 찡그렸다.

"……전부 걸진 못해."

"그렇겠네. 지금부터 고를게."

레이는 팔짱을 끼고 잠시 생각에 잠겼다.

다 화려하니까 벽에 걸어두면 화사해질 게 틀림없다.

다만 장소는 한정적이니까 하다못해 두 벌 정도로 추려주지 않으면 벽이 전부 의상으로 가득해진다.

"……이걸로 할까."

레이가 선택한 건 검은 티셔츠 끝자락에 노란색의 작은 별을 흩뿌린 디자인과, 하얀 반바지라는 심플한 의상이었다.

다른 의상과는 다르게 아이돌 의상다운 느낌이 약해 보였다.

"이건 처음 TV에 나갔을 때 입은 의상이야. 심야 음방인데, 스튜디오에서 입었어."

"……특히 추억이 담긴 의상이란 건가."

"응. 그러니까 이걸로."

"알았어. 그럼 청소 끝난 뒤에 걸어둘게."

밀스타의 레이로서 뜨기 시작한, 커다란 첫걸음.

눈부신 추억의 하나로서 예쁘게 걸어놓아야지.

"아, 하지만 요즘 맘에 드는 건 이거."

"뭐야, 그럼 그걸 걸어놓는 게————잠깐."

레이가 보여준 옷은 내 와이셔츠였다.

"이젠 이거 없이 못 자."

"……그냥 줄게. 그거."

"고마워. 좋아라."

레이는 웃으면서 내 옷이었던 와이셔츠를 껴안았다.

이렇게 나오니까, 이 녀석에게는 진짜 못 당하겠단 생각이 든단 말이지.

　나는 한숨을 쉬며 쑥스러워진 얼굴을 보여주지 않기 위해 그녀에게 등을 돌렸다.

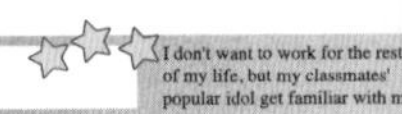

"암흑전골 하자!"

우리 집 거실에 카논의 낭랑한 선언이 울려 퍼졌다.

"……정말 하려고?"

"할 거야! 그런 목적으로 모인 거니까!"

"……."

부글부글 끓는 냄비를 앞에 부도 나는 한숨을 쉬었다.

"후후, 암흑전골은 참 재미있는 놀이란 말이지."

"굉장한 재료 가져왔어. 다들 기대해."

미아와 레이도 상당히 적극적인 자세로 소파에 앉아 신이 나 있다.

휴일 밤.

카논이 말을 꺼낸 이 암흑전골 파티는 밀스타 삼인방의 스케줄이 비는 타이밍에 맞춰서 열렸다.

내가 관여하는 건 다시마로 맛을 낸 국물까지.

이다음부터는 네 명이 각자 가져온 재료를 넣어서 오리지널 전골을 만든다.

"그러면 순서 정한다!"

순서를 정하기 위한 가위바위보의 결과, 미아, 레이, 카논, 나 순서로 재료를 넣게 되었다.

암흑전골이라고 할 정도니까 재료를 넣을 때는 방을 암흑 상태로 만든다.

　다른 사람이 뭘 넣었는지 모르는 채로 재료를 넣고, 최종적으로 암흑 속에서 전골을 먹는다.

　평소 음식을 만드는 몸으로서는 뭐가 들어있는지도 모르는 채로 젓가락을 가져간다니 공포 체험이다.

　"먼저 나부터."

　불을 끄고 커튼을 쳤다.

　암흑에 눈이 익숙해져서 뭐가 어디에 있다는 정도는 알 수 있지만, 전골 내용물까지는 보이지 않는 절묘한 상태였다.

　만약을 위해 움직이지 않는 우리는 눈을 감고 미아가 재료를 넣는 걸 기다렸다.

　"……좋아, 다 넣었어."

　미아가 선언하자 레이가 움직이는 소리가 들렸다.

　솔직히 레이가 넣는 게 제일 걱정이다.

　제발 맛을 망가트리는 재료가 아니길 빈다.

　"응, 넣었어."

　"다음은 내 차례!"

　레이와 교대해 카논이 움직였다.

　"크크큭……."

　─────잠깐, 카논 저 녀석 웃는데?

　"넣었어! 마지막은 린타로!"

　"……진심 불안한데."

　나는 내가 넣으려고 준비한 재료, 가리비를 들고 냄비로 다가

갔다.

현재 수상한 냄새는 나지 않았다.

내가 마련한 다시마 국물의 간장 냄새가 날 뿐이다.

조용히 가리비를 넣고 원래 위치로 돌아왔다.

"다 넣은 거지? 시작한다!"

불은 켜지 않는다.

젓가락으로 무엇을 집었는지도 모르는 채 일제히 입으로 가져가는 게 이번 암흑전골의 방식이다.

각자 앞접시에 본인의 젓가락이 건진 걸 가져와서 서로를 바라보았다.

"그럼 간다? 하나, 둘!"

카논의 신호에 맞춰 나는 내가 집은 재료를 입으로 가져갔다.

————와작.

그런 소리와 함께 입안에 미지근하고 달콤한 무언가가 퍼졌다.

"……맛없어."

일절 사양 없이 그런 말이 입에서 흘러나왔다.

맛없다. 최대한 포장해도 맛있지 않다.

하지만 이게 뭔지는 알았다.

"아, 아마 가리비. 맛있어."

"누구야?! 이거 돈가스지?! 눅눅해졌다고!"

"……으음, 멸치인가?"

레이, 카논, 미아의 감상이 오갔다.

하지만 다들 맛 자체는 나쁘지 않아 보였다.

즉 꽝을 뽑은 사람은 나밖에 없다————.

"누구냐? 여기에 사과 넣은 사람."

"""……"""

세 사람이 침묵했다.

그랬다. 내가 먹은 재료는 틀림없이 사과다.

본래 구워서 설탕에 절여도 맛있는 게 사과지만, 이번만큼은 국물과 궁합이 처참하게 나빴다.

미지근한 과즙과 국물의 풍미가 전혀 어우러지지 않고 입 안에서 난투를 벌였다.

토하지 않을 수 있었던 건 국물의 맛이 그리 강렬하지 않았기 때문이다.

미묘한…… 정말 미묘한 불쾌감이었다.

"카논이지? 아까 웃었잖아."

"뭐?! 나 아니거든! 내가 넣은 건 멸치야! 어둠 속에서 입에 들어오면 징그러울 것 같아서 그랬지!"

"뭐라고?"

나는 레이와 미아에게 시선을 보냈다.

분명 카논이 돈가스를 먹었다고 했다.

이 네 사람 중에 돈가스를 넣을 법한 사람은 한 명밖에 없다.

"레이, 너는 돈가스지?"

"응. 맛있을 것 같아서."

"잘했어. 아주 잘했어."

"칭찬받았다. 와."

좋아, 이제 완전히 좁혀졌다.

내가 가리비, 카논이 멸치, 레이가 돈가스니까―――.

"미아, 너냐."

"아하하, 미안해. 넣으면 재미있어질 것 같았거든."

즐거워하는 미아의 목소리.

나는 이 이상 항의할 마음이 사라져서 포기하고 한숨을 쉬었다.

암흑전골에는 식재료라면 뭐든 넣어도 괜찮다.

그게 처음에 정한 규칙이고, 지적도 안 하기로 했다.

"으음……. 한 번 더 해도 괜찮을 것 같은데. 의외로 싱겁게 끝났고."

"그러게. 사람이 조금 더 많았다면 한 번만으로 딱 괜찮았겠지만."

"그니까……. 그래서 이 전골, 어떡하지?"

예상했던 시간이 왔다.

돈가스, 가리비, 멸치는 뭐 먹을 만하겠지.

문제는 누가 사과를 먹을 것이냐.

"괜찮아. 린타로라면 어떻게든 해줄 거야."

"야."

레이의 갑작스러운 억지.

두 사람도 혹한 건지 기대가 담긴 눈으로 나를 쳐다보았다.

"……아, 진짜! 알았어! 잠깐 기다려!"

나는 불을 켠 다음 냄비를 들고 부엌으로 향했다.

그로부터 수십 분 뒤.

나름대로 어떻게든 한 냄비를 들고 거실로 돌아왔다.

"옜다."

"……넌 천재야."

"앞으로 일주일 정도는 나를 계속 칭찬해줘."

카논의 감탄에 가볍게 응수했다.

어떻게든 했다지만, 과정은 간단하다.

카레 루를 넣고 조미료를 추가해서 맛을 조절했을 뿐.

돈가스 같은 재료는 먹기 좋게 자르고, 사과는 갈아서 넣었다.

카레에 사과가 들어간다는 이야기도 자주 들어봤고, 맛을 진하게 만들면 어지간한 건 먹을 수 있을 것 같아서 해본 건데 생각보다 맛있는 카레가 만들어졌다.

"밥은 인스턴트라 미안하지만, 같이 먹어봐. 아마 맛있을 거야."

"린타로, 고마워."

"……레이 너에게 맛없는 밥을 먹일 수는 없으니까."

어떤 형태로든 내가 관여한 이상 양보할 수 없는 맹세다.

결국 암흑전골 파티는 카레 파티로 바뀌었고, 우리는 유난히 호화로운 재료가 들어간 카레를 즐기게 되었다.

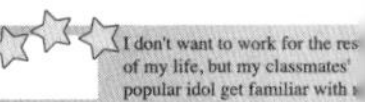

"고기만두 먹고 싶어."

"고기만두……?"

식사 후 소파에 앉아있던 레이가 그런 말을 꺼냈다.

"어…… 부족했어?"

"미안, 조금만."

"그래……. 어쩔 수 없지."

평소와 같은 양을 먹었지만, 레이는 평소처럼 만족스러운 얼굴이 아니었다.

분명 오늘 연습이 평소보다 더 격렬했기 때문이겠지.

집에 돌아오는 시각도 늦었고, 콘서트 준비를 위해 열심히 하는 모양이다.

"지금부터 린타로에게 굳이 만들어달라는 것도 미안해. 그러니까 편의점 고기만두."

"확실히 귀찮긴 해……. 가끔은 괜찮으려나."

"린타로, 같이 가자."

"아니, 그건———."

혼자서 갈 수 있지 않냐고 말하려다가 입을 다물었다.

아직 심야라고 할 정도는 아니지만, 늦은 시각이다.

여자 혼자 보내는 건 남자로서 실격이다.

"……알았어, 가자."

"응."

변장용 가발을 쓴 레이와 함께 편의점으로 향했다.

역 근처다 보니 주변에 널린 게 편의점이다.

그중 하나에 들어간 우리는 각각 개수를 정해놓고 고기만두를 샀다.

나는 하나, 그리고 고기만두 두 개에 호빵 하나.

역시 대식가다.

"좋아, 그럼 돌아가자."

"……린타로."

"응?"

"저기서 먹고 가지 않을래?"

레이가 가리킨 곳은 근처 공원.

눈에 띄는 놀이기구는 대부분 철거되고 벤치만 남아있는 오래된 공원이었다.

"추울 텐데?"

지금은 한겨울.

이렇게 밖에 서 있기만 해도 몸이 점점 차가워진다.

"미안, 하지만 한번 해보고 싶어."

"밖에서 고기만두 먹기를?"

"응."

눈을 반짝반짝 빛내는 레이를 보고 거절할 수 있을 리가.

나와 레이는 공원 벤치에 앉아 각자 고기만두를 잡았다.

"사실은 하나를 반씩 나눠 먹고 싶었는데……."

“뭔데, 아직도 모자라?”

나는 내 고기만두를 반으로 쪼개서 한쪽을 레이에게 내밀었다.

“자, 여기.”

“……좀 달라.”

“뭐가 불만인데……. 부족해?”

“그건 아닌데……. 응, 지금은 됐어.”

불만 어린 레이의 얼굴이 만족스러워하는 미소로 확 바뀌었다.

잘 이해하지 못했지만, 내 행동은 틀리지 않았던 모양이다.

————여자의 마음은 참 복잡하다.

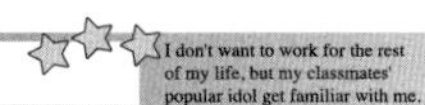

저녁 6시.

나는 같은 밀피유 스타즈의 동료인 미아, 카논과 함께 TV 특집 방송 뒤풀이 파티로 고급 레스토랑에 와 있었다.

가게 내부는 조용했는데, 통째로 빌린 건지 어디를 봐도 방송 관계자와 연예인이 있었다.

요리는 뷔페식이라 좋아하는 음식을 원하는 만큼 가져가서 먹을 수 있었다.

"안녕, 레이 씨. 즐기고 있어?"

"불러주셔서 감사합니다. 덕분에 잘 즐기고 있습니다."

"하하하, 그렇게 딱딱하게 인사하지 않아도 돼."

방송 프로듀서가 일부러 인사하러 와 주었다.

아이돌로서 인기가 생긴 뒤로 우리는 많은 사람에게 주목받게 되었다.

아주 감사한 일이다.

하지만 내내 긴장하는 건 조금 숨이 답답해질 때가 있다.

"레이, 여기 이 로스트비프 아주 맛있어!"

"아, 응. 지금 갈게."

프로듀서에게 머리 숙여 인사한 뒤 요리 앞에 있는 카논에게 갔다.

"너 실수한 건 없지?"

“괜찮을 거야.”

“그래, 그럼 됐어. 넌 빈말 같은 거 잘 못하니까, 윗사람이랑 대화할 때는 진짜 조심해야 해.”

“알아. 그런 건 카논과 미아에게 맡길게.”

“뭣이라! ―――하고 딴죽 걸고 싶지만 현명한 판단이야. 너는 무대로 밀스타를 끌어주면 돼.”

“……응, 고마워.”

“흥, 인사는 됐어. 민망하잖아.”

항상 생각하지만, 카논도 미아도 대단하다.

나는 카논같은 붙임성도 없고 미아처럼 멋있지도 않다.

그래서 나도 두 사람에게 존경받는 사람이 되고 싶다.

“우선 로스트비프 먹어. 배고프지?”

“응, 하지만…….”

“……너 설마 ‘그 녀석’에게 저녁 차려달라고 한 거 아니지?”

“……그 설마가 맞다면?”

“치사해! 너무 치사해!”

카논이 어깨를 붙잡고 탈탈 흔들었다.

나는 아직 이 레스토랑에서 아무것도 먹지 않았다.

집에 돌아가면 린타로가 뒤풀이용 만찬을 준비해주었기 때문이다.

린타로가 만든 밥을 먹을 수 있다면 나는 어떤 고급 요리라고 해도 참을 수 있다.

“……참고로 카논과 미아 것도 준비했대.”

"뭐?! 그걸 빨리 말했어야지! 그럼 음료만 좀 마시고 참았는데!"

"두 사람이 여기서 배불리 먹으면 내가 먹을 게 많아져."

"그런 부분만 아주 악착스럽단 말이지, 너."

카논이 황당해했다.

하지만 어쩔 수 없다. 린타로의 요리는 독점하고 싶으니까.

"후후, 이야기는 다 들었어."

불쑥 내 등 뒤에서 미아가 모습을 드러냈다.

"미아, 너는 꽤 먹지 않았어?"

"아니. 사실 나중에 린타로에게 저녁을 조를 생각으로 음료만 마셨지."

"뭐라고?! 뭐야 진짜! 너희들만! 이렇게 되면 나도 오기로라도 너희만큼 먹고 말 거야!"

이러니저러니 해도 둘 다 린타로가 아주 마음에 든 모양이다.

물론 조금 질투가 나지만, 그 이상으로 기쁘다.

내가 좋아하는 걸 받아들여 주는 것 같아서 마음이 따뜻해진다.

"인사 다 끝내면 미성년자란 점을 이용해서 빠져나가자."

음흉하게 웃는 미아.

나와 카논은 그런 미아의 제안에 고개를 끄덕였다.

"좋아! 그럼 어서 가자, 레이."

"응."

오늘도 나는 그에게로 돌아간다.

"웨이트 트레이닝?"

"응, 도와줘."

저녁을 먹고 조금 지난 뒤, 여유롭게 쉬는 시간.

슬슬 목욕하러 가려는 타이밍에 레이가 갑자기 그런 부탁을 했다.

"다음에 발표하는 곡이 아주 파워풀해. 그래서 춤도 파워풀하게 주고 싶으니까 근육이 필요해."

"아하. 도와주는 건 괜찮지만, 뭘 하면 되는데?"

"복근부터 하고 싶으니까 다리 잡아줘."

흠, 적당하네.

나는 평소 운동할 때 쓰는 요가 매트를 깔고 레이를 눕혔다.

————어디 보자.

선뜻 승낙한 것까진 좋았지만, 지금부터 나는 대인기 아이돌인 레이의 다리를 잡아야 한다.

현재 그녀는 평소 이 시간대처럼 반바지라는 캐주얼한 차림이며, 당연하게도 맨다리다.

같은 공간에서 보내는 시간이 늘어났다지만 스킨십 횟수는 얼마 되지 않는다.

물론 내 쪽에서 만지는 것도 익숙하지 않았고, 레이의 비주얼이 너무 대단하다 보니 나는 몹시 긴장하게 되었다.

"……자, 잡는다?"

"응."

나는 무릎을 꿇고 서서 두 손으로 레이의 발등을 눌렀다.

하지만 그녀는 어딘가 불만인 듯했다.

"생각했던 거랑 달라. 발등 위에 앉아서 내 종아리를 끌어안아."

"야, 잠깐…… 그건 좀."

"린타로, 도와준다고 그랬는데."

"윽……."

약점을 찌르다니.

젠장, 알았어. 남자는 두말하지 않는다.

나는 레이의 발등에 앉아 종아리에 팔을 감아서 무릎 아래쪽을 완전히 고정했다.

큰일이다. 종아리의 부드러운 감촉이 나를 현혹한다.

냉정해져라, 린타로.

"그럼 먼저 30 세어줄래?"

"아, 알았어."

이렇게 레이의 웨이트 트레이닝이 시작되었다.

"하나, 둘, 셋, 넷……."

"웃……, 웃……, 웃!"

짧은 숨을 흘리며 레이는 계속해서 몸을 일으켰다가 눕혔다.

평소에도 제대로 운동하기 때문인지 속도가 꽤 빨랐다.

페이스도 좀처럼 느려지지 않아서 보고 있으면 기분이 좋아질 정도다.

“웃……, 웃…….”

“…….”

다만 큰 문제가 하나 있다.

레이의 상기된 얼굴이며 작게 새어 나오는 목소리가 묘하게 약했다.

그런 상태로 얼굴이 계속 가까워지는 바람에 나답지 않게 부끄러워졌다.

“리, 린타로……! 지금, 몇 번이야……?”

“어? ————아, 미안! 잊어버렸어.”

이런, 레이의 얼굴에 정신이 팔려서 세는 걸 깜빡했다.

“어쩔, 수, 없지……. 지금부터, 삼십, 번…… 할게…….”

그렇게 말한 레이는 복근 운동을 이어갔다.

나는 황급히 번뇌를 뿌리치고 수를 세기 시작했다.

하지만 시야에 레이의 얼굴이 보이면 자꾸 머리가 몽롱해진다.

‘……그래, 눈을 감아버리자!’

나는 눈을 감아서 그녀의 얼굴을 시야에 넣지 않기로 했다.

눈을 감아도 팔에서 느껴지는 감각으로 횟수는 셀 수 있을 것이다.

하지만 이렇게까지 해도 또 오산이 있었다.

“하아……, 웃…….”

“…….”

시각을 차단하자 레이의 숨소리가 전보다 더 생생하게 느껴진다.

게다가 아직 목욕하고 나오지 않았는데도 흔들리는 머리카락
에서 달콤하고 좋은 향기가 풍기는 바람에————.
"모…… 못 해 먹겠어!"
"어?"
결국 뇌가 펑크난 나는 레이를 그 자리에 방치하고 침실로 도
망쳤다.
누가 내 얼굴을 때려줘.

한동안 레이가 왜 그랬냐며 설명을 요구했지만, 나는 절대로
입을 열지 않았다.
너무 부끄러워져서 도망쳤다는 사실은 무덤까지 가져갈 생각
이다.

평생 일하고 싶지 않은
내가, 같은 반
인기 아이돌의
눈에 들다
2
키시모토 카즈하
일러스트 미와베 사쿠라
국민적
미소녀와
여름의
추억
을 만들게 되었습니다.

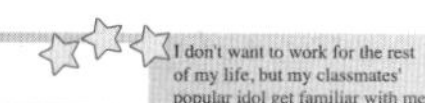

최근 고민하는 게 있다.

여름방학을 코앞에 둔 휴일.

웬일로 꼬박 하루를 휴일로 받은 레이는 바쁜 나날의 피로를 씻기 위해 소파 위에서 쉬고 있었다.

그것만이라면 아무것도 이상하지 않다.

문제는 복장이다.

"레이."

"응……?"

레이와 시선이 마주친 나는 반사적으로 고개를 돌렸다.

좋지 않은 태도라는 건 잘 안다.

하지만 어쩔 수 없었다.

"왜 그래? 린타로."

"아니, 너…… 요즘 너무 얇게 입지 않아?"

"응?"

조금 큼직한 사이즈의 하얀 티셔츠와 부드러운 재질의 반바지.

티셔츠는 아주 오랫동안 즐겨 입은 건지 목둘레 부분이 늘어지는 바람에 쇄골 아래까지 훤히 보인다.

일단 건전한 남자 고등학생에게는 상당히 자극적인 모습이다.

적절히 살이 오른 허벅지를 아낌없이 드러내놓고 있고, 풍만한 가슴이 만들어낸 계곡은 자꾸만 남자의 시선을 끌어당긴다.

아무리 지금까지 내가 손을 대지 않았다고 해도 너무 믿는 거아니냐.

"더우니까 어쩔 수 없어."

"더운 건 동의하지만, 그래도 남자 앞에서 그렇게 노출하지 말라고. 너는 조금 더 위기감을 갖고……."

"하지만 더운 거 싫어."

"……."

이 고집쟁이.

냉방 온도를 내린다는 방법도 일단 남아있긴 하지만, 몸이 너무 차가워지는 건 건강을 생각하면 그리 좋지 않다.

냉증은 몸의 혈액순환을 떨어트려서 자칫 잘못하면 병에 걸리기도 한다.

바쁘기 그지없는 레이의 컨디션을 만에 하나라도 무너트릴 수는 없다.

"……최소한 가슴 정도는 가려줘. 너도 음흉한 눈으로 보면 불쾌하잖아?"

"……?"

어째서인지 레이는 고개를 갸웃거렸다.

"린타로라면 봐도 되는데?"

"……뭐?"

별일 아니라는 양 말하는 그녀를 앞에 두고 나는 말문이 막혔다.

"린타로가 보는 거라면 하나도 안 싫어. 오히려 기뻐."

"뭐, 뭐라는 거야! 내가 안 괜찮아!"

"? 무슨 뜻이야?"

음, 그건 말할 수 없고…….

"……반대로 내가 네 앞에서 계속 팬티 하나만 입고 다니면 어떻겠냐?"

"음……. 좀 두근거려."

"…….."

글렀다.

근본적으로 레이와 내 사고방식이 다르다.

아무리 지적해봤자 이대로는 평생 전해지지 않을 거다.

이건―――항복이다.

"아이돌 단속반 부른다."

"어?"

나는 조용히 스마트폰을 꺼내 어떤 인물에게 메시지를 보냈다.

"카논을 부르는 건 반칙이야…….."

그로부터 한 시간 정도 뒤, 레이의 어깨에는 카디건이 걸쳐져 있다.

남들보다 훨씬 아이돌로서 프로정신이 강한 카논이라면 레이에게 잔소리하는 것쯤은 별것 아니다.

실제로 과다한 노출을 따끔하게 지적받은 레이는 아주 얌전해졌다.

참고로 카논은 이후 온라인 회의가 있다면서 가버렸다.

"이제 알았지? 남자 앞에서 노출하고 다니지 마. 나도 일단 걱정되어서 카논을 부른 거야."

"……딱히 린타로가 아니라면 이렇게 안 하는데."

"뭐?"

무슨 뜻이냐고 물어보기 전에 레이는 소파에서 일어나 현관으로 향했다.

"하는 수 없으니까 바지도 갈아입고 올게. 이따 봐, 린타로."

"어, 어어……."

나는 어안이 벙벙한 채로 레이를 배웅했다.

최근 고민이 있다.

아무래도 내 눈에는 레이의 매력이 하루하루 늘어나는 것처럼 보인다.

정말로 난감하다.

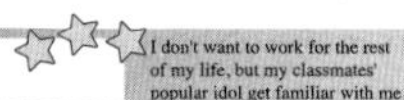

“레이……. 이거 뭐냐?”

나는 테이블 위에 놓인 그것을 보고 눈썹을 찡그렸다.

본 적은 있지만 그리 익숙하진 않은 것.

나는 이것을 산 적도 없고 받은 적도 없다.

즉 이건 내 물건이 아니라 소파에 앉아있는 대인기 아이돌, 오토사키 레이의 물건이다.

“갑자기 먹고 싶어져서 사 봤어. 린타로, 이걸로 빙수 만들어줘.”

“너무 갑작스럽잖아…….”

테이블 위에 놓인 그것은 빙수를 만드는 기계였다.

손으로 돌려서 얼음을 깎는, 소위 가정용 빙수기인데 많이 깎으려면 체력을 상당히 빼앗길 것이다.

냉방이 돌아가는 쾌적한 거실이라지만 이걸 나더러 돌리라는 거냐———.

“일단 물어보는데…… 시럽 같은 다른 재료들은?”

“냉장고에 있어. 얼음도 사 왔어.”

웬일로 준비성이 좋다.

레이는 내 집의 열쇠를 갖고 있으며, 언제든 안에 들어올 수 있다.

그것 자체는 이 집으로 이사 오는 단계에서 정한 부분이고, 레이가 집을 빌려주는 이상 당연히 불만도 없다.

그래도 냉장고를 쓸 때는 한마디 해 줘라.

오늘이 장 보러 가는 날이 아니라 다행이다.

"……그렇게까지 준비해놨다면 어쩔 수 없지."

귀찮긴 하지만, 레이가 먹고 싶다면 이뤄주는 게 내 역할이다.

좋다, 만들어주마.

남자의 힘을 보여주겠다. 나는 냉동실에서 얼음을, 냉장실에서 레이가 사 넣은 시럽들을 꺼내 테이블로 돌아왔다.

조금 깊이가 우묵한 그릇과 숟가락도 가져왔으니 이걸로 준비는 끝.

"근데 시럽 종류가 많지 않아? 얼마나 먹으려는 거야……."

"사실은 두 종류 정도만 사려고 했어. 하지만 다 먹고 싶어져서 전부 사 봤어."

이 욕심쟁이.

빙수 하면 생각나는 멜론, 딸기, 블루하와이에다 레몬, 콜라도 있고 심지어 연유와 팥까지.

빙수 가게를 열 때 이만큼 갖춰져 있으면 제법 만족할 수 있을 법한 라인업이었다.

"이걸 전부 먹을 거야……? 아마, 아니, 100% 배탈 난다."

"괜찮아. 아기일 때부터 오늘까지 과식이랑 찬 음식으로 배탈 난 적이 없어. 그리고 며칠 정도라면 소비기한이 지난 우유도 거뜬해."

위를 강철로 만들었냐?

아니, 아이돌의 입에서 반쯤 상한 우유를 마신 경험 같은 건 들고 싶지 않았다.

"그런 거라면 나는 안 막을 건데."

사실 나도 빙수를 먹고 싶다.

매일매일 너무 덥다. 적어도 배에 들어가는 것 정도는 시원한 게 좋다.

나는 얼음을 빙수기에 세팅한 뒤 레버를 잡았다.

"흡!"

이제 돌리면 된다.

서걱서걱 얼음이 깎이는 소리가 울려 퍼지면서 빙수기 아래에 놓인 그릇에 잘게 부서진 얼음이 쌓였다.

"와아. 파이팅, 린타로."

"큭……."

이거 의외로 팔이 아프다.

레이에게는 미안하지만, 이 빙수기 자체가 성능이 별로인 거 아니야?

자꾸 걸린다고 해야 하나, 아무튼 레버가 무겁다.

"파이팅, 린타로. 조금만 더."

하지만 이 응원에 보답하지 않으면 남자 망신이다.

나는 운동 부족 대책인 웨이트 트레이닝의 성과를 아낌없이 발휘해서 마침내 첫 번째 그릇을 완성했다.

"헉……, 헉……. 어때."

"굉장해, 린타로. 고마워."

체면을 위해 산뜻한 표정을 지었지만, 내심 몹시 초조했다.

과연 이걸 앞으로 몇 그릇이나 더 만들어야 하는 거지.

더우니까 시원한 걸 먹으려고 한 건데, 이대로는 순식간에 땀
투성이가 되게 생겼다.

"……음, 시원하고 맛있어."

얼음에 딸기시럽을 뿌려서 먹는 레이의 모습을 보고 나는 무심
코 웃었다.

내가 그녀를 기쁘게 해준다는 사실은 무엇으로도 대신할 수 없
는 성취감을 준다.

이미 나에게 이 시간은 아무에게도 양보하고 싶지 않은 시간이
되어있었다.

"린타로, 한 그릇 더."

"…………………어."

아니, 역시 누가 대신해줘…….

그런 생각이 들면서도 역시 나는 레이의 부탁을 거절하지 못
한다.

레버를 붙잡고 다음 빙수를 만들기 위해 하염없이 돌렸다.

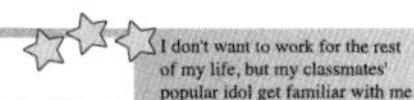

장을 보고 돌아오는 길.

"윽……."

순간 뺨을 스친 물방울이 점점 늘어나더니, 이윽고 쏟아지는 빗줄기가 되어 나를 덮쳤다.

집까지는 아직 조금 거리가 있다.

허둥지둥 지붕이 있는 버스 정거장으로 도망친 나는 젖은 옷을 내려다보며 한숨을 쉬었다.

포장되지 않은 식재료는 없으니까 에코백 안은 일단 무사하다.

남은 건 여기서 어떻게 집으로 돌아가냐는 건데————.

'택시는 너무 아까워서 못 타겠고……. 그렇다고 버스를 기다려봤자 결국 맨션에 들어가려면 걸어야 하는데…….'

이리저리 궁리해보았지만 전부 부정했다.

아무리 발버둥 쳐도 이래서는 무사히 돌아갈 수 없다.

가장 현명한 판단은 이대로 비가 그칠 때까지 기다리는 거지만, 오늘 산 식재료에는 날것도 있으니 바람직한 행동은 아니었다.

"……어쩔 수 없지."

나는 다시 한숨을 쉬고 쫄딱 젖는 꼴을 각오했다.

아주 불쾌해지는 걸 참아야 하지만, 식재료를 망가트리는 것보다는 훨씬 낫다.

그렇게 결심하고 뛰쳐나가려고 한, 그 순간.

“린타로.”

“어?”

갑작스러운 목소리에 고개를 들었다.

그곳에는 가발을 쓰고 변장한 레이가 서 있었다.

내 집에 있던 우산을 쓴 그녀는 그걸 나를 향해 내밀었다.

“린타로가 집에서 나간 뒤에 비가 쏟아져서, 난처할 테니까 데리러 왔어.”

“아니…… 그건 고맙지만, 길이 엇갈리면 어떡하려고?”

“평소 가는 슈퍼까지 길이 하나뿐이고, 장을 보러 간 린타로는 다른 곳에 들르지 않는다는 것도 알아. 그러니까 엇갈릴 가능성은 거의 없어.”

“그래도.”

“게다가 이렇게 나타나면 히어로같아서 멋있어.”

……굉장한 행동력이다.

뭐, 이번은 그 행동력 덕분에 살았지만.

“……아무튼 다행이네. 고마워.”

“응, 같이 돌아가자.”

“그래── 잠깐, 너 우산 하나밖에 없잖아.”

아무리 봐도 그녀의 손에 두 번째 우산이 없다.

이래서는 결국 같이 돌아가지 못하는데.

“하나면 충분해. 같이 쓰면 돼.”

“…….”

레이가 나에게 손짓했다.

그래, 그런 의도였냐.

"히어로네 뭐네 했지만, 결국 이걸 하고 싶었던 것뿐이지?"

"노코멘트."

"이 녀석……."

천연덕스럽게 대꾸하는 레이를 앞에 두고 나는 미간을 구겼다.

도움을 받은 이상 지금은 내가 더 약하다.

게다가 식품 안전도 생각해야 한다.

이 녀석의 꿍꿍이대로 넘어가 주는 건 아무래도 억울했지만, 지금은 얌전히 따를 수밖에 없어 보였다.

"……이번에는 네 뜻대로 해주마."

나는 레이가 든 우산 밑으로 들어갔다.

우산 하나를 둘이 쓰려면 아무래도 몸을 극한까지 붙이지 않으면 둘 중 한 명의 어깨가, 혹은 둘 모두의 어깨가 비에 젖어버린다.

나로서는 레이가 젖는 게 싫었다.

따라서 어떻게든 그녀를 우산 중심에 두려고 했는데, 생각지도 못한 형태로 그건 막을 수 있었다.

"린타로, 그렇게 떨어지면 어깨 젖어."

"어, 어어……."

반대쪽 손으로 우산을 바꿔 든 레이가 가타부타 없이 나와 팔짱을 끼더니 자기 쪽으로 세게 끌어당겼다.

덕분에 나도 우산 중심에 들어갈 수 있었지만, 필연적으로 레이와 착 달라붙게 되었다.

"이러면 안심."

만족스럽게 고개를 끄덕인 레이는 다시 우산을 바꿔 들었다.

나와 그녀 사이에 있는 우산은 확실하게 우리를 비로부터 지켜 주었다.

"너…… 이렇게 붙어있다가 만약 누가 보면……."

"이렇게 비가 오는데 주변을 신경 쓸 여유가 있는 사람은 거의 없어. 변장도 했으니까 괜찮아."

"말은 그렇게 해도……."

그런 내 걱정과는 달리 우리가 사람과 스쳐 지나가는 일은 한 번도 없었다.

이건 하늘에 사랑받은 레이의 행운인지 아닌지―――.

"좋다."

"뭐? 이렇게 비가 오는데?"

"응. 린타로랑 같이 있으니까 비 오는 날도 좋아."

"……!"

이 녀석은 또 사람을 쑥스럽게 만드는 말을…….

하지만 뭐, 나도 의외로 쉬운 인간이었던 건지.

오늘의 식사는 호화롭게 만들어줘야겠다고 결심하며 귀로를 서둘렀다.

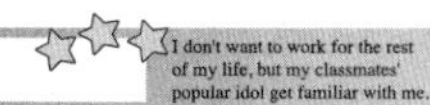

"……아."

나는 들고 있던 막대 아이스크림을 보고 무심코 짧은소리를 흘렸다.

장보고 돌아오는 길에 별생각 없이 산 편의점 아이스크림이었는데, 놀랍게도 그 막대에는 '당첨'이라는 글자가.

여태껏 당첨 막대를 뽑아본 적이 없었던 나는 내 나이도 잊고 흥분해버렸다.

"린타로, 왜 그래?"

"응? 아, 당첨 막대가 나왔어."

옆에 앉아서 마찬가지로 아이스크림을 먹던 레이에게 당첨 막대를 보여주었다.

이미 날짜가 바뀌려고 하는 이런 늦은 시각에도 레이가 자연스럽게 우리 집에 있다는 부분은 그냥 지적하지 않아 줬으면 좋겠다.

"어, 진짜다."

"이런 건 처음 걸린 거라 나답지 않게 신이 나네."

나는 아직 남아있던 아이스크림을 다 먹고 막대를 물로 헹군 다음 휴지로 닦았다.

"……이렇게까지 해놓고 좀 그렇지만, 지금 편의점에서 하나 더 교환해주려나?"

"해주긴 할 테지만, 확실히 좀 궁금하네. 지금부터 교환하러 갈까?”

“지금부터……?”

아까도 한 말이지만, 지금은 이미 날짜가 바뀔락 말락 한 아슬 아슬한 시각이다.

미성년자가 밖을 돌아다니기에는 너무 부적절한 타이밍이라고 할 수 있다.

“교환하기만 하는 거니까 내일 해도 되는데, 굳이 이 시각에 갈 필요는 없지…….”

“아쉬워라. 나도 겸사겸사 아이스크림 하나 더 살 생각이었 는데.”

“같이 갈 생각이었냐…….”

황당해하는 나를 뒤로 레이는 어째서인지 당첨 막대와 본인이 먹던 아이스크림을 비교했다.

그러고는 잠시 생각에 잠긴 뒤 입을 열었다.

“린타로, 역시 나 하나 더 먹고 싶어.”

“저기요……. 한참 생각한 뒤에 하는 말이 그거냐?”

“먹고 싶어진 건 어쩔 수 없잖아. 그러니까 같이 가자.”

레이는 강제로 내 손을 잡고는 소파에서 일어났다.

이럴 때의 레이는 기본적으로 남의 말을 듣지 않는다.

아직 오래 알고 지냈다고 할 수 없는 사이지만, 이런 부분은 아 무튼 이해했다————아니, 이해할 수밖에 없었다.

“……제대로 변장할 거지?”

“당연.”

"······어쩔 수 없구먼."

도저히 칭찬받을 행위가 아니라는 건 안다.

다만 당첨 막대가 나와서 흥분하기도 했고, 한밤중에 편의점에 간다는 배덕감에 저항할 수 없었다.

가발과 마스크를 쓴 레이와 함께 밖으로 뛰쳐나왔다.

여름의 더위도 밤이 되면 상당히 약해졌다.

제법 쾌적한 기온 속에서 달빛이 밝혀주는 길을 걸었다.

시각이 시각이라 그런지 오가는 사람도 아주 드물었다.

평소 생활에는 없는, 특별한 시간.

문득 옆을 보자 그곳에는 그녀가 있다.

"? 왜 그래?"

"아니······. 가끔은 이런 것도 나쁘지 않아서."

"나오길 잘했지?"

"······어, 네 말대로 하길 잘했어."

편의점까지 가는 길은 그리 멀지 않다.

본래대로라면 도착할 때까지 5분도 걸리지 않을 것이다.

하지만 우리는 그런 길을 살짝 천천히 걸었다.

조금이라도 이 시간이 오래 이어지기를————그렇게 바라는 마음으로.

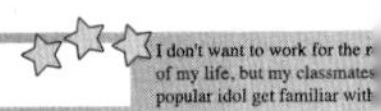

"으……."

장을 보고 집으로 돌아오자마자 나는 내 몸을 내려다보고는 그런 목소리를 흘렸다.

여름의 더위 때문에 흘린 땀으로 티셔츠가 축축하게 젖어 있었다.

등이며 목둘레, 심지어 팬티까지.

당장 샤워하고 싶다. 찝찝해서 머리가 고장 날 것 같다.

"린타로, 어서 와."

"어, 다녀왔어……."

"? 왜 그래?"

"……아무것도 아니야."

새삼스럽지만 레이가 집에서 맞아준다는 것도 이상한 감각이다.

티셔츠에 반바지라는 편안한 차림새이긴 하지만, 그 몸매와 얼굴은 일반인과는 차원이 다른 매력이 있다.

역시 대인기 아이돌이라고 해야 하나————.

"땀 많이 흘렸어?"

"뭐 그렇지……."

사실은 선선해지기 시작하는 저녁때 나가면 좋았겠지만, 아쉽게도 오늘은 단골 슈퍼에서 세일이 있었다.

최대한 이른 타이밍에 가지 않으면 역전의 주부들이 필요한 물품을 순식간에 쓸어간다.

따라서 나는 태양이 쨍쨍한 시각에 외출할 수밖에 없었다.

"하지만 힘낸 보람이 있게 제대로 필요한 건 다 샀어."

냉장고를 열고 장을 봐 온 물품들을 안에 넣었다.

삼겹살 팩, 닭튀김용 닭다리살.

야채는 물론이고 파스타와 그 소스에 쓸 통조림 계통까지 내가 평소 자주 사용하는 건 다 샀다.

역시 냉장고 안이 윤택한 건 최고라니까.

메뉴의 바리에이션이 넓어지고, 마음에 여유가 생긴다.

나는 내가 산 것들을 다시 확인하면서 만족스럽게 고개를 끄덕인 뒤 냉장고 문을 닫았다.

"됐다……. 샤워해야지."

"냉장고에 넣는 거라면 나한테 맡겨도 되는데."

"부엌은 내 성역이야. 여기를 관리하는 것만큼은 양보 못 해."

냉장고 내부도 항상 내가 정한 방식대로 정리해놓는다.

레이만이 아니라 누구도 이 배치를 건드리는 건 내키지 않았다.

"그런 린타로의 철저함, 싫지 않아."

"오냐."

레이의 칭찬에 내심 기분이 좋았지만, 아무튼 지금은 샤워다.

나는 탈의실로 가서 옷을 세탁기에 넣고 그대로 욕실에 들어갔다.

날씨 때문에 조금 미지근하게 설정한 샤워는 내 전신을 뒤덮고 있던 불쾌함을 씻어주었다.

이게 끝나면 빨리 빨래도 해치우자.

빨래가 귀찮아지는 이유 중 하나는 너무 많이 쌓아두는 바람에 널어야 하는 옷가지가 늘어나 버린다는 점이다.

그러니 최대한 생각났을 때 꼬박꼬박 처리하면 귀찮음도 줄어드는데————.

"……너 뭐하냐?"

"…………빨래 정도는 도우려고."

욕실 문을 열자 그곳에는 내가 아까 세탁기에 던진 티셔츠를 든 레이가 서 있었다.

그녀는 평소와 다름없는 표정으로 내 셔츠를 세탁기에 돌려놓았다.

"미안, 빨리 나갈게."

"어, 그래."

씻은 직후이다 보니 나는 당연히 알몸이다.

순간적으로 근처에 놓여있던 목욕수건으로 하반신은 가렸지만, 이 상황은 너무 부끄럽다.

레이가 탈의실에서 나간 뒤 나는 세탁기를 보았다.

'굳이 땀에 전 티셔츠를 꺼내서…… 설마 냄새를……?'

머릿속에 떠오른 삿된 망상을 쓴웃음을 지으며 뿌리쳤다.

"그럴 리가."

현실에서 그런 에로만화 같은 일이 일어날 리가 없다.

————없지?

“…….”

내 안의 기묘한 기쁨에서 의식을 돌리기 위해 나는 세탁기 안
에 세제를 넣었다.

3
키시모토 카즈하
일러스트 미와베 사쿠라
평생 일하고 싶지 않은
내가, 같은 반
인기 아이돌의
눈에 들어
솔직큐트한
미소녀와의
문화제
가 시작됩니다.

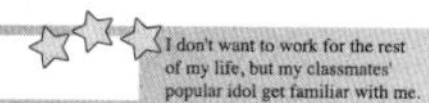

어느 날 저녁 식사 때.

"호박?"

"응. 할로윈 특집방송에 나갔더니 스태프들에게 많이 받았어."

그렇게 대답하며 레이는 내 앞에 호박이 가득 담긴 봉투를 내려놓았다.

하나같이 크고 우람하다.

요리할 맛이 있어 보이지만————.

"많은데……."

"출연자는 다들 이만큼 받았어. 방송 소품으로 쓰려고 너무 많이 샀대."

"아……. 뭐, 어떻게든 해 볼게. 당분간 호박 요리가 계속 나올 텐데, 괜찮겠어?"

"응, 호박도 좋아해."

그렇다면 어떻게든 되겠지.

나는 호박을 부엌으로 가져가 하나만 빼고 다 냉장고에 넣었다.

어디 보자, 어떻게 할까.

개인적인 감각으로, 호박은 단맛이 강하니까 평소 요리할 때는 잘 쓰지 않는다.

막상 사용한다면 호박을 메인으로 삼은 음식을 만들어야지.

"스튜, 펌프킨 파이, 스프, 호박 조림, 호박볶음……. 다 맛있으니까. 그 외엔 그라탱?"

"그라탱……! 그라탱 먹고 싶어."

"오."

거실에서 내 중얼거림을 듣고 있던 레이가 갑자기 반응했다.

우리 아가씨가 그리 말씀하신다니 오늘의 메뉴는 결정.

"좋아, 그럼 오늘은 그라탱."

"와, 신난다."

아가씨를 기쁘게 해드리기 위하여 나는 다시 호박과 마주 보았다.

먼저 중앙에서 반으로 쪼개고 속을 긁어낸다.

껍질째로 한입 크기로 썰면 호박 준비는 대충 끝.

이때 한입 크기라는 건 숟가락으로 떠먹는 걸 고려해서 조금 작은 편이다.

이렇게 하면 빨리 익기도 하고.

만약 흐물흐물 뭉그러진다고 해도 오히려 잘된 셈이다.

……아니, 일단 조금 큼직하게 자른 것도 넣어둘까.

마찬가지로 한입 크기로 썬 닭고기와 다진 양파를 준비하고 호박과 함께 일단 방치.

버터를 녹인 냄비에서 박력분을 볶은 뒤, 가루가 눈으로 보이지 않게 되면 물과 건더기를 투하.

보글보글 끓기 시작하면 우유를 넣어서 화이트소스를 만든 다음 소금으로 간을 조절한다.

이것으로 일단 조리는 완료.

그라탱용으로 움푹한 접시에 올리브유를 얇게 두른 다음 잘 익
은 걸 확인한 메인 건더기들을 담는다.

위에 치즈를 듬뿍 올리고 오븐으로.

"……음, 여기에 빵을 추가할까."

제법 든든한 메뉴가 되고 말았지만, 그라탱만 덩그러니 놓여있
는 것도 좀 보기 허전하다.

옆에 바게트를 곁들여준다면 그럴싸해지겠지.

"와……!"

테이블에 놓인 그라탱을 보고 레이가 감탄했다.

음, 내가 봐도 잘 만든 것 같더라.

"그럼 잘 먹겠습니다."

"잘 먹겠습니다."

치즈에 숟가락을 쑤셔 넣어 안에 있는 건더기들과 함께 입으로
가져갔다.

화상 입지 않도록 잘 식히는 것도 잊지 않고.

"으음……! 마시써."

"그래, 호박의 단맛이 딱 적절하네."

호박만이 아니라 야채의 단맛은 어쩐지 몸에 나쁘지 않다는 느
낌이 들어서 얼마든지 먹을 수 있을 것 같다.

그렇게 우리는 바게트도 함께 그라탱을 싹싹 비워버렸다.

""잘 먹었습니다.""

나란히 손을 모아 인사한 뒤, 나는 식기를 싱크대로 가져갔다.

"앞으로 당분간 이런 요리가 계속 나올 건데, 정말 괜찮아?"

"응, 너끈해."

"그러냐…….."

나를 향해 브이 사인을 그리는 레이.

이때 나는 아직 그녀를 얕보고 있었다.

설마 그렇게 많았던 호박이 사나흘 만에 사라지다니———.

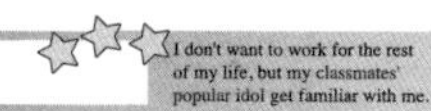

"으으, 추워……!"

슈퍼에서 장을 보고 돌아가는 길.

저녁놀이 드리운 길을 걸어가던 도중 차가운 바람이 내 피부를 쓰다듬었다.

그렇게 더웠던 여름의 기운은 이미 온데간데없고, 한창 쌀쌀한 가을이 되어버린 요즘 시기.

아니, 이젠 가을도 아니고 겨울이 고개를 들이밀기 시작한 느낌마저 든다.

지금 입은 얇은 파카로도 추위를 막지 못하고 있다.

그렇다면 이제 겉옷을 껴입는 걸 고려해야겠지.

"……오늘은 조금 따뜻한 걸로 할까."

저물어가는 저녁놀을 바라보며 나는 그렇게 중얼거렸다.

"린타로. 어서 와."

"어, 다녀왔다."

맨션으로 돌아오자 여느 때처럼 레이가 나를 맞아주었다.

……라면서 냉정하게 상황을 서술하고 있지만, 잘 생각해 보지 않아도 이상한 상황이다.

그 국민적 대스타, 밀푀유 스타즈의 레이가 어서 오라고 말해준다.

아주 복에 겨웠다. 뭐, 이젠 익숙해졌지만.

"밖에 추웠어? 아주 차가워."

"……야, 갑자기 손잡지 마."

갑자기 손을 잡고 온도를 확인하는 레이에게 나는 쑥스러움을 숨기며 그렇게 지적했다.

아무리 같은 공간에 있는 게 익숙해졌다지만, 피부 접촉까지는 어쩔 수 없다.

이렇게 스킨십을 하면 냉정함을 유지하는 것도 어려워진다.

"오늘 메뉴는 뭐야?"

"먼저 손을…… 하아, 됐다. 오늘은 전골을 좀 하려고."

"전골!"

레이의 눈이 빛났다.

이럴 때 좋은 반응을 보여주게 되면서 이 녀석의 매력이 한층 강해지는 것 같은 느낌이 든다.

같이 지내는 몸으로서는 고생이지만————.

"쌀쌀해졌으니까, 전골 대환영. 무슨 전골이야?"

"그건 먹을 때를 기대하도록 해. 조금만 더 참아."

"으…… 린타로 너무해. 그렇게 말하면 기다릴 수밖에."

"그래, 기다려."

레이가 내 손을 잡아당기며 거실로 갔다.

거기서 거실에 레이를 두고 냉장고에 재료를 넣은 다음, 나는 전골을 준비하기로 했다.

필요한 건 질냄비, 배추, 그리고 돼지고기.

가루형 맛국물, 물, 간장.

나머지는 취향 따라 파 같이 향이 나는 야채.

먼저 냄비에 돼지고기와 배추를 번갈아 넣는다.

샌드위치처럼 교대로 꾹꾹 깔아준 뒤 물, 맛국물, 간장을 넣는다.

이걸 불에 올려서 몇 분 기다린다.

돼지고기가 익으면 먹을 수 있으니까, 그렇게 된 타이밍에 파의 하얀 부분이나 다진 생강 같은 걸 추가하면 완성.

냄비용 장갑을 낀 손으로 냄비를 들고 거실로 가져갔다.

"자, 돼지고기와 배추로 만든 밀푀유 전골이다."

"와……!"

테이블 위에 인덕션 버너를 올려놓고 그 위에 냄비를 올렸다.

전원을 켜고 약불로 설정하면 냄비가 식지 않는다.

앞접시와 젓가락을 마련하고, 밥을 퍼서 곁들여주면 오늘의 저녁 준비는 완전히 끝이다.

"먹어도 돼?"

"그래, 뜨거우니까 조심하고."

"응, 잘 먹겠습니다."

레이는 배추와 돼지고기를 겹쳐 집고 입으로 가져갔다.

역시 조금 뜨거웠던 건지 잠시 입을 뻐끔거렸다.

하지만 그게 끝난 뒤 레이의 얼굴에 미소가 번졌다.

"맛있어……! 아주 부드러운 맛이야."

"간을 꽤 단순하게 했거든. 배추와 돼지고기의 단맛만으로도 충분히 간이 맞을걸.”

“응, 얼마든지 먹을 수 있을 것 같아.”

그 말에 거짓말은 없었던 건지 레이는 손을 멈추지 않고 계속 먹어나갔다.

3인분은 만들었다고 보는데 이대로는 레이가 혼자 다 먹어버릴 것 같다.

나도 급히 먹기 시작했는데, 맛있었다.

물론 간은 보긴 했어도 밥과 어울리는지 확인할 수 있는 이 순간이 올 때까지는 방심할 수 없다.

“음……, 몸이 따끈따끈.”

“같이 넣은 생강 덕분일지도. 몸을 따뜻하게 해주는 효과가 있거든.”

“어쩐지 기분 좋아. 땀도 좀 났어…….”

레이는 그렇게 말하며 가슴께를 부채질했다.

그 동작이 유난히 에로틱해서 나는 무심코 먹던 걸 뱉어버릴 뻔했다.

정말 이 녀석은 이런 구석이 있단 말이지.

“벌써 전골이 맛있는 계절이 되었다고 생각하면, 시간 가는 게 참 빠르네.”

“……그러게. 곧 올해도 끝인가.”

앞으로 반년 정도 지나면 우리도 3학년이 된다.

수험이네 뭐네 하면서 바빠지는 건 우울하지만, 그 이상으로 무언가 쓸쓸함 같은 게 느껴진다.

“본격적으로 겨울이 되면 이번에는 김치 전골이라도 먹자. 그 뜨겁고 매콤한 맛은 겨울에 딱이야.”

“응, 진심으로 찬성. 마무리로 밥이랑 치즈.”

“하하, 통했네.”

아직 조금 뒤인 겨울을 상상하며 우리는 전골을 먹었다.

이 공간에 익숙해졌다지만, 이게 당연한 일상이란 생각이 들 만큼 내 마음은 사치스럽지 않다.

내가 할 수 있는 일은 지금 이 시간을 소중히 보내는 것뿐이다.

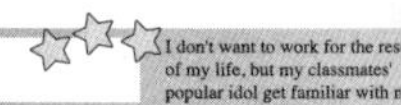

『군고구마~ 왔어요~ 군고구마~』

문득 들린 익숙한 노랫소리에 무심코 반응해버렸다.

학교에서 내준 숙제를 하고 있었는데, 어느새 벌써 저녁.

가을이 되면 역시 여름보다 해가 저무는 게 압도적으로 빠르다.

"군고구마라……. 오랫동안 안 먹었지."

그런 생각을 했더니 마치 영향받은 것처럼 배가 꼬르륵대기 시작했다.

뭐, 하나 정도는 먹어도 저녁 먹을 때 지장이 오지 않겠지.

고등학생의 위를 얕보지 마시라.

지갑을 들고 맨션을 뛰쳐나와 마침 집 앞을 지나가던 군고구마 트럭을 쫓아갔다.

그러자 그 트럭은 내가 불러세운 것도 아닌데 길가로 빠져서 차를 세웠다.

아무래도 선객이 있었던 건지 군고구마 아저씨는 그 손님과 대화하고 있었다.

"자, 3백엔."

"네, 감사합니다."

선객은 모자를 깊게 눌러쓰고 코와 입을 마스크로 가린 여자였다.

그리고 놀랍게도 지금 그녀가 낸 목소리는 내가 너무 자주 들은 목소리였다.

"……일 끝났어?"

"아, 린타로."

몹시 만족스러워하며 군고구마를 든 레이는 나와 마주치더니 기뻐하는 표정을 지었다.

"응, 끝났어. 연습하느라 배고팠는데, 우연히 군고구마 트럭을 발견해서…….."

"연습한 뒤라면 한 개로는 부족하지 않겠어?"

"……사실은 세 개는 더 먹고 싶어."

아니, 그건 과식인 것 같은데.

"하지만 너무 많이 먹으면 린타로의 밥을 못 먹어."

"……참 듣기 좋은 소리네."

나도 모르게 얼굴이 빨개질 정도로 레이의 말은 무척 기뻤다.

하지만 나를 기쁘게 해준 장본인은 어딘가 가라앉은 얼굴로 나와 군고구마를 번갈아 쳐다보았다.

"왜 그래?"

"……린타로 만났더니 군고구마보다 린타로의 밥을 더 먹고 싶어졌어. 조금 난감해."

"변덕스러운 녀석."

"아, 그래. 이러면 되겠다."

레이는 들고 있던 군고구마를 냅다 둘로 쪼갰다.

"린타로. 나눠 먹자."

"……괜찮겠냐?"

"군고구마 트럭을 쫓아왔다는 건 린타로도 먹고 싶었던 거지? 그러니까 이러면 해결될지도 몰라."

레이가 내민 군고구마를 받았다.

확실히 이 양이라면 출출한 것도 적당히 채우면서 저녁도 문제없이 먹을 수 있겠지.

"린타로, 나 똑똑해?"

"어, 천재야."

"다행이다."

각자 군고구마를 들고 우리는 맨션으로 돌아갔다.

가을 날씨는 조금 차갑지만, 뜨거운 군고구마와 조금 뜨끈해진 얼굴 때문에 그 쌀쌀함도 딱 좋은 느낌이었다.

————참고로.

반 개라고는 해도 포만감이 높은 군고구마를 먹었는데도 레이는 그날 밥을 세 번이나 추가했다.

남자 고등학생의 위로도 그녀를 이기는 건 어려운 모양이다.

"밤밥?"

"그래, 유즈키 선생님의 어시스턴트 분이 잔뜩 가져오셨거든. 좀 만들어보고 있지."

밥솥 앞에서 기다리며 나는 레이의 질문에 그렇게 대답했다.

여기까지 만드는 법은 아주 단순하다.

미림과 술, 그리고 맛국물의 재료가 되는 조미료와 소금을 넣고, 밤과 쌀을 함께 짓기만 하면 된다.

물의 양이 조금 달라지기 때문에 그걸 조절하는 건 조금 어려울지도 모르지만, 최소한 밥솥에서 제공하는 절차를 지킨다면 크게 망치진 않을 것이다.

"음, 슬슬 됐나."

마침 밥솥에서 소리를 내며 시간이 되었다는 걸 알려주었다.

뚜껑을 열자 식욕을 자극하는 냄새가 부엌에 맴돌기 시작했다.

그 냄새는 부엌을 넘어 거실에서 쉬고 있던 레이에게까지 날아간 모양이었다.

"냄새가 아주 좋아. 배고파."

"내가 봐도 잘 된 것 같아. ……아."

"왜 그래?"

"나도 참……. 밤밥을 만드느라 정신이 팔려서 반찬 준비를 깜빡했어."

이래서는 식탁에 밥그릇 두 개만 올라오고 땡이다.

그건 너무 허전하다.

"하지만 밤밥을 순수하게 즐기려면 이게 제일 낫지 않아?"

"어?"

"오늘 정도는 가을의 미각으로만 배를 채우는 것도 나쁘지 않을 것 같아."

"……네가 그렇게 말한다면 나는 괜찮지만."

그 말은 레이 나름의 배려였던 건지도 모른다.

아니면 정말로 밤밥을 배터지게 먹고 싶었던 것뿐인지도 모른다.

어쨌거나 오늘은 이것만 하면 된다는 건 나로서는 다행이었다.

"좋아, 그럼 먹자."

"응."

밥그릇에 밥을 크게 퍼담고 테이블로 가져갔다.

가까이서 맡을수록 밤의 단내가 코를 자극했다.

""잘 먹겠습니다.""

젓가락을 놀려 밤과 밥을 함께 입으로 가져갔다.

씹을수록 우러나는, 밤의 단맛과 쌀의 감칠맛.

식욕의 가을은 명언이다.

확실히 이렇게 맛있는 게 있다면 가을은 식욕에 지배당하는 것도 당연하다.

"맛있어……! 밤이 포슬포슬."

"생각보다 쉬운데 잘 나왔네……. 밤도 대량으로 소모했고."

"응, 많이 들어가서 좋아."

우리는 그 후 묵묵하게 식사를 이어갔다.

그리고 순식간에 밥솥을 싹 비워버렸다.

텅 빈 밥그릇을 내려다보며 레이는 조금 아쉽다는 듯 손을 모았다.

"잘 먹었습니다."

"오냐. 다행이다."

"가을은 맛있는 게 많아. 이대로는 조만간 살찔 거야."

"뭐래……. 지금까지보다 더 먹으려고?"

"맛있는 건 무한. 린타로가 만든 밥이라면 더 무한."

"하하, 뭐야 그게."

무한이라는 단어의 사용법이 좀 이상한 레이를 보고 웃으며 나는 뺨을 긁적였다.

레이는 항상 내 의욕을 잘 끌어올린다.

하지만 폭주해서 밥을 너무 많이 차릴 수는 없었다.

나는 국민 아이돌, 밀피유 스타즈의 레이의 위를 관리하고 있다.

그녀가 최고의 실력을 발휘할 수 있도록 제대로 건강한 음식을 만들어야 한다.

"앞으로도 좋은 걸 만들어 주마."

"응, 기대할게."

어느 가을날.

우리의 평범한 하루는 이렇게 지나갔다.

4
일러스트 미와 베 사쿠라
키시모토 카즈하
평생 일하고 싶지 않
내가, 같은
인기 아이돌
눈에 들
미소녀
아이돌들과
동거
생활
이 시작되는
모양입니다

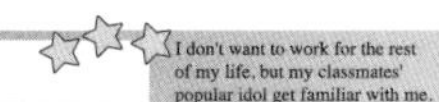

"어디 보자……."

나는 그런 말을 중얼거리며 소파에서 일어났다.

오늘은 휴일. 바깥 날씨는 맑음.

본래대로라면 외출하기 딱 좋은 날이지만, 나에게는 다르다.

맑은 날은 뭐니 뭐니 해도 빨래가 잘 마른다.

이 기회를 낭비할 수는 없다.

나는 내 집에서 나와 레이의 집으로 향했다.

대인기 아이돌의 집 열쇠를 갖고 있다고 하니 참 기묘한 이야기이지만, 그 녀석이 마구 어지럽힌 집을 청소하는 일을 맡은 이상 나는 떳떳하다.

"레이. 들어간다."

잠금을 풀고 일단 안을 향해 말을 건 다음 집으로 들어갔다.

예상대로라고 해야 할지, 복도에는 레이의 옷인 듯한 잔해가 여기저기 널브러져 있었다.

개중에는 캐미솔 같은 것도 있는데, 어느 정도 익숙해졌다지만 그래도 눈을 어디에 둬야 할지 모르겠다.

그 옷가지들을 주우며 거실로 가자 어둑한 실내에는 어디서 산 건지 받은 건지 페트병이 여러 병.

그리고 편의점 샌드위치 봉투, 목욕수건, 일할 때 입은 것 같은 의상이 떨어져 있었다.

뭐, 항상 이렇다.

여기에 레이의 모습이 없는 걸 보면 아직 침실에서 자고 있을 가능성이 크다.

그 녀석도 오늘은 쉬는 날.

그만큼 어제는 스케줄이 하드했다고 하니, 오늘 정도는 최대한 자게 해주고 싶다.

"그래도 확인은 해야지……."

청소기 같이 소리가 나는 작업은 나중으로 미뤄도 쓰레기는 지금 모아두고 싶다.

어쩌면 침실에도 쓰레기가 있을지도 모르니까……. 아니, 실제로 자주 있으니까 레이가 자는 중이라고 해도 확인해야 한다.

"여보세요……. 들어간다."

작은 목소리로 말한 다음 살며시 침실 문을 열었다.

그곳에는 역시나 무방비한 모습으로 침대에 누워있는 레이의 모습이 있었다.

다행히 옛날에 봤던 것처럼 티셔츠가 위로 올라간 모습은 아니었지만, 앳된 얼굴을 보고 있으니 어쩐지 나쁜 짓을 하는 기분이 든다.

"아주 기분 좋게 자고 있네……."

무심코 웃음이 나와버릴 만큼 잠든 레이의 모습은 평온했다.

어지간히 피곤했던 건지 아직 일어날 기색이 없다.

방 안을 둘러보자 딱히 눈에 띄는 쓰레기는 없었다.

별일이라고 생각하며 여기에도 널브러져 있던 의상을 주워 담은 뒤 침실 문을 살며시 닫았다.

쓰레기는 전부 쓰레기봉투에 넣고 빨래는 세탁기로.

레이는 세탁기 소리 정도로는 일어나지 않으니까, 일단 돌려도 문제없다.

그사이 바닥을 제외하고 먼지가 쌓이기 쉬운 장소를 걸레질했다.

역시 집안일이 효율적으로 처리되면 기분이 아주 좋다.

바로 이런 순간을 위해 나는 집안일 스킬을 갈고닦았다고 해도 과언이 아니다.

대강 작업이 끝나면 다음은 아침 식사 준비.

뭐, 이젠 점심시간에 가깝지만……. 레이는 반드시 하루 세끼를 꼬박 챙겨 먹기 때문에 시간을 놓쳤다고 해도 제대로 차려야만 한다.

구운 식빵과 베이컨에 계란프라이. 그리고 간단한 샐러드와 뜨거운 커피.

아침 식사는 그렇게까지 든든하게 만들지 않아도 된다는 점이 다행이다.

아무리 잘 챙겨 먹는다고 하지만 점심이나 저녁만큼 포만감을 추구할 필요는 없다.

"응……. 맛있는 냄새."

아침 준비가 거의 끝나갈 무렵, 냄새에 낚인 레이가 침실에서 나왔다.

레이가 자고 있을 때 아침을 만들면 꼭 이렇게 일어난다.

먹보라고 부르기에는 너무 말이 심할지도 모르지만, 조금 재미있어하는 건 비밀이다.

"금방 다 돼. 우선 세수하고 와."

"응, 고마워."

터벅터벅 세면대로 향하는 레이를 배웅하며 나는 마지막으로 샐러드를 만들었다.

그대로 완성한 린타로 특제 조식 세트를 테이블에 내려놓고, 커피를 그 옆에 곁들였다.

내가 봐도 그럴싸하다. 평소와 똑같군.

"세수하고, 양치도 했어."

"좋아, 그럼 앉아."

"응."

아침 식사가 놓인 테이블 앞에 레이가 앉았다.

참고로 내 몫은 없다. 오늘은 이미 눈 뜨고 바로 간단히 먹었기 때문이다.

커피는 마실 거지만.

"오늘도 맛있어 보여. 잘 먹겠습니다."

"어, 천천히 먹어."

내가 차린 아침을 깨끗하게 비워나가는 레이.

그 모습은 항상 행복해 보였고, 그걸 본 나도 기운이 난다.

이것도 아이돌이 주는 힘인 건지—— 아니면 내가 레이를 특별하게 여기기 때문인 건지.

적어도 이 시간만큼은 누구에게도 양보하고 싶지 않다.

진심으로 그렇게 생각한다는 것만은 확실했다.

"잘 먹었습니다. 오늘도 맛있었어."

"오냐, 땡큐."

레이의 감사 인사를 양분 삼아 오늘도 내 하루가 시작된다——.

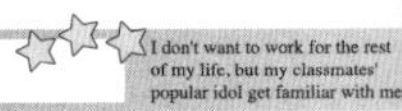

"어, 샴푸 벌써 다 떨어졌나."

나는 샤워하던 도중에 그 사실을 깨닫고 말았다.

아쉽게도 지금 이 자리에 리필용 샴푸는 없다.

이대로면 나는 머리를 제대로 감을 수 없는데————.

"……."

나는 내가 쓰는 샴푸통 옆에 놓인 레이의 샴푸통에 시선을 주었다.

남들 앞에 서는 직업을 지닌 그녀는 샴푸, 트리트먼트, 보디소프까지 깐깐하게 따진다.

여기에 놓인 샴푸도 아주아주 고급 샴푸일 테지.

현재 머리를 감으려면 이걸 쓸 수밖에 없는데, 무단으로 사용하는 건 좀 껄끄러웠다.

"어쩔 수 없지……."

나는 욕실 문을 살짝 열어서 지금쯤 거실에서 쉬고 있을 레이에게 외쳤다.

"레이, 샴푸 써도 돼? 내 건 다 떨어졌어."

"응, 돼."

"땡큐."

선뜻 허가받은 나는 그대로 레이의 샴푸를 써서 머리를 감기 시작했다.

먼저 향기가 아주 좋아서 놀랐다.

무언가 꽃향기인 모양이었다. 머리를 감는 것뿐인데 괜히 신이 났다.

"린타로."

"으억?! 깜짝이야."

갑자기 등 뒤에서 목소리가 들리는 바람에 돌아보자 그곳에는 레이가 서 있었다.

"트리트먼트도 써 봐. 머리카락이 찰랑찰랑해져."

"아, 알았어. 고마워."

"응."

문을 닫고 레이가 떠나갔다.

우선 하라는 대로 해 볼까.

나는 사용 허가가 떨어진 레이의 트리트먼트를 머리카락에 바른 다음 잠시 방치했다.

그동안 몸을 씻으면서 머리카락에 스며드는 걸 기다리는 것이다.

대충 적당한 시간이 되면 깔끔하게 씻어낸다.

젖은 상태로는 잘 모르겠지만, 어쩐지 머리카락 상태가 좋아진 것 같기도 하고…… 별로 달라지지 않은 것 같기도 하고.

"변화가 있다면 나중에 알겠지."

마지막으로 세수한 뒤 욕실을 뒤로했다.

간단한 스킨케어를 마치고 드라이어로 머리카락을 말리기 시작했을 때, 나는 레이의 트리트먼트가 가져온 굉장한 변화를 깨달았다.

“오오……!”

그런 감탄이 튀어나올 정도로 머리카락이 찰랑찰랑해졌다.

겉보기에는 그리 큰 변화가 없었는데, 손가락의 감촉이 전혀 다르다.

원래 나는 살짝 곱슬이었으니까, 정말로 촉감을 즐기는 게 고작이긴 하지만.

“어때?”

거실로 돌아오자 레이가 궁금해서 근질거렸다는 듯이 물어보았다.

“어, 좀 감동했어.”

“다행이다. 나도 그걸 계속 쓰고 있어.”

“드럭스토어 같은 곳에선 못 봤는데, 평소엔 어디서 사?”

“자주 가는 미용실에서 사. 조금 비싸지만 외모는 타협할 수 없으니까.”

“역시 프로.”

“린타로도 써. 머리카락에 확실히 좋으니까.”

“아니, 고맙지만 이번처럼 샴푸가 다 떨어졌을 때만으로도 충분해. 나 같은 녀석에겐 아깝잖아.”

“그래?”

남자라도 미용을 신경 쓰는 건 중요하지만, 그래도 비싼 걸 계속 쓰면 저렴한 제품으로 돌아가지 못하게 될 것 같아서 무섭다.

아주 궁상맞긴 하지만 나 혼자서는 샴푸 하나에 이렇게 많은 돈을 들일 수 없다.

"······린타로, 잠깐만."

"응?"

뭔가 했더니 레이가 갑자기 내 목에 얼굴을 바싹 붙였다.

너무 대담해서 동요한 나는 그 자리에서 굳어버렸다.

"킁킁······ 왠지 좋다."

"뭐, 뭐가?"

"린타로에게서 나랑 같은 냄새가 나. 기뻐."

레이의 호흡이 목을 스쳐서 심장이 쿵 뛰었다.

같은 냄새라고? 거짓말.

레이에게서 나는 냄새가 훨씬 좋다.

같은 인간인데 왜 남자와 여자는 이렇게 다른 건지————.

"그럼 나도 머리 감고 올게."

"어, 어어······."

욕실로 사라지는 레이를 배웅한 뒤 나는 후우 숨을 돌렸다.

정말이지, 여전히 저 녀석과 생활하는 건 심장에 안 좋다.

"······응?"

그러고 보면 아까 저 녀석, 아무렇지도 않게 욕실 문을 열었었지?

즉 내 알몸을————.

"······."

아니, 생각하지 말자.

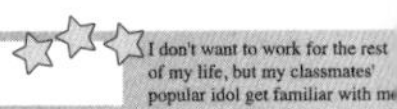

"하아……. 단 거 먹고 싶어."

내 방에서 게으름을 피우던 카논이 불쑥 그런 말을 꺼냈다.

왜 이 녀석이 지금 내 방에 있는지는 생략하겠다.

쉬는 날이고, 심심했다. 이상.

참고로 같은 이유로 레이와 미아도 내 방에 있다.

이 녀석들 한가한가. 가끔 신기해진다.

"맞아, 카논은 당질 제한 중이었지."

"응……. 수영복 촬영 앞두고 있으니까 좀 관리하고 싶어서."

평소 활력으로 넘치는 카논이지만 오늘은 어쩐지 패기가 없는
느낌이다.

"관리라니, 너……. 그렇게 말했으면서 더 뺄 게 있어?"

"이 이상 빼다기보다는…… 굳이 따지라면 지금 상태를 유지하
고 싶다는 느낌? 나는 레이나 미아와는 체질이 좀 달라서 방심하
다 보면 체형이 무너지거든."

"으음……?"

그런 건가. 나는 지식으로서 뇌에 입력했다.

앞으로는 그 부분도 조금 더 신경 써줄 필요가 있겠다.

"린타로. 뭐 단 거 못 만들어? 칼로리가 낮아서 아무리 먹어도
살이 안 찌는 걸로."

"어, 만들어줄게."

"하아, 그렇지. 그런 환상의 음식이 이 세상에 있을 리가……
응?"

카논의 목이 갑자기 나를 향해 휙 돌아갔다.

깜짝 놀랐다. 공포 영화인 줄 알았네.

"있다고?!"

"어, 어어……. 제로 칼로리는 없지만, 저칼로리라면 불가능하
진 않아."

"마, 만들어주세요……! 더는 한계야!"

그 카논이 이렇게까지 애원하다니.

아무래도 이 희망은 깨트리지 않는 게 좋겠다.

"그러면 해 볼까. 뭐, 나도 아직 실제로 만들어본 적은 없긴
한데."

잠깐 기다리라고 말한 뒤 부엌으로.

주재료는 달걀, 베이킹파우더, 그리고 콩비지 파우더.

콩비지 파우더는 비지를 말려서 만든 파우더다.

물에 부풀어서 포만감을 얻을 수 있지만 당질을 제한할 수 있
는 다이어트의 친구.

하지만 식이섬유가 불용성이기 때문에 너무 많이 먹으면 배탈
이 나니까 조심해야 한다.

"아, 우유는 써도 돼?"

"응! 우유 정도라면 문제없어!"

"그래, 그럼 오케이."

나는 준비한 재료에 우유를 붓고 섞은 뒤 프라이팬으로 구웠다.

이미 알겠지만, 내가 만드는 건 콩비지 파우더를 쓴 팬케이크다.

어차피 레이도 미아도 먹을 테니까 사람 수만큼 구워야지.

“자, 다 됐어.”

“패, 팬케이크……?! 하…… 하지만 어딜 봐도 평범한 팬케이크인데…….”

“콩비지를 썼어. 그것만으로도 당은 확 줄일 수 있지.”

“오오……!”

“그대로 먹으면 밍밍하니까 우선 메이플시럽을 가져왔는데, 이것도 뿌리고 싶지 않다면 말해줘.”

“괜찮아. 너무 많이 뿌리지 않으면 돼.”

카논은 소량의 메이플시럽을 팬케이크에 두른 뒤 입으로 가져갔다.

“마———맛있어……!”

“그거 다행이네.”

“누, 눈물 나…….”

“그 정도로 한계였냐…….”

“계속 철저하게 조였던 건 아니지만…… 달달한 걸 주워 먹고 싶어질 때마다 스스로 설득하면서 참았으니까…….”

철저하게 조였던 거 맞지 않나.

아무튼, 기뻐해 줘서 다행이다.

정신없이 팬케이크를 먹는 카논에게서 시선을 떼고 레이 쪽을 보았다.

아니나 다를까 침을 줄줄 흘리고 있길래, 나는 바로 추가 팬케이크를 가져다주었다.

"어? 우리 몫도 구워준 거야?"

"어차피 먹을 거잖아? 카논만 먹는 것도 보기 좀 그러니까, 미아 너도, 레이도 먹어."

"그런 거라면 감사히 먹을게."

레이도 미아도 카논과 마찬가지로 팬케이크를 먹었다.

"오오! 이거 정말 밀가루를 안 쓴 거야? 아주 제대로 된 팬케이크인데?"

"맛있어."

그런 감상을 돌려주며 두 사람 다 팬케이크를 우물거렸다.

셋 다 기뻐하는 걸 보니 입에 잘 맞은 모양이다.

매번 반응이 좋아서 고맙다니까.

"린타로. 또 다이어트해야 할 때면 부탁해도 돼……?"

"어? 어, 언제든 말해. 나도 공부에 도움 되니까."

"좋아, 약속했다?"

"오냐, 그래."

어떤 요리든 전부 장래를 위해.

장래에 나를 부양해줄 여자가 저당 디저트를 원할 가능성도 있으니까.

"린타로, 하나 더."

"……레이 너, 너무 먹으면 모처럼 저당으로 만든 의미가 없거든?"

나는 쓰게 웃으며 추가 팬케이크를 구우러 갔다.

만약 레이와 결혼한다면 당질 제한과는 평생 거리를 두고 살게
될 것 같구나.

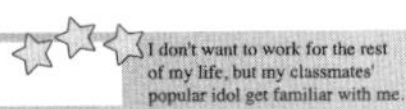

"푸엣취!"

따뜻한 봄기운에 파묻혀 빨래를 널던 나는 베란다에서 성대히 재채기했다.

아아, 올해도 이 계절이 왔구나── 나는 코를 훌쩍이며 말리던 빨래들을 안으로 거두었다.

이렇게 막 빨래들을 방 안으로 나르는 데는 당연히 명확한 이유가 있다.

"코타로, 꽃가루 알레르기야?"

"어, 응."

내 방에서 뒹굴뒹굴하던 레이의 질문에 코를 훌쩍이며 대답했다.

그렇다. 나는 꽃가루 알레르기가 있다.

봄이 가까워지면 나는 빨래를 밖에서 말리지 않는다.

널어놓은 옷에 꽃가루가 묻으면 아주 골치 아파지기 때문이다.

꽃가루 알레르기 시기에는, 우선 집안에 꽃가루를 최대한 들여오지 않는 게 중요하다.

밖에 나가면 어디에 가도 위험지대니까 최소한 집은 안전지대로 만들지 않으면 몸이 쉴 곳이 사라진다.

그래서 이 시기는 기본적으로 욕실 건조기를 사용한다.

솔직히 밖에서 말리지 못하게 되는 건 괴롭지만, 꽃가루라는 실질적 피해가 더 고통스럽기 때문에 참을 수밖에 없다.

"힘들어 보여. 괜찮아?"

"어, 나는 그나마 나은 편이야. 알레르기원도 삼나무뿐이고."

삼나무 꽃가루가 날리는 시기는 기본적으로 2월 말부터 4월 말 정도.

하지만 중간에 노송나무 꽃가루가 섞이기 때문에 양쪽 모두에 알레르기가 있는 사람은 추가로 한 달 정도 더 고통받게 된다.

다행히 나는 삼나무뿐이지만, 이 고통을 한층 오래 겪어야만 하는 사람들은 정말 불쌍하기 그지없다.

물론 이 시기만이 아니라 삼나무, 노송나무에 추가로 항상 무언가의 꽃가루는 날아다니니까 힘들어하는 사람은 사시사철 존재하는 셈이지만————.

"약을 먹으면 그렇게 고생하지도 않지만, 한동안은 창문을 별로 열고 싶지 않으니까 그것만 조심해줄래?"

"알았어."

"그나저나 넌 꽃가루 알레르기 없구나."

"응. 요즘 시기도 아무 느낌 없어."

"부럽네."

그런 이야기를 하던 도중 내 머리에 문득 의문이 하나 떠올랐다.

"맞아, 레이 너 다른 알레르기도 없어?"

"다른 알레르기?"

"음식 종류에 알레르기는 없다고 했는데, 개나 고양이같이 알레르기원은 다양하잖아?"

참고로 나는 꽃가루 알레르기 말고는 딱히 없을 것이다.

조사해보지 않았으니까 모르는 것도 많지만, 일단 지금까지 곤경에 처한 적은 없다.

중증 알레르기 이야기를 들어보면 아무것에도 겁내지 않고 음식을 먹을 수 있다는 것만으로도 행복이라는 생각이 든다.

"……."

레이는 허공을 바라보며 잠시 생각에 잠기는 듯한 표정이 되었다.

침묵한 지 몇 초.

겨우 머리가 정리된 건지 레이는 입을 열었다.

"……없는 것 같아."

"……그러냐."

열심히 떠올려보려고 한 건가.

그래도 떠오르지 않았다는 건, 정말로 짐작 가는 게 없는 모양이다.

"알레르기가 없는 건 좋은 일이지. 꽃가루 알레르기가 있는 나로서도 부러워."

선천적으로 타고났으니 어쩔 수 없다지만, 매년 조금이라도 고생하는 몸으로서는 솔직하게 부러웠다.

"하지만 꽃가루 알레르기는 누구나 생길 수 있다고 들었어. 나도 남 일이 아닐지도 몰라."

"아, 그랬던가?"

"꽃가루만이 아니라 다른 것도 너무 많이 먹으면 알레르기가 생기기도 한대."

확실히 그런 이야기를 들어본 적이 있는 것 같다.

좋아하는 음식을 너무 많이 먹은 결과 그 음식 알레르기가 생겼다고————.

그건 너무 비극인데.

"어쩐지 불안해졌어."

"왜 그래? 갑자기."

"린타로의 밥을 너무 많이 먹으면 린타로 밥 알레르기가 될지도 몰라."

"……."

얘는 뭔 소리를 하는 거냐.

그렇게 말하려다가, 레이의 표정이 너무 진지해서 그만뒀다.

"안심해. 특정인의 요리에 알레르기가 생기는 일은 없으니까."

"……그렇구나."

안도한 듯 웃는 레이.

이 녀석은 앞으로도 내가 만드는 요리를 즐거워하며 계속 먹을 모양인가보다.

그게 역시 기뻐서, 나도 자연스럽게 웃었다.

"좋아, 그럼 바로 뭣 좀 만들까! 리퀘스트 있어?"

"그럼…… 중화요리."

"오케이, 좀만 기다려."

기합을 넣고 오늘도 나는 부엌에 선다.

내가 응원하는 세계 최고의 아이돌을 기쁘게 해주기 위해————.

평생 일하고 싶지 않은

내가, 같은 반

인기 아이돌의

눈에 들면

5
미소녀 아이돌들에게 라이벌 이 나타났습니다
평생 일하고 싶지 않은
내가, 같은 반
인기 아이돌의 눈에 들면

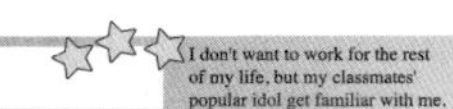

""“트릭 오어 트리트!”""

“…….”

집으로 돌아온 밀스타 삼인방을 보고 나는 우뚝 굳었다.

세 사람 다 어째서인지 머리에 싸구려 고양이 귀 머리띠를 하고 있었다.

아니……. 잘 생각해 보니 ‘어째서’는 알겠다.

할로윈이다. 하지만 지금은 이미 11월이라서 할로윈이 지났다.

“할로윈 라이브가 있었으니까, 우리끼리 즐길 타이밍이 없었잖아?”

“그래서 돌아오는 길에 이 고양이 귀를 샀지.”

미아의 설명을 이어받은 카논이 그렇게 말하며 머리 위를 가리켰다.

“린타로, 어울려?”

“어…… 어어, 잘 어울려.”

고개를 갸웃거리는 레이의 모습은 아주 귀여웠다.

미아와 카논도 당연히.

이런 싸구려 소품조차 잘 어울린다니, 솔직히 감탄했다.

“그렇게 된 건데, 뭐 과자 같은 거 없어?”

“아, 그것까지 할로윈이냐……. 마침 좋은 타이밍이네.”

“마침 좋은 타이밍?”

“우선 셋 다 손 씻고 와. 원하는 대로 과자를 대접해주마.”

세 사람이 거실에 모인 걸 확인한 뒤 나는 ‘그것’을 테이블에 내려놓았다.

“펌프킨 타르트야. 슈퍼에서 호박을 싸게 팔더라. 시험 삼아 간단히 만들어봤지.”

“대, 대박…….”

만드는 법은 의외로 간단하다.

베이스인 타르트 반죽을 만들고, 그 위에 호박과 생크림으로 만든 필링을 채운다.

그 후 오븐에서 구우면 펌프킨 타르트 완성.

“맛은 보장할게. 우선 먹어봐.”

“네 요리를 의심한 적은 없지. 잘 먹겠습니다.”

미아의 말에 이어 세 사람이 각자 타르트를 입에 넣었다.

“으음……! 달고 맛있어. 하지만 의외로 깔끔?”

“호박 자체가 아주 다니까, 설탕을 거의 안 썼거든. 그러니까 찐득함이 없는 거겠지.”

“오…….”

레이는 눈을 빛내며 정신없이 타르트를 먹었다.

잘 먹는 걸 보면 역시 안심되는구나.

“이렇게 맛있는 걸…… 간단했다 이거지? 참 무서운 남자로세.”

“카논, 말투 안 어울려.”

끄그극 이를 갈던 카논이 성대한 한숨을 쉬었다.

"그나저나 아무것도 준비하지 않았을 줄 알았는데……. 린타로에게 장난치지 못했어."

"내가 과자를 준비해놓지 않았다면 뭘 할 생각이었는데."

"그야…… 뭐?"

카논이 레이와 미아의 얼굴을 보았다.

"그건 그야…… 그걸 이렇게, 레이가 마지막으로…… 응?"

"간지럼?"

"으음……. 장난으로는 조금 약한가?"

눈을 가늘게 뜨고 흘겨보자 세 사람은 노골적으로 나에게서 눈을 돌렸다.

이 반응으로 보아 예상되는 건 하나뿐.

"아무 생각도 없었구나…… 너희."

"후우……. 들켰다니 어쩔 수 없지. 우리 턴은 끝나버린 모양이니까, 린타로에게 장난칠 권리를 줄게. 나든 카논이든 레이든 마음대로 하도록 해."

"안 해."

뭐라는 거야.

"""하아, 아쉬워라."""

"왜 너희가 아쉬워하는 건데……."

정말 이해할 수 없는 삼인조다.

뭐, 그게 재미있는 구석이기도 하지만.

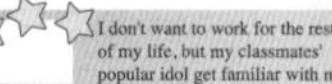

어느 날.

집으로 돌아온 밀스타 삼인방은 나에게 터무니없는 것을 내밀었다.

"대체…… 어쩌다가?"

"퀴즈 방송 경품. 식탐을 발휘한 레이가 이걸 갖고 싶다고 무쌍찍었어."

"그, 그래……?"

뿌듯한 얼굴로 가슴을 펴는 레이 앞에는 반짝반짝 빛나는 1등급 소고기가 있었다.

얇게 썰려있는 그 고기는 스키야키용이라고 한다.

패키지에는 1킬로그램이라고 적혀 있었다.

고급 소고기니까, 가게에서 이만한 양을 똑같이 사려고 한다면 눈이 튀어나올 가격이 될 게 틀림없다.

"먹을 게 걸리면 레이는 눈빛이 달라진단 말이지."

"이게 경품에 있는 걸 봤을 때부터 내 입은 스키야키가 되었어. 린타로, 다음은 부탁해."

레이가 보내는 기대의 눈빛.

세 사람의 서포터로서 부응하지 않을 수는 없다.

"알았어, 그럼 오늘은 스키야키 먹는다?"

그렇게 묻자 세 사람은 바로 고개를 끄덕였다.

스키야키라니 얼마 만이지.

부엌에 선 나는 그런 생각을 하며 준비를 진행했다.

먼저 각각 밑준비를 마친 파, 두부 부침, 실곤약, 쑥갓, 표고버섯을 커다란 냄비에 깔았다.

참고로 곤약은 고기를 단단하게 만들기 때문에 떼어놓고 배치하는 게 좋다는 이야기가 있는데, 실제로는 거의 관련이 없다고 한다.

다음으로 국물을 만든다.

간장, 설탕, 미림, 물.

국물은 이렇게 쉽게 만들 수 있는데, 그 사실을 모르는 사람이 의외로 많지 않을까.

사실 나도 실제로 만들어보기 전에는 몰랐다.

냄비에 국물을 붓고 불 위에서 잠시 끓인다.

그리고 전체적으로 익으면 우선 완성.

소고기는 너무 푹 익는 걸 피해야 하니 먹기 직전에 넣는다.

"다 됐다."

""""와!""""

세 사람의 눈이 반짝인다.

가스버너에 냄비를 올리고 불을 켰다.

다시 부글부글 끓기 시작하는 냄비를 앞에 두고 우리는 나란히 손을 몰았다.

“““““잘 먹겠습니다.”””””

우선은 뭐니 뭐니 해도 고기다.

모두의 기대에 부응하기 위해 나는 소고기를 냄비에 넣었다.

“조금 빨개도 괜찮아?”

“그래, 약간 붉은 정도가 딱 좋아.”

붉은 부분이 일할 정도 남았을 때 레이는 고기를 달걀 소스 그릇에 찍었다.

마블링이 훌륭한 고기와 번들번들 빛나는 노란 드레스가 우리의 시선을 꽉 붙잡았다.

그리고 레이가 마침내 그것을 입으로 가져갔다.

“…….”

“레이?”

레이의 움직임이 뚝 멈췄다.

의아해서 지켜보자, 레이는 우리를 순서대로 바라보더니 입을 열었다.

“맛있어…….”

절절함이 담긴 감상을 듣고 우리는 군침을 삼켰다.

이건 보고만 있을 때가 아니다.

우리도 바로 고기를 잡고 달걀 소스에 찍어 먹었다.

“““마, 맛있어…….”””

부드러운 소고기가 입안에서 살살 녹는다.

고기의 감칠맛과 달콤짭짤한 국물맛이 달걀과 진하게 어우러지며 뇌가 짜릿해질 정도의 하모니를 만들어냈다.

그리고 무엇보다, 뜨거운 쌀밥과 잘 어울린다.

이 조합은 완전히 반칙이다.

"나…… 레이와 같은 그룹이라 행운이야……."

"그건 좀 복잡한 기분."

좀 너무한 표현이었지만, 카논의 발언도 이해가 갔다.

"고기도 좋지만, 두부나 파도 맛이 스며들어서 최고야."

"응……. 버섯도 맛있어."

고기를 먹으면서 중간에 다른 건더기도 달걀에 찍어 먹었다.

스키야키의 주역은 역시 고기지만, 다른 건더기도 단순한 엑스트라가 아니다.

파는 흐물흐물하고, 실곤약은 국물과 잘 어우러졌고, 두부와 쑥갓과 버섯은 맛이 잘 스며들어서 하나를 먹으면 바로 또 먹고 싶어진다.

우리는 잠시 아무 말 없이 스키야키에 집중했다.

다들 밥을 추가로 먹으면서 건더기가 완전히 사라진 뒤에야 우리의 손이 드디어 멈췄다.

"""""잘 먹었습니다."""""

고기도 다 먹었고 다른 건더기도 없다.

오늘은 이걸로 끝이다.

"맛있었어. 이것만큼은 고기를 따낸 레이에게 고마워해야겠는걸."

"준비해준 린타로에게도."

미아와 카논은 그렇게 말하며 우리를 향해 웃었다.

어쩐지 쑥스러워서 나는 레이와 서로를 쳐다보고 뺨을 긁적였다.

그 후 1등급 소고기의 여파로 슈퍼에서 사는 저렴한 고기로는 아쉬워지는 바람에 전원의 미각이 돌아올 때까지 내가 악전고투하게 되었지만, 그건 생략하기로 한다.

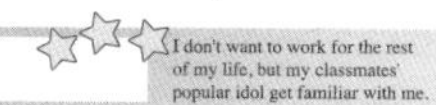

어느 날, 레이가 이런 말을 꺼냈다.

"가을 하면 연어. 나는 가을연어 스튜를 먹고 싶어."

소파에서 책을 읽던 나는 제대로 이야기를 듣기 위해 고개를 들었다.

"가을연어라……. 확실히 이 시기는 연어가 제철이지."

"그래, 그러니까 린타로에게 리퀘스트."

"가을연어 스튜를?"

"굉장해. 내 마음이 통했어. 이심전심."

"방금 네 입으로 말했잖아."

아무래도 욕망이 앞서가는 바람에 본인의 발언조차 잊어버렸던 모양이다.

뭐, 그건 중요하지 않고.

중요한 건 레이가 스튜를 먹고 싶어 한다는 부분.

오늘은 미아도 카논도 외출해서 저녁은 레이와 둘만 먹는다.

원래 레이에게 뭘 먹고 싶은지 물어볼 생각이었으니까, 물어보지 않아도 대답해줬으니 잘 된 셈이다.

바로 준비하기로 할까.

"기다려, 끝내주게 맛있는 스튜를 만들어줄 테니까."

슈퍼에서 재료를 갖춘 나는 앞치마를 두르고 부엌에 섰다.

먼저 당근, 감자, 양파 같은 재료를 먹기 좋은 크기로 자른다.

오늘의 주역, 가을연어도 한입 크기로 자르고 뼈를 제거한다. 이때 소금후추로 밑간을 한다.

버터를 넣은 냄비에서 연어를 노릇노릇하게 굽는다. 이때 연어살이 부스러지기 쉬우니 너무 건드리지 말아야 한다.

연어가 노릇노릇해지면 남은 건더기를 투입.

건더기를 가볍게 볶으면 박력분을 넣고 화이트와인을 조금, 우유는 건더기 전체가 잠길 정도로 붓는다.

푹 끓이면서 콩소메로 맛을 낸 다음, 크림치즈를 녹여서 넣고 한 시간 정도 끓인다.

이걸로 스튜는 완성.

마지막으로 간을 조절한 뒤 그릇에 담아 위에 파슬리를 뿌리면…….

"가을연어 스튜 완성이다."

"오오……! 고마워, 린타로."

"이 정도는 쉽지."

마주 보고 앉아 동시에 손을 모았다.

""잘 먹겠습니다.""

먼저 숟가락으로 떠서 그대로 한 입.

푹 끓인 건더기에서 우러난 풍미와 크림치즈의 진한 맛이 입안 가득 퍼진다.

시판 루도 나쁘지 않지만 진하게 만들고 싶다면 이렇게 만드는 게 제일이다.

"연어도 포슬포슬하고 고소하고 아주 맛있어."

"마음에 들었다니 다행이네."

처음에 노릇하게 구워준 게 깊은 감칠맛을 내는 데 한몫했다.

역시 요리가 잘 나왔을 때의 성취감은 각별하다.

이어서 스튜에 빵을 찍어서 먹어보았다.

이것도 맛있다.

진한 스튜와 부드러운 빵은 궁합이 아주 좋아서, 더욱 큰 행복을 보여주었다.

"가을연어 스튜, 부탁하길 잘했어."

"제철 재료는 팍팍 활용하고 싶으니까 또 리퀘스트가 있다면 바로 말해줘."

"응, 잘 부탁해."

웃는 레이를 보고 나는 마음속으로 주먹을 꽉 쥐었다.

이번에 스튜를 꽤 많이 만들었다.

돌아오면 다른 두 사람에게도 먹이자.

분명 기뻐해 줄 테니까.

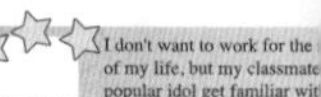

밀스타 삼인방과 본가에서 같이 살게 된 지도 꽤 지났다.

본가는 커다란 2층짜리 단독주택으로, 정원은 달릴 수도 있을 만큼 넓다.

역시 대기업 사장님의 자택이라고 해야 하나.

다만 부지가 넓다는 건 반대로 단점이 되기도 한다.

"통 치워지지 않네……."

나는 정원에 떨어지는 낙엽을 긁어모으며 작게 투덜거렸다.

단점이란, 즉 이 넓은 부지를 관리하는 수고를 말한다.

가을도 끝나가고 정원에는 대량의 낙엽이 수북했다.

오늘은 학교도 쉬는 날이니까 아침부터 작업하기 시작했는데, 아직 끝이 보이지 않았다.

하다못해 현관까지 가는 길만이라도—— 그런 타협을 생각하기 시작했을 때 집 안에서 잠에서 덜 깬 레이가 나타났다.

"린타로, 여기 있었구나."

"어, 좋은 아침."

"좋은 아침……."

휴일의 레이는 평소보다 더 잠이 많아진다.

참고로 미아와 카논은 개인 스케줄이 있어서 아침부터 일하러 갔다.

"청소?"

"낙엽이 쌓였으니까. 뭐…… 끝이 너무 멀어서 타협할까 생각하던 중이야."

"응, 확실히 이걸 다 치우는 건 어려울 거야."

지금 있는 낙엽만 치우고 끝이라면 그래도 열심히 할 수 있다.

하지만 바람이 한 번 불면 어디선가 낙엽이 늘어난다.

"많이 쌀쌀해졌는데, 레이는 몸 차가워지지 않게 안에서 쉬어."

"응……. 그럴게. ……린타로."

"응~?"

"낙엽 모으면, 고구마 구워 먹을 수 있어?"

"……그건 생각을 안 했네."

그냥 쓰레기로 인식했었는데, 듣고 보니 낙엽도 조리도구로 보이기 시작했다.

고구마라면 전에 디저트를 만들었을 때 쓰고 남은 게 있었을 텐데.

"좋아, 해 보자."

"응!"

신이 난 레이와 함께 나는 집 안으로 돌아갔다.

낙엽을 있는 대로 모은 다음 성냥으로 불을 붙였다.

붉은 불꽃이 활활 올라올 때 고구마를 넣으면 순식간에 숯덩어리가 된다.

전체적으로 기세가 약해지길 기다렸다가 알루미늄 포일에 싼

고구마를 넣었다.

"잠시 기다려."

"응, 기대된다."

소소한 잡담을 나누며 한 시간 정도 기다려보았다.

거의 숯과 재가 된 낙엽 더미 속에서 살짝 그을린 알루미늄 포일을 꺼냈다.

"열어보자."

우리는 설레는 마음으로 알루미늄 포일을 찢었다.

뜨거워서 떨어트릴 뻔하면서도 어떻게든 군고구마를 반으로 쪼갰다.

단면이 선명한 노란색으로 빛났다.

아무래도 잘 구워진 모양이다.

""잘 먹겠습니다.""

반으로 쪼갠 군고구마를 각각 나눠 늘고 껍질을 살짝 벗긴 뒤 깨물었다.

뜨거워————.

입을 뻐끔거리면서 열을 내보냈다.

그러자 소박한 단맛이 입안에 천천히 퍼져나갔다.

"달고 맛있어."

"그래, 가끔은 그대로 먹는 것도 좋네."

힐끗 옆을 보자 레이도 나처럼 입을 뻐끔거리며 군고구마를 깨물고 있었다.

그 모습이 참 귀여워서 나는 무심코 웃었다.

이윽고 군고구마를 다 먹은 우리는 몸이 식기 전에 집 안으로
돌아갔다.

키시모토 카즈하
일러스트 미와베 사쿠라
미소녀 국민
아이돌과 보내는
크리스마스
평생 일하고 싶지 않은
내가, 같은 반
인기 아이돌의 눈에 들면

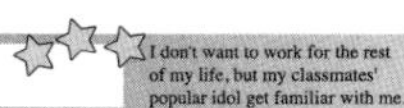

크리스마스 파티로부터 며칠이 지난 어느 날.

"……뭐야 이거."

갑자기 집에 거대한 박스가 도착했다.

아무래도 레이가 통판으로 주문했던 모양이다. 조심조심 들어
보자 의외로 가벼웠다.

거실로 옮긴 뒤 나는 레이를 불렀다.

"응? 무슨 일?"

"네 앞으로 뭔가 되게 큰 택배가 왔는데."

"……뭐더라."

"자기가 시킨 건 기억해야지……."

레이가 박스를 열자 그곳에는 의외의 물건이 들어있었다.

"생각났다. 세일하길래 충동적으로 샀어."

그건 고기만두나 슈마이를 만들 때 쓰는, 소위 '대나무 찜기'라
고 불리는 찜통이었다. 가정용치고는 꽤 크다. 아마도 중화요리
점에서 사용하는 본격적인 제품이다.

"세일한다고 충동구매를 해? 대나무 찜기를?"

"하지만 이거 없잖아?"

"……그렇긴 해."

사실 대나무 찜기 자체는 계속 사려고 생각했었다.

다만 어쩌다 보니 타이밍을 놓쳐서 오늘까지 오고 말았다.

"린타로, 이걸로 슈마이 잔뜩 만들어줘."

"어…… 슈마이 말이지."

"만들 수 있어?"

"어떻게든 될걸."

대나무 찜기만 있다면 슈마이는 그리 어려운 요리가 아니다.

대량의 슈마이를 한꺼번에 찐다—— 음, 재밌겠다.

"안 쓰면 아까우니까…… 만들어볼까, 슈마이."

"와……!"

나는 대나무 찜기를 부엌으로 날랐다.

그 후 재료를 갖춘 나는 바로 슈마이를 만들기로 했다.

다진 돼지고기, 간장, 설탕, 소금, 참기름, 술, 생강을 넣고 잘 반죽했다.

여기에 잘게 다진 양파와 감자전분을 넣고 계속 반죽한다.

반죽이 끝난 소를 슈마이 피로 싸서 원기둥 모양으로 다듬은 뒤 마지막에 표면을 납작하게 다진다.

이걸 대량으로 빚었다. 내가 보기에도 황당한 양이었지만, 그 녀석들이라면 거뜬하게 다 먹겠지.

"린타로."

"응?"

이름을 부르는 목소리에 고개를 들자 무언가를 조르는 듯한 눈 빛의 레이가 있었다.

“왜 그래?”

“나도 슈마이 빚어보고 싶어.”

“……아하, 그럼 도와줘.”

내가 그렇게 대답하자 레이는 반짝반짝 눈을 빛냈다.

손을 꼼꼼히 씻은 레이는 내가 가르쳐준 대로 슈마이를 빚었다.

이윽고 탁자를 가득 채운 슈마이를 균일 간격으로 대나무 찜기 안에 넣었다.

“10분 정도 찌면 슈마이 완성이야.”

“오, 의외로 짧아.”

잡담하면서 기다리자, 순식간에 시간이 다 됐다고 타이머가 울렸다.

“……열어본다.”

“응…….”

대나무 찜기의 뚜껑을 열자 그곳에는 예쁘게 잘 익은 슈마이가 놓여있었다.

“와, 맛있겠다.”

“하나 맛볼래?”

“응, 먹고 싶어.”

만약을 위해 속까지 익은 걸 확인한 뒤 레이에게 슈마이를 건넸다.

레이는 간장에 찍은 다음 슈마이를 입으로 가져갔다.

“흡! 마히써…….!”

“하하, 다행이네. 남은 건 저녁에 먹자. 그 녀석들도 먹으라고 해야지.”

“응, 그러자.”

그렇게 우리는 미아와 카논의 귀가를 기다리기로 했다.

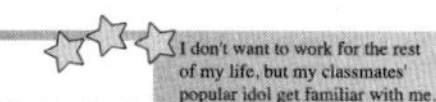

————추워라…….

방에서 눈을 뜬 나는 몸을 일으키면서 부르르 떨었다.

무심코 이불 속으로 돌아가 버릴 뻔했지만, 기합으로 어떻게든 버텼다. 굳게 마음먹고 이불을 걷어 추위에 떨면서 방에서 나왔다.

꽁꽁 언 복도를 지나 거실에 도착하자 훈훈한 공기가 나를 감쌌다.

난방 예약 기능은 정말 편리하다. 따뜻해질 때까지 기다리지 않아도 된다니 정말 고맙다.

"어디……."

겨울방학에 들어간 뒤로 조금 더 여유롭게 지낼 수도 있었지만, 습관은 쉽게 빠지지 않는다. 어느새 평소와 똑같은 시간에 일어나서 아침을 차리고 있다.

밀스타 세 사람은 한참 뒤에야 나올 것이다. 얼마 전 크리스마스 라이브의 피로가 덜 풀린 건지 세 사람의 기상 시각은 많이 늦어졌다. 특히 아침에 약한 레이와 카논은 10시 이후에 일어나는 일도 흔했다.

그 부분은 아무 불만도 없지만, 아침 메뉴는 좀 고민해야 한다.

따뜻한 건 안 된다. 그 녀석들이 일어날 때는 식어버리고, 다시 데워도 갓 만들었을 때의 맛이 아니게 된다. 그건 내 자존심이 용서하지 않는다.

이럴 때는 나중에 먹어도 그리 문제가 없는 걸 만든다.

예를 들어 샌드위치. 우선 식빵 귀퉁이를 자르고, 가운데에 끼울 속을 준비한다.

첫 번째 재료는 베이컨, 양상추, 토마토. 소위 BLT 샌드위치다.

바싹하게 구운 베이컨을 양상추, 토마토와 함께 끼운다. 소스는 케첩과 마요네즈를 섞었다.

이어서 햄치즈. 이건 아주 쉬워서, 햄과 치즈를 두 장씩 겹치면 완성.

마지막은 달걀. 삶은 달걀을 뭉갠 다음 마요네즈를 넣고 잘 젓는다. 조미료로 간을 내면 달걀 페이스트 완성. 이걸 식빵에 끼우면 달걀샌드위치도 준비 끝.

커다란 접시에 예쁘게 담은 뒤 랩을 씌워서 테이블에 놓았다.

집중해서 만들다 보니 양이 어마어마했다. 이만큼 있으면 그 녀석들도 만족스러울 것이다.

————그 녀석들이 일어날 때까지 쉴까…….

세 사람과 같이 있는 시간은 지루하지 않아서 좋다. 하지만 이렇게 혼자서 보내는 시간도 결코 싫지 않다.

느긋하게 커피를 마시며 이북을 읽었다.

참 우아한 시간이다. 그런 생각을 하다가 문득 거실 커튼을 걷지 않고 그냥 두었다는 걸 깨달았다.

"……오?"

커튼을 걷자 창문 밖에는 설원이 펼쳐져 있었다.

하늘에서 굵직한 눈송이가 떨어졌다. 이미 꽤 쌓인 것처럼 보였는데, 보아하니 앞으로 더 쌓일 모양이다.

"어쩐지 춥더라⋯⋯."

그러고 보면 어제 뉴스에서 폭설 예보가 나왔던 것 같다.

솔직히 눈을 보면 신이 난다. 교통기관에 영향을 주니까 불편해하는 사람이 많다는 건 알지만, 이 비일상적인 느낌에 설레는 건 어쩔 수 없다.

대체 얼마나 쌓일까. 앞으로가 조금 기대된다.

"흐아암⋯⋯. 좋은 아침, 린타로."

바깥 풍경에 빠져있었더니 미아가 거실에 모습을 드러냈다.

"어, 좋은 아침."

"음⋯⋯? 무슨 일이야? 밖을 그렇게 보고."

"너도 봐봐. 굉장해."

"⋯⋯그러고 보면 눈이 온다고 했었던가."

나와 마찬가지로 미아가 창밖을 보았다.

"와⋯⋯. 이건 정말로 굉장하네."

"그래, 오늘은 밖에 나가지 않는 게 좋겠어."

"동의해. ⋯⋯하지만 그 두 사람은 분명————."

미아가 말을 마치기 전에 2층에서 쿵쿵 계단을 달려 내려오는 소리가 들렸다.

"눈! 눈이야! 눈이 막막 내려!"

"눈이 많아⋯⋯!"

어휘력이 홀랑 날아간 카논과 레이가 거실로 뛰어 들어왔다.

그런 두 사람을 보고 나와 미아는 서로를 쳐다보며 쓰게 웃었다.

"별일이네. 너희가 또렷한 정신으로 내려오다니."

"눈을 봤더니 잠이 날아갔어. 자고 있을 때가 아니야."

"그렇게 흥분할 일도 아니잖냐……."

―――뭐, 내가 할 말은 아닌가.

"눈싸움하고 싶어."

"기다려! 우선은 눈사람부터 만들어야지!"

"움집은 얼마나 쌓여야 만들 수 있을까."

차례대로 레이, 카논, 미아가 그런 소리를 하면서 반짝이는 눈으로 밖을 바라보았다.

톱 아이돌의 어린아이 같은 일면을 보고 내 얼굴이 무심코 풀어졌다.

"린타로는 뭐 하고 놀래?"

"나? 글쎄……. 눈으로 언덕을 만들어서 썰매 타기?"

"재밌겠다. 해보고 싶어."

―――그렇게 많이 쌓이려나…….

충동적으로 말한 것까진 좋았지만, 과연 얼마나 눈이 쌓여야 썰매를 탈 수 있을 만한 언덕을 만들 수 있을까. ……뭐, 지금은 그보다.

"밖에서 놀기 전에 아침 먹어라."

"샌드위치……! 맛있겠다."

레이가 테이블로 달려갔다. 그런 레이를 미아와 카논도 따라갔다.

"멋진 메뉴네."

"잠깐만! 내 것까지 먹지 마!"
세 사람의 관심은 이미 눈에서 샌드위치로 옮겨간 모양이다.
여전히 욕망에 충실한 녀석들이다. 어깨를 으쓱하며 나도 테이
블로 향했다.

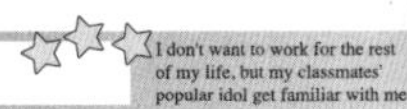

"다녀왔…… 응?"

장을 보고 집으로 돌아오자 거실에서 카논의 웃음소리가 들렸다.

"아하하하하하하! 배 아파……! 아, 린타로. 어서 와."

"어, 다녀왔어━━━어라?"

거실에는 카논과 레이, 그리고 미니스커트 산타 의상을 입은 미아가 부끄러워하며 서 있었다.

뭐라고 하지. 전체적으로 사이즈가 안 맞는다. 상의는 가슴이 꽉 끼고 미니스커트는 가랑이를 아슬아슬하게 가리고 있다. 까놓고 말해 눈을 어디에 둬야 할지 난감한 수준이다.

"뭐, 뭐 하는 거야……?"

"100엔 숍에 들렀다가 재고로 남은 미니스커트 산타 코스프레 의상을 발견했거든. 게임해서 진 사람이 입자고 했지. 그랬더니 웬일로 미아가 지는 바람에 이렇게 된 거야."

"여전히 잘들 논다……."

참 바보 같은 놀이지만, 평소 바쁘기 그지없는 세 사람이 한숨 돌리려면 이 정도로 확 놔버리는 게 아니면 의미가 없는 건지도 모른다.

"으으……. 이건 확실히 부끄러워."

"미아, 아주 섹시."

"말하지 마……."

아무리 미아라고 해도 이 옷차림은 부끄러운 모양이다.

"아하하하하! 진짜 굉장해……!"

"그만 웃어……!"

"에이, 뭐 어때! 린타로는 아마 좋아하고 있을걸?"

"……린타로가?"

갑자기 세 사람의 시선이 나에게 집중되었다.

세 사람을 방치하고 장 보고 온 걸 정리하려고 했던 나는 그 반응에 당황했다.

"뭐, 뭔데……."

"확실히 이만큼 부끄러운 복장이라면 린타로의 관심을 끌 수 있을지도 모르겠네."

무언가 아이디어가 떠올랐다는 듯한 미아가 나를 향해 슬금슬금 다가왔다.

————먹이를 발견한 맹수의 눈이다.

"자, 린타로. 지금 나는 상당히 아찔한 옷을 입고 있다고 보는데…… 어때? 네가 보기에 만족스러워?"

"무, 무슨 소리야……."

"아이돌이 섹시 코스프레를 입고 유혹하기……. 이것도 남자의 꿈 아닐까?"

코앞으로 다가온 미아가 일부러 가슴골을 보여주었다.

————이대로는 큰일이다…….

미아에게서 멀어지려고 한 그때, 무언가가 찢어지는 듯한 소리가 들렸다.

"""""아…….""""""

전원의 목소리가 하나로 모였다.

아무래도 그녀의 가슴을 누르고 있던 상의 단추가 찢어진 모양이었다.

지지대를 잃은 가슴이 당장에라도 뛰쳐나올 것 같아졌다.

"스토ㅇㅇㅇㅇㅇㅇㅇㅇㅇㅇㅇ옵!"

우렁차게 외치며 달려든 카논이 미아의 가슴을 아래에서 지탱했다.

덕분에 전부 노출된다는 최악의 사태는 피했다.

"후우……. 위험했네."

"…….."

"미, 미아?"

미아의 얼굴이 새빨갛게 익어있었다.

아무래도 부끄러운 나머지 얼어버린 모양이다.

"……린타로. 미안한데 아무 말도 하지 말고 비켜줄 수 있어?"

"어, 어어……. 알았어."

"고마워. 놀려서 미안해."

카논의 지시에 따라 나는 거실에서 나갔다.

그렇게 진지한 카논은 오랜만에 본 것 같다————.

두 시간 정도 지나 돌아오자 미아는 평소 모습으로 돌아와 있었다.

멘탈이 견디지 못한 건지, 그녀는 조금 전 일을 깨끗하게 잊어버리고 말았다.

음……. 뭐, 그게 제일 낫지.

"으으, 추워라……."

옆에서 걷는 카논이 팔을 문지르며 말했다.

연말을 앞두고 식량을 조달하기 위해 오늘은 카논에게 장 보는 걸 도와달라고 부탁했다.

꽉꽉 채운 비닐봉지를 양손에 들고 우리는 나란히 상점가를 걸었다.

"이렇게 추우면 조만간 눈이라도 내릴 것 같은데."

그렇게 말하며 나는 차가워진 손에 입김을 불어 녹였다.

"눈이라……. 도쿄에선 요즘은 별로 못 본 것 같아."

"작년엔 거의 안 내렸으니까……."

"신기하단 말이지……. 같은 나라인데 펑펑 내리는 동네와 안 내리는 동네가 있다니."

────그러게.

학교에서 배웠으니 기후가 다른 이유는 안다. 하지만 지구 전체로 본다면 아주 작은 섬나라인데 이렇게 날씨 차이가 크다는 게 애초에 신기했다.

"토호쿠 쪽은 굉장하더라. TV 로케 촬영으로 갔었는데, 제대로 걷지도 못했어."

"……그쪽 사람들은 고생이겠네."

"눈은 좋아하지만, 설국에 살면 분명 그런 말도 못 하게 될 거야."

눈이 내리는 날은 비일상적인 느낌이 들어서 나이도 잊고 가슴이 설렌다. 눈이 쌓이는 것조차 드문 지역에 사니까 그런 거겠지.

반대로 눈이 많은 지역에 살면 불편함이나 고생이 더 두드러져서 싫어하게 될 것 같은 느낌이 든다. 아니면 일상의 일부가 되어서 오히려 관심이 없어지려나?

"……아니, 쓸데없는 생각 하지 말고 돌아가자."

그렇게 말하며 카논이 크게 웃었다.

확실히 이대로는 뼛속까지 얼어버린다. 그렇게 되기 전에 빨리 돌아가고 싶다.

"어……?"

걷는 속도를 올리려고 한 그때, 슈퍼 앞에 진열된 홀케이크가 시야에 들어왔다. 소위 떨이 세일 케이크일 것이다.

"왜 그래?"

"아, 좀 처량한 느낌이라."

"……아."

내가 손가락을 들어 가리키자 카논은 이해했다는 듯 반응했다.

"저런 걸 보면 나도 좀 불안해지더라……."

"불안?"

"그래. 아이돌로 활동하는 동안은 애인을 사귈 생각이 없지만…… 언젠가 은퇴한 뒤에 나를 데려갈 사람이 있을까, 하고."

"……있겠지, 그야."

"뭐, 뭐 그렇겠지? 나는 계속 예쁠 테니까!"

억지로 당당하게 대답하는 카논이었지만, 바로 다시 저기압으로 돌아가 버렸다.

“하지만…… 그 왜, 무슨 일이든 적기가 있잖아? 그걸 놓치는 게…… 좀 무서워서.”

“…….”

지금은 누구보다 밝게 빛나는 카논도 언젠가는 흐릿해진다. 그건 자연의 섭리이자, 서글픈 기분을 맛보면서도 어쩔 수 없다고 받아들일 수밖에 없다.

“린타로.”

“왜?”

“내가 서른이 되어도 솔로로 남아있으면―――.”

거기서 카논이 말을 끊었다.

“……아니, 역시 됐어. 이 카논 님이 솔로로 남을 리가 없잖아!”

“하하, 그렇게 자신만만한 게 더 너다워.”

카논이 하려고 한 말의 내용은 대충 짐작이 간다.

하지만 말해버리고 나면 뒤로 물러나지 못한다는 걸 그녀는 눈치챘을 것이다.

지금은 그게 최선이다. 언젠가 반드시 생각해야만 하는 때가 올 테니까.

평생 일하고 싶지 않은
내가, 같은 반
인기 아이돌의
눈에 들면

ISSHOHATARAKITAKUNAIOREGA,KURASUMEITONODAININKIAIDORUN
INATSUKARETARA Vol.6

©2024 kazuha kishimoto
First published in Japan in 2024 by OVERLAP, Inc.
Korean translation rights reserved by Somy Media, Inc.
Under the license from OVERLAP, Inc., Tokyo JAPAN

평생 일하고 싶지 않은 내가, 같은 반 인기 아이돌의 눈에 들면 쇼트스토리 소책자

2025년 5월 15일 1판 1쇄 발행

저 자	키시모토 카즈하
일·러 스 트	미와베 사쿠라
옮 긴 이	현노을
발 행 인	유재옥
담 당 편 집	정영길

이 사	조병권
출판본부장	박광운
편 집 1 팀	박광운
편 집 2 팀	정영길 조찬희 박치우
편 집 3 팀	오준영 이소의 권진영 정지원
디자인랩팀	김보라 이민서
디지털사업팀	김경태 김지연 윤희진
콘텐츠기획팀	박상섭 강선화
라이츠사업팀	김정미 이윤서
영업마케팅팀	최원석 이다은 윤아림
물 류 팀	허석용 백철기
경영지원팀	최정연
인쇄제작처	㈜코리아피엔피
발 행 처	㈜소미미디어
등 록	제2015-000008호
주 소	서울시 마포구 토정로222, 502호 (신수동, 한국출판콘텐츠센터)
판매 및 마케팅	(070) 8822-2301

ISBN 979-11-384-1683-2 (세트)